STEPHANIE MARZIAN
Fräulein Gewürzzauber
und das Wunder der Liebe

**Über die Autorin:**
Stephanie Marzian wurde 1978 in Dortmund geboren, studierte Kommunikationsdesign und arbeitete nach ihrem Studium als Designerin bei einem großen Fotobuchhersteller, bevor sie sich als Illustratorin und Grafikerin selbstständig machte. Stephanie Marzian lebt mit ihrer Familie in der Nähe von Xanten am Niederrhein. Mit ihrem ersten Weihnachtsroman um das »Fräulein Gewürzzauber« erfüllt sie sich einen lang gehegten Wunsch.

STEPHANIE MARZIAN

# FRÄULEIN GEWÜRZZAUBER
## UND DAS WUNDER DER LIEBE

ROMAN IN 24 KAPITELN

lübbe

Originalausgabe

Dieses Werk wurde vermittelt durch
die Literarische Agentur Michael Gaeb.

Copyright © 2022 by Stephanie Marzian
Copyright © 2022 by Bastei Lübbe AG, Köln

Lektorat: Dr. Stefanie Heinen
Umschlaggestaltung und -motiv: Stephanie Marzian
Satz: Dörlemann Satz, Lemförde
Gesetzt aus der Dante MT
Druck und Einband: GGP Media GmbH, Pößneck

Printed in Germany
ISBN 978-3-7857-2825-3

2  4  5  3  1

Sie finden uns im Internet unter luebbe.de
Bitte beachten Sie auch: lesejury.de

*Für Steffi,*
*mein Frohlöckchen, mein Nachhausekommen*
*und mein Ideenwirbelsturm.*

# PROLOG

*Diese Geschichte hat mit Erinnerungen zu tun, die lebendig werden, mit Sternen und viel Zuckerguss und einem schlauen, wenn nicht gar dem schlausten Eichhörnchen der Welt.*

*Fräulein Gewürzzauber* lag in einer kleinen Seitengasse, fernab der hektischen Innenstadt, wo sich die Menschen gerade jetzt zur Weihnachtszeit noch mehr als sonst schubsten, drängten und auf die Füße traten.

Watteweiche Schneeflocken tanzten im Schein der gusseisernen Straßenlaterne vor dem altehrwürdigen Stadthaus, das das kleine Lädchen beherbergte. Die pausbackigen Putten-Reliefs über jedem der hohen Fenster der Gründerzeitfassade reckten erwartungsvoll ihre Stupsnasen in den wolkenverhangenen Dezemberhimmel. Das weiße Messingschild über der Eingangstür gab jedes Mal ein wohliges Knarzen von sich, wenn eine Windböe es erfasste. *Fräulein Gewürzzauber – seit 1884* stand in elegant geschwungenen Buchstaben darauf.

Lena hatte das Haus und die kleine Zuckerbäckerei mit Café nach alter Familientradition nach dem Tod ihrer Großmutter vor einem Jahr übernommen und daraus ihre eigene feine und zauberhafte Welt der süßen Naschereien

7

gemacht. Die Umstände waren denkbar traurig, aber sie war kein Mensch, der sich in Trauer vergrub. Das hätte ihre Großmutter auch nicht gewollt. Sie sagte immer: *Lenchen, die Sterne beleuchten unseren Weg. Auch wenn mal am Himmel dunkle Wolken aufziehen und du sie nicht sehen kannst, leuchten sie trotzdem. Sie leuchten in dir und in mir.*

Lena wollte sich nicht hinter dunklen Wolken verkriechen. Sie liebte die Abgeschiedenheit ihrer kleinen Welt, denn genau dort konnte sie ihren Kindheitstraum zum Leben erwecken und wie ihre Oma vor ihr mit viel Ruhe und Sorgfalt mit den wundervollsten Leckereien einen Zauber in den Herzen der vom Alltagsstress geplagten Menschen entfachen. Einen Schokoladen-Puder-Keks-Zauber, der sie glücklich beseelt nach Hause gehen ließ. Ihr kleines Café war einfach der magischste Ort, den Lena sich vorstellen konnte.

Nicht selten verirrte sich ein verzweifelter Geschenkejäger vom süßen Duft gebrannter Mandeln angelockt in ihren gemütlichen Laden und ließ sich bei einem dampfenden Glas Punsch einen Lebkuchen, feinste Schokopralinen oder mit Himbeermarmelade gefüllte Marzipankugeln schmecken.

Wenn das helle Glöckchen der Eingangstür erklang, sah Lena wenig später die leuchtenden Augen ihrer Kunden, die sich staunend im Raum umsahen und ihre Leckereien betrachteten. In unzähligen Fächern der deckenhohen Regale lagen Lenas Schokoladenspezialitäten auf weißen Etageren, reich verzierte Küchlein türmten sich unter gläsernen Kuppeln auf dem Verkaufstresen, und die Pralinenpyramiden glänzten wie braunes und cremeweißes Gold in der hohen Vitrine daneben.

Es gab drei kleine Tischchen, liebevoll weihnachtlich gedeckt, mit je vier einfachen Holzstühlen darum. So kam sie oft mit den verirrten Seelen ins Gespräch, die ihr, spätestens wenn sie die Bestellung brachte, ihre Sorgen und Nöte anvertrauten. Erst gestern hatte ein junger Mann ermattet von einer missglückten Prüfung erzählt, eine elegant gekleidete Dame sich über die Unfreundlichkeit der Boutique-Verkäuferinnen empört, und eine unscheinbare Buchhändlerin hatte niedergeschlagen vom Tod der Tante berichtet, die sie seit zwei Jahren gepflegt hatte. Es mochte ihnen nicht bewusst sein, und doch spürten sie das aufrichtig gemeinte Mitgefühl und die Offenheit, die Lena ihnen entgegenbrachte.

All diesen Menschen zauberte sie Tag für Tag mit den kleinen Wundern ihrer süßen Welt ein Lächeln ins Gesicht. Wenn auch nur für einen Moment, so fühlten sie sich von aller Alltagslast befreit und waren ganz bei sich.

# 1. DEZEMBER

An diesem bitterkalten Morgen hingen die waschkittel-
grauen Wolken besonders tief über den Giebeldächern
der Stadt. Der trübe Schein der Straßenlaterne schaffte es
kaum durch das dichte Schneetreiben zum Schaufenster
des *Fräulein Gewürzzaubers*. Über Nacht hatte der Winter
mit seinen eisigen Fingern wundervolle Kristallblumen
wachsen lassen, die nun die kleine mit Zuckerguss bedeckte Lebkuchenstadt in der Auslage umrahmten.

Lena hastete zur Haustür hinaus, um den Briefkasten
zu leeren. Es war nicht viel darin. Ein Werbeflyer für
das neue Fitnessstudio in der Innenstadt und drei Briefe.
Einer davon weckte ihr Interesse. Der Umschlag war
größer als die anderen, eisblau, und als Absender stand
darauf: *Notariat Himmelreich & Sohn*. Lena fröstelte, und
ihre Zähne fingen an zu klappern. Sie beschloss daher,
erst einmal wieder ins Warme zu gehen. Dann würde
sie bei einer heißen Tasse Kakao das Geheimnis dieses
Briefes lüften.

Sie sah auf das Eichhörnchen am Fuß der Treppe.
»Na, Puschelchen, kommst du mit?«

Ein Bein vorsichtig vor das andere setzend stakste das
Eichhörnchen durch den frischen Schnee. Dabei hin-

11

terließ es kleine Tapsen. Feine Flöckchen fingen sich in seinem buschigen Schwanz, sodass es wirkte, als sei es mit Puderzucker bestäubt. Doch schon bald hüpfte und flitzte das Eichhörnchen hin und her, ein roter Blitz in der weißen Pracht. Blinzelnd hob es sein Näschen und sah Lena an, als ob es überlegte, mit ihr zu gehen. Draußen schien es ihm aber doch interessanter zu sein, denn es versuchte mit viel Körpereinsatz und Ausdauer, die fallenden Flocken mit seinen winzigen Pfoten zu fangen. Die linke Vorderpfote kam dabei immer ein bisschen zögerlich zum Einsatz.

Lena lächelte und ließ ihm die Freude. Ihr puscheliger kleiner Freund würde schon wieder reinkommen, wenn er genug hatte. So war es, seit sie das Eichhörnchen bei sich aufgenommen hatte. Es war im letzten Winter von einem Terrier angegriffen worden, hatte sich tapfer verteidigt, aber am Ende doch den Kürzeren gezogen. Die Hundebesitzerin hatte das schwer verletzte Tier ganz aufgelöst zur Wildtierstation gebracht, in der Lenas Freundin Emma aushalf. Die Wunden hatten sie dort gerade noch rechtzeitig versorgen können, doch das possierliche Tier hatte viele Schnittwunden, und das linke Vorderbein war gebrochen. An quirliges Herumwuseln und Kletterpartien war nicht mehr zu denken.

Lena erinnerte sich noch gut daran, wie sie das in dicke Verbände verpackte Eichhörnchen zum ersten Mal in den Händen gehalten hatte. An das wild klopfende Herzchen unter dem weichen Fell, als sie beruhigend darüberstreichelte.

Seither sorgte Lena für das Tier, dem sie den Namen Ruprecht gegeben hatte – weil sie Weihnachten so sehr liebte und das Eichhorn schließlich *Von drauß' vom Walde* kam. Mensch und Tier waren unzertrennlich, und entgegen aller Belehrungen erfahrener Tierärzte wollte Ruprecht kaum mehr Wildtier sein. Er genoss sein neues Zuhause, in dem es Nüsse in Hülle und Fülle gab. Durch die Katzenklappen in den Türen konnte er kommen und gehen, wann immer er wollte, und in den hohen Bäumen im Park gegenüber herumtollen.

Gedankenverloren sah Lena auf ihre Armbanduhr. Es war bereits 9:30 Uhr. Herrje, sie war spät dran! Sie musste sich noch umziehen, die gebrannten Mandeln in kleine Papiertüten abfüllen und den Laden um zehn Uhr öffnen! Mit einem Seufzer beeilte sie sich, ins Haus zu kommen. Der Brief musste leider noch warten.

☆

Kaum hatte Lena die Ladentür geöffnet, erklangen auch schon die kleinen Glöckchen. Nach und nach huschten dick vermummte Gestalten ins Innere, schüttelten bibbernd den Schnee von Kopf und Schultern und stampften ihre Schuhe auf der großen Fußmatte trocken. Lena beantwortete ihre Fragen, verkaufte ihnen aus der süßen Welt, was ihr Herz begehrte, und servierte ihnen heißen Kakao – auf Wunsch auch mit Schuss.

Am späten Vormittag trat ein älterer Herr zu ihr an den Tresen, einen alten Gründerzeit-Schreibtisch, in dessen Schnörkel sie sich auf einem Antiktrödelmarkt schockverliebt und den sie selbst restauriert und zum Verkaufstresen umfunktioniert hatte. Sie kannte ihn schon. Er war ein sportlicher, hochgewachsener Mann

Ende siebzig. Den weiß melierten Bart trug er wie ein Seemann, und auch sein doppelreihiger Mantel erinnerte Lena an die Ausgehuniform eines Kapitäns. Jede Woche kam er ins *Fräulein Gewürzzauber*, seit einem Jahr. Und jedes Mal kaufte er dasselbe.

»Geben Sie mir bitte ein Tütchen von denen mit Erdbeer-Trüffel«, verlangte die sonore Stimme auch heute.

»Gerne, Herr Bonifazius«, antwortete Lena freundlich und ließ die goldbraunen Pralinen mit roter Puderhaube vorsichtig in einen mit Sternen verzierten Cellophanbeutel gleiten. »Wie geht es Ihrer Frau denn heute?«, fragte sie, denn sie wusste, dass die Schokolade eine kleine Aufmerksamkeit für sie war. Daher hatte sie ihm die Pralinen mit Erdbeeren empfohlen. Sie passten perfekt zu der so begeisterungsfähigen, temperamentvollen und lebensbejahenden Person, von der Herr Bonifazius immer mit leuchtenden Augen erzählte.

»Ach, gut, danke. Sie ist ja nicht mehr so gut zu Fuß. Aber für mein Trudchen würde ich um den ganzen Globus laufen«, versicherte er feierlich.

Lena lächelte. Sie wusste aus seinen Erzählungen, dass es stimmte. Als das Ehepaar jung war, hatten die beiden mit dem Rucksack die ganze Welt bereist. Ein solches gemeinsames Abenteuer mit seinen Höhen und Tiefen führte zu einer ganz besonderen Verbundenheit. Lena war ganz ergriffen von der Romantik. Und sie bemerkte mit einem Mal, wie einsam sie sich selbst fühlte.

Nachdem ihre Großmutter im vergangenen Herbst gestorben war, hatte ihr ein himmlisches Schicksal das kleine Eichhörnchen geschickt. Bei ihrer morgendlichen Tasse Kakao japste Ruprecht noch schläfrig in seinem

Kobelbau, einem kugeligen Nest aus Schilfgras, das von der Küchendecke hing. Beim Mittagessen huschte er ihr quiekend und piepsend um die Beine, und abends, wenn sie sich auf dem Sofa ausstreckte und ein Buch las, rollte er sich auf ihrem Schoß zusammen und ließ sich hinter den pinseligen Öhrchen kraulen. Diese Eichhörnchenliebe war einzigartig, und doch sehnte Lena sich nach einer liebevollen Umarmung, die ein Feuerwerk kribbelnder Funken in ihrem Bauch entfachte.

Warum aber sollte sie sich darüber ärgern, dass es ihr nicht gelang, den Einen zu finden? Natürlich könnte sie mehr ausgehen. Das hätten ihre Freundinnen bestimmt gern gesehen. Sie fürchteten schon, Lena würde aus lauter Frust ihr eigenes Lager plündern und tonnenweise Schokolade in sich hineinschaufeln. Besonders Milla prophezeite ihr das Hinterteil eines Nilpferdes, wenn sie weiterhin mit ihrer Retro-Rüschenschürze wie ein Hausmütterchen den Backlöffel schwingen und Kummerkasten für die Wehwehchen wildfremder Leute spielen würde. Was totaler Quatsch war, denn zum einen neigten ihre Gene nicht im Geringsten dazu, ihrem Körper zu erlauben, auch nur ein paar Gramm Fett zu viel anzusetzen, und zum anderen glaubte Lena fest daran, dass sich die Dinge auf schicksalhafte Weise fügten. Vielleicht war es einfach noch nicht an der Zeit für ihr eigenes kleines Wunder. Aber irgendwann würde es so weit sein.

Nachdem sie an diesem Abend die Ladentür abgeschlossen hatte und die Lichter im Lädchen erloschen waren, stieg Lena die Holztreppen hoch in ihre Wohnung. Wie immer hatte sie ein warmes Gefühl im Bauch, wenn sie an die lächelnden Gesichter ihrer Kunden dachte.

Lena trat im Halbdunkel in ihre gemütliche Wohnküche. Sie schaltete die Lichterketten über dem Sofa und den Hängeschränken ein und zündete die Kerzen auf dem runden Couchtisch an. Ruprecht schob nur kurz verschlafen den Kopf aus dem Loch seines Kobels und fiepte einmal zur Begrüßung.

»Na, Puschelchen? Hast wohl genug Schneeflocken gejagt heute, was?« Lena ging ein Weihnachtslied summend vor dem kleinen Holzhäuschen in die Hocke, streichelte Ruprecht sacht über die Schnauze und ging dann zum Teekessel. »Was hältst du von einer heißen Tasse Ingwertee?«, fragte sie mehr sich als ihn und gab sich gleich selbst die Antwort: »Oh ja, mit Zimt und Kardamom! Und noch etwas leise Musik – ja, du hast recht, die Weihnachtsplaylist ist jetzt genau das Richtige!«

Während sich Lena am Gewürzregal zu schaffen machte, sprang Ruprecht auf einmal putzmunter auf den Küchentisch und stolzierte zwischen den Kringeln vergangener Tee-Plaudereien herum.

»Wem gehört der Tisch?« Lena hob tadelnd die Augenbrauen, stemmte die Hände in die schmalen Hüften und lachte. »Runter da, Ruprecht!«

Sie nahm das Eichhörnchen mit einem gekonnten Griff hoch, was das Tier mit einer Schimpftirade quittierte, die sich anhörte, als sei er Weltmeister im Zungeschnalzen. Dabei musste Lena etwas mit sich gerissen haben, das kurz und kaum hörbar über den Steinboden schlitterte.

Lena drehte sich verwundert um, reichte dem Tier auf ihrer Schulter eine Nuss und schaute an den Tischbeinen vorbei. Da lag er, der Brief! Den ganzen Tag hatte sie nicht mehr an ihn gedacht. Sie konnte sich nicht erklären, warum er sie so faszinierte, obwohl nichts Besonderes an ihm war. Ihre Adresse war durch ein Sichtfenster auf dem Anschreiben zu lesen, der Absender war aufgedruckt. Vielleicht war es die ungewöhnlich eisblaue Farbe des Umschlags, vielleicht das gewölbte Papier, das einen reichhaltigen Inhalt vermuten ließ?

Mit Knabbergeräuschen im Ohr, der dampfenden Tasse Tee in der einen und dem Umschlag in der anderen Hand machte Lena es sich auf dem Sofa bequem und knipste die Leselampe an. Vorfreude wie vor der weihnachtlichen Bescherung machte sich in ihrem Bauch breit. Sie kannte den Notar Nikolaus Himmelreich schon, seit sie denken konnte, denn er war ein guter Freund ihres Großvaters gewesen. Niemand von seinen Jugendfreunden hatte es für möglich gehalten, dass er einmal einen so bodenständigen Beruf ausüben würde. Doch genau für seine Flausen im Kopf und die Späße, die er mit ihr machte, hatte Lena den alten Herrn schon immer gemocht (obwohl er so gar nicht wie der Nikolaus aussah). Dass sie sich das letzte Mal begegnet waren, war allerdings schon ein Jahr her. Damals hatte er ihr, so gut er konnte, bei der Organisation der Beerdigung ihrer Großmutter geholfen.

Lena freute sich über dieses Lebenszeichen von ihm, wunderte sich aber gleichzeitig, was er wohl für eine Überraschung für sie hatte. Sie fühlte sich plötzlich wieder wie das kleine Mädchen, das auf seinem Schoß saß und mit großen Augen zusah, wie er seinen Daumen verschwinden und mit einem Schwups wieder anwachsen ließ.

Lena öffnete den Umschlag mit Bedacht und zog einen gefalteten Bogen Papier heraus, in dem wiederum ein gefüllter Briefumschlag steckte. Dieser war aus braunem Naturpapier, und darauf klebte ein glitzerndes Glanzbild, ein üppiger Tannenbaum mit nostalgischem Weihnachtsschmuck behängt, Zuckerstangen und einem Stern auf der Spitze. Als Lena ihren Namen in der geschwungenen Handschrift ihrer Großmutter daneben entdeckte, stiegen ihr Tränen in die Augen. Was war das für ein Brief? Warum schickte Nikolaus ihn gerade jetzt?

Sie las das kurze Anschreiben aufmerksam durch.

*Liebe Lena,*
*da wir uns ein wenig aus den Augen verloren haben, hoffe ich sehr, dass es Dir gut geht.*

*Die Übergabe meiner Kanzlei an meinen Sohn steht kurz bevor, und ich muss gestehen, dass ich nur widerwillig zugestimmt habe, mich voll und ganz dem Rentnerdasein zu widmen.*

*Bevor es aber so weit ist, habe ich noch eine letzte Amtshandlung, nein, es ist eher eine Aufgabe von großer Wichtigkeit und zugleich eine Herzensangelegenheit, zu erfüllen.*

*Du hältst ihn bereits in den Händen, den Brief, den Deine Großmutter mir vor langer Zeit mit den Worten überreichte: »Nikolaus, gib ihn ihr, nachdem ich nicht mehr bin.«*

*Damals scherzten wir noch über den Nachsatz, denn*

*Deine Großmutter erfreute sich bester Gesundheit. Aber Du weißt ja, wie beharrlich und überzeugend Deine Großmutter sein konnte. Sie bestand darauf, dass ich Dir diesen Brief im Jahr nach ihrem Tod am ersten Dezember gebe. Warum? Tja, das mein liebes Kind, musst Du wohl selbst herausfinden.*

*Über ein Wiedersehen mit Dir würden Theresa und ich uns sehr freuen.*

*Onkel Nikolaus*

Lena legte das Anschreiben mit einem Lächeln beiseite und lehnte sich zurück in die weichen Kissen. Ruprecht hatte es sich auf ihrem Schoß bequem gemacht. Gedankenverloren kraulte sie ihn hinter den Ohren und strich mit den Fingerspitzen der anderen Hand über die erhabenen Zweige des Weihnachtsbaums.

»Wollen wir es wagen, Puschelchen? Bist du auch neugierig?« Lena überlegte kurz. »Ganz ehrlich? Ich bin überwältigt und glücklich und aufgeregt und auch ein kleines bisschen ängstlich. Oma Greta, was hast du dir nur wieder ausgedacht?«

Sie drehte den Umschlag um. Die Lasche war nur an der Spitze verklebt und ließ sich schnell öffnen. Sie zog eine Karte heraus, die genau wie der Umschlag aus braunem Papier gefertigt war. In einem verschnörkelten Oval, umgeben von ganz viel Glitzer, prangte eine Eins und darunter der Spruch: *Der Stern von Bethlehem war definitiv ein Zimtstern!*

Lena lächelte, drehte die Karte um und machte große Augen. Ihr Herz tat plötzlich einen Hüpfer, und es wurde ganz warm in ihrem Bauch, als sie las:

*Mein liebes Lenchen,*

*all die Jahre habe ich es Dir versprochen, aber wegen des weihnachtlichen Trubels im* Fräulein Gewürzzauber *habe ich es nie in die Tat umgesetzt.*

*Sicher kannst Du Dir schon denken, was es ist. Lass mich Dir sagen, dass es mir unendlich leidtut, dass ich nicht genug Zeit für Dich hatte. Die Weihnachtszeit soll doch die schönste Zeit im Jahr sein! Aber nun möchte ich mein Versprechen endlich erfüllen und Dir wie früher, als Du ein kleines Mädchen warst, Deinen lang ersehnten Adventskalender schenken. Ich hoffe, Du kannst mir mein Versäumnis verzeihen, denn: besser spät als nie, und vor allem von Herzen!*

*Weißt Du noch, wie Tante Hedi immer Weihnachtsschmuck mit Dir gebastelt hat? Sie hat die wundervollsten Dinge mit Dir gezaubert. Erinnerst Du Dich noch an ihre Girlande, die Du so schön fandest? Ich dachte, Du würdest Dich darüber freuen. Nun schmückst Du damit Dein Wohnzimmer. Aber achte darauf, dass Du nicht so viel Glitzer verstreust ...*

*In Liebe*

*Oma Greta*

Lena drehte den Umschlag um, und heraus purzelte tatsächlich ein Stapel glitzernder Pappsterne, die ihr sehr vertraut waren. Sie hingen an einem dünnen Naturfaden.

»Ruprecht, siehst du das? Tante Hedwigs gutes Stück!« Ein vergnügtes Lächeln machte sich auf Lenas Gesicht breit. Als Kind hatte sie die Kette immer nur von Weitem betrachten, nie aber berühren dürfen. Der Glitzer würde sich sonst auf Tantchens gutem Sofa ausbreiten, hieß es damals. Und das wollte ja niemand.

Im Durchbruch zwischen Küche und Wohnraum hatte Lena eine Tannengirlande aufgehängt, in der sich eine Kette mit kleinen Lämpchen schlängelte. Die Sternchen waren der perfekte i-Tupfer und hingen hoch genug, dass kein Eichhörnchen sie herunterreißen konnte.

Lena betrachtete ihr glitzerndes Werk vom Sofa aus, nippte am Tee und war so von Glückseligkeit erfüllt, dass sie Ruprechts immer lauter werdendes *Tschiep-tschiep-tschiep* erst hörte, als es sehr energisch wurde und in verärgertes Keckern überging.

»Ach, Puschelchen! Entschuldige bitte!«

Lena sprang auf und bereitete dem Eichhörnchen das verlangte Abendessen. Sie schüttete eine Mischung aus Hasel- und Erdnüssen, Mandeln und Sonnenblumenkernen in eine Tonschale und stellte frisches Wasser in einem Eierbecher daneben. Dann setzte sie sich wieder aufs Sofa, nahm erneut die Karte in die Hand und strich über die filigranen Buchstaben. Auf einmal stutzte sie. Seit wann nannte Oma Greta ihre Tante *Hedi*? Es war ein ungeschriebenes Gesetz in ihrer Familie, dass ihre Großtante *Hedwig* genannt wurde. Ohne Ausnahme.

Und noch etwas wunderte sie: Wenn dies das erste Kärtchen des Adventskalenders war, wo waren dann die restlichen dreiundzwanzig?

# 2. DEZEMBER

Lena war früh wach. Ihr Wecker hatte noch nicht geklingelt, und draußen war tintenschwarze Nacht, also musste es noch vor acht Uhr sein.

Vorsichtig richtete sie sich auf. Während sie geschlafen hatte, war Ruprecht in ihr Bett geschlüpft, und jetzt lag er leise japsend in einer Federkissen-Kuhle zusammengerollt neben ihrem Kopf, den Puschelschwanz um seinen Körper geschlungen. Sie strich ihm zart über das glatte Fell und verharrte einen kurzen Moment. Dann kam ihr ein Gedanke, der einen Schwarm Glühwürmchen durch ihren Bauch schwirren ließ. Gab es vielleicht schon ein neues Postkärtchen von Oma Greta?

Schnell schlüpfte sie in ihre flauschigen Puschen, zog den Mantel über den Pyjama und eilte nach unten zum Briefkasten. Nur die Morgenzeitung! Enttäuscht zog Lena sie heraus und schloss die Klappe wieder. Entweder war der Postbote noch nicht da gewesen, oder er hatte heute nichts für sie dabeigehabt. Was hatte sie erwartet? Dass Oma Greta ihr jetzt jeden Tag von ihrer Puderwolke einen Brief schickte? Seufzend ging sie wieder ins Haus, um sich anzuziehen und zu frühstücken. Danach würde sie wahrscheinlich alle zwei Minuten auf die Uhr sehen. Vielleicht würde sie auch versuchen, den Zeiger dazu zu überreden, sich schneller fortzubewegen, oder sie würde vor Nervosität durchdrehen, bis Onkel Nikolaus' Kanzlei endlich besetzt war und sie nach dem Rest des Adventskalenders fragen konnte.

Eine Stunde später wartete Lena aufmerksam auf das Freizeichen und das erlösende Klicken, das ertönte, wenn jemand am anderen Ende der Leitung abnahm.

Da war es!

»Notariat Himmelreich und Sohn, Magda Frohsinn am Apparat. Wie kann ich Ihnen helfen?« Eine angenehme Frauenstimme trällerte die Worte beinahe wie einen Weihnachtsschlager in Lenas Ohr.

»Hier ist Lena Sonnenschein. Könnte ich bitte Herrn Himmelreich senior sprechen?«

»Oh, Liebes, Herr Himmelreich hat deinen Anruf schon erwartet. Ich darf doch du sagen? Der Chef hat schon so viel von dir erzählt.«

Lena lächelte. »Aber gerne!«

»Fein«, flötete Frau Frohsinn. »Allerdings tut es mir sehr leid: Herr Himmelreich ist heute nicht im Haus. Außentermine, du verstehst? Ich schreibe ihm aber gern eine Nachricht. Dann meldet er sich morgen bei dir.«

»Oh ja, das wäre nett.« Lena konnte ihre Enttäuschung kaum verbergen, verabschiedete sich aber höflich und legte auf. »Dann warten wir eben bis morgen«, seufzte sie und sah auf Ruprecht hinab, der Nuss für Nuss aus der Schale piepsend in seinem Kobel verstaute.

☆

Wenn sie frustriert war, traurig oder verärgert – oder alles auf einmal –, half Lena eines ganz besonders: in ihrer kleinen Backküche im hinteren Teil von *Fräulein Gewürzzauber* zu wirbeln und neue Leckereien für ihre Kunden zu kreieren. Es war ein magischer Ort. Der geheimnisvolle Duft orientalischer und heimischer Gewürze und der honigsüße Schokoladengeruch verströmten eine göttliche Sinnlichkeit, die sie immer beflügelte und ihr ein unbeschreibliches Wohlbehagen schenkte.

Genau das brauchte Lena jetzt. Bis sie das Lädchen öffnen würde, blieben ihr noch fast zwei Stunden für eine kleine Backsession gegen ihr Grummeln im Bauch. Also spurtete sie die Treppe hinunter und durch die schwere Holztür in ihre Süßigkeiten-Wunderwelt. Die Lichterketten im Schaufenster verwandelten den Verkaufsraum mit ihrem schummrigen Schein in eine Wohnstube am Weihnachtsabend.

Lena umrundete die Pralinenvitrine, den Verkaufstresen und ein kleines Regal, dann erreichte sie die Tür zur Backküche. Sie kippte den alten Drehschalter und entflammte die beiden nostalgischen Industrielampen unter der hohen Decke. Ein warmweißes Licht erhellte den Raum wie eine Theaterbühne und schloss die Dunkelheit draußen aus. Lenas Spiegelung in den Glasscheiben der deckenhohen Fenster schaute ihr missmutig und verwackelt entgegen.

Unschlüssig schaute sie sich um. Die linke Wand bestand aus einem Einbauschrank mit vielen großen und kleinen Türen und Schubladen. In ihnen verbarg sich jede erdenkliche Art von Backzubehör. An der Wand gegenüber bewachte eine wuchtige, weiß getünchte Anrichte, in der sich das Geschirr für Lenas Kuchengäste befand, die hölzernen Gewürz- und Vorratsregale zu ihren beiden Seiten. Der große Eichentisch in der Mitte diente als Arbeitsfläche. Es hatte sich kaum etwas verändert, seit Großmutter Greta nicht mehr da war. In ihren Erinnerungen stob eine Mehlwolke auf, und Lena sah sich in ihrer Kinderschürze um den Tisch hüpfen. Ihre Oma bearbeitete Plätzchenteig mit einem Nudelholz, und beide lachten.

Mit einem kleinen Seufzer gab sich Lena einen Ruck und schaltete den CD-Player ein. Die ersten Töne von Vonda Shepards *Silver Bells* erklangen und erfüllten den Raum mit vertrauten ruhigen Klängen. Das war schon mal ein guter Anfang. Ein Lächeln verirrte sich in ihr Gesicht, verschwand aber direkt wieder. Warum war Onkel Nikolaus nur nicht da gewesen? Ein Wink des Schicksals, oder war sie einfach nur zu ungeduldig? Vielleicht ein bisschen von beidem.

Lenas Blick fiel auf die vier Schalen frischer Himbeeren auf der Arbeitsfläche. Sie beugte sich darüber. Automatisch schloss sie die Augen und sog den verführerischen Duft der Beeren ein. Ihr Spürnäschen war wie ein Duft-Detektor, und ihre Nasenspitze kribbelte voller Vorfreude, wann immer sie den ersten Star ihrer neuen Pralinen gefunden hatte. So war es auch jetzt.

Als sie am Gewürzregal vorbeiging, um Förmchen für die Hohlkörper und weiße Schokolade zu holen, streifte sie mit der Schulter ein trockenes Sträußchen. Eine herbsüße Duftwolke explodierte um sie herum und ging mit dem Beerenduft eine unglaublich stimmige Verbindung ein.

Das war die perfekte Kombination! Ein Glücksgefühl strömte durch Lenas Körper, ließ allen Unmut verpuffen und wie Puderwölkchen davonschweben.

Mittlerweile swingten Ella Fitzgerald und Michael Bublé die schönsten Weihnachtslieder aus den Lautsprechern, und Lena sang leise mit, während sie die gehackte Schokolade im Wasserbad langsam schmelzen ließ. Schokolade war zickig und mochte es nicht zu heiß. Sobald die Masse die richtige Konsistenz erreicht hatte, füllte Lena die Hohlkörperformen, schwenkte sie und drehte sie um, damit die überschüssige Schokolade abfließen konnte. Während die weißen Kugeln fest wurden, kümmerte sie sich um das Herz der Praline: die Himbeer-Lavendel-Moussefüllung. Lena drehte sich mit dem Spritzbeutel im Kreis und füllte im Takt der Musik die Hohlkörper mit dem rosa Gold.

Aber das Schönste kommt ja bekanntlich immer zum Schluss, und so mahlte sie, nachdem sie die Pralinen verschlossen hatte, getrocknete Himbeeren im Mörser zu rosafarbenem Feenstaub und wälzte sie dann darin. In einer Vorratskiste fand Lena schließlich noch den i-Tupfer: ein lila Sternchen, das als Topping oben draufkam. Sie arrangierte die fertigen Pralinen unter einer Glashaube, stellte sie neben die anderen in die Vitrine neben dem Verkaufstresen und besah überglücklich ihr Werk.

Draußen wurde es langsam hell.

Es war Zeit, die Ladentür zu öffnen.

☆

»Entschuldigung?«

»Ja?« Lena hatte gerade hinter der Theke nach den Spitztüten für die Zuckerstangen gekramt und richtete sich rasch wieder auf, um dem Kunden zu helfen, der sie angesprochen hatte.

»Ich bin am Sonntag bei meinen Eltern eingeladen. Es sollte ihnen zwar Freude genug sein, dass ich sie mit meiner Anwesenheit beehre, aber ich würde ihnen auch gern eine Kleinigkeit mitbringen.« Der junge Mann, der vor ihr stand, war groß, und seine schlanke Figur steckte in sportlicher Kleidung. Den Gurt seiner Fototasche hatte er sich quer über die Schultern gehängt. Seine vollen Lippen lächelten verschmitzt aus seinem Dreitagebart.

»So.« Lena war für einen Moment so von seinem Lächeln eingenommen, dass sie kurz blinzeln musste, um sich zu fangen. Hektisch stopfte sie die Zuckerstangen in die Tüten, um ihren zittrigen Händen etwas zu tun zu geben. Was war nur los mit ihr?

*Lena, statt Vollpfosten bist du jetzt bitte wieder Vollprofi!*, ermahnte sie sich innerlich. »Ähm, erzählen Sie mir doch bitte etwas über Ihre Eltern«, sagte sie dann. »Ich bin mir sicher, dass wir etwas für die beiden finden werden.« Ihr Lächeln fiel ein bisschen schief aus, was ihr Gegenüber nicht zu stören schien.

Er dachte nach. Lena wartete höflich und besah sich seine sanften Gesichtszüge. Seine grünen Augen waren von langen schwarzen Wimpern umrahmt und blitzten schelmisch hinter der dunklen Hornbrille.

»Könnten Sie mir etwas für einen Akademiker mit schwarz-weißer Weltanschauung und für eine Jazz liebende Zahnarzthelferin empfehlen?«

27

»Hmm …« Lena schürzte die Lippen und tat, als überlegte sie fieberhaft. Dabei hatte sie schon längst die Lösung. »Sie geben mir eine harte Nuss«, sagte sie und lächelte schon etwas selbstsicherer, »aber ich glaube, ich habe da etwas für Sie. Kommen Sie mit.«

In der Eile ließ Lena die Zuckerstangen so ungelenk auf die Ablage vor ihr gleiten, dass einige herunterpurzelten.

»Warten Sie, ich helfe Ihnen.« Schon war der junge Mann bei ihr und las die Ausreißer vom Boden auf.

Ein Hauch von Zimt und Honig stupste Lena an der Nasenspitze, und sie sog den Duft ein. »Danke schön«, nuschelte sie nervös an ihren Rüschen zupfend. Zum ersten Mal war sie wegen ihrer Arbeitskleidung peinlich berührt. Was hatte sie nur geritten, dieses rosa geblümte Prachtstück von Schürze zu kaufen und jeden Tag zu tragen?

Um die peinliche Pause zu beenden, die nun entstand, huschte sie hinter der Theke hervor. »Bitte, kommen Sie!«

Sie blieb vor der Vitrine mit ihren Pralinenkreationen stehen. »Ihre Mutter scheint warmherzig zu sein, elegant und bestimmt auch sorgfältig in dem, was sie tut.«

»Pingelig und rigoros trifft es eher«, warf der junge Mann ein.

Lena kicherte und nickte. »Wie wäre es dann mit diesen Pralinenblüten? Sie sind aus weichem weißen und braunen Nougat und mit Kokosraspeln, getrockneten Erdbeeren und Mandelstückchen verziert. Ich kann sie auch gern in eine dieser hübschen weißen Schachteln verpacken.«

»Perfekt! Und mein Vater?«

»Das ist die härtere Nuss. Aber auch für ihn habe ich etwas ...« Lena griff in eines der hohen Regale und nahm eine flache Holzkiste heraus.

Der junge Mann sah sie irritiert an. »Mein Vater raucht nicht.«

*Dummerchen*, dachte Lena und triumphierte innerlich. »Ich nehme an, bei Ihrem Vater kommt Qualität vor Quantität. Und die hier«, sie schob den Deckel ein Stück heraus, sodass er den Inhalt betrachten konnte, »ist fünfundneunzigprozentige Zartbitterschokolade. Die beste aus Frankreich!«

Der junge Mann zog die rechte Augenbraue hoch, und Lena stutzte. »Ist es nicht das Richtige?«, fragte sie enttäuscht.

»Doch, doch! Ich wollte Sie nicht verunsichern. Ich bin nur verblüfft. Obwohl Sie meine Eltern nicht kennen, haben Sie genau ins Schwarze getroffen!« Er grinste nun wie ein Honigkuchenpferd.

Erleichtert packte Lena die Geschenke ein. Da kam ihr spontan ein Gedanke, und sie griff nach einer Tüte Zimtsterne. »Die sind für Sie. Nach einem Rezept meiner Großmutter.«

»Oh, danke, das sind meine Lieblingskekse!« Seine Augen verengten sich. »So langsam frage ich mich, woher Sie das alles wissen?«

»Ich habe das Zuckerbäckerinnen-Spürnäschen, das mir sagt, was meine Kunden sich wünschen«, grinste Lena und tippte sich auf die Nasenspitze.

»Und hübsch ist es noch dazu.« Er zahlte. »So, ich werd' dann mal wieder – die Arbeit wartet. Haben Sie vielen herzlichen Dank. Wenn die alle sind, hole ich bestimmt Nachschub. Versprochen!« Er winkte noch mit den Zimtsternen, und im nächsten Moment fiel die Ladentür mit Glöckchengebimmel hinter ihm zu.

Lena wusste gar nicht, wie ihr geschah. Was war da gerade passiert? Hatte ihr ein wildfremder Mann ein Kompliment zu ihrer Nase gemacht? Sie hatte es als Kind immer gehasst, wenn alle meinten, ihr auf ihr »niedliches Sprungschanzen-Näschen« stupsen zu müssen – und zu viele Sommersprossen tummelten sich auch darauf.

»Ein netter junger Mann«, riss sie eine zaghafte Stimme aus ihren Gedanken, und die von kleinen Lachfalten umrahmten blauen Augen einer älteren Dame lächelten sie an.

»Meinen Sie? Ja, vielleicht«, überlegte Lena. »Kann ich Ihnen denn weiterhelfen?«

Als Lena an diesem Tag den Laden schloss, ging ihr vieles durch den Kopf. Es waren seit gestern seltsame, wundersame und zauberhafte Dinge passiert, über die sie bei einem heißen Kakao nachdenken musste. Doch bevor sie die Holzstufen nach oben stieg, ging sie einem Impuls folgend durch die Haustür. Die Flocken fielen wieder dicht und verdeckten die Fußabdrücke der Passanten schnell. Aber darauf achtete Lena jetzt nicht. Sie öffnete den Briefkasten und starrte fassungslos auf den braunen Umschlag, der zwischen zwei Rechnungen steckte. Es war eindeutig wieder ihr Name in Oma Gretas Handschrift darauf. Daneben klebte wieder ein Glanzbild, diesmal ein nostalgischer Mond mit Schlafmütze, von der ein glitzernder Stern baumelte.

Sie flog beinah die Treppen zu ihrer Wohnung empor, legte den Umschlag auf den Küchentisch und besah ihn sich einen Moment lang ehrfürchtig. In Windeseile schaltete sie dann die gemütliche Beleuchtung in Küche und Wohnzimmer an, entzündete die Kerzen am Couchtisch, kochte eine große Tasse Kakao und stellte Ruprecht eine Holzschale mit Nüssen vor die Nase.

Sie machte es sich mit dem Brief auf dem Sofa bequem. Die Lasche war wie am Tag zuvor nur an der Spitze angeklebt, sodass sie sich leicht öffnen ließ. Vorsichtig zog Lena eine Karte heraus. Geklebte und gezeichnete Ilexzweige umrahmten eine verschnörkelte Zwei und den Spruch: *Zeig mir Deine Schokolade, und ich sage Dir, wer Du bist!*

Sie wendete die Karte und fand erneut eine kleine Nachricht auf deren Rückseite.

*Liebes Lenchen,*
*erinnerst Du Dich an die Geschichte, wie ich Deinen Großvater kennengelernt habe?*
*Ich weiß, Du besitzt das Talent Deiner Ururgroßmutter Elvi, in die Herzen der Menschen zu sehen, und triffst instinktiv die richtige Wahl, um den Zauber der Adventszeit zu entfachen.*
*Die Menschen danken es Dir mit einem ehrlichen Lächeln und manchmal auch mit noch mehr.*
*In Liebe*
*Oma Greta*

Lena stand der Mund offen. Es gab so viele Parallelen zwischen diesen Worten und dem heutigen Vormittag, dass ihr ganz seltsam zumute war.

Der attraktive junge Mann, seine Schokoladentypberatung und das Päckchen Zimtsterne, das sie ihm mitgegeben hatte …

Lena lehnte sich in die Kissen zurück, schloss die Augen und drückte den Umschlag mit der Karte an ihre Brust.

*Ach, Oma, wenn du wüsstest, wie recht du damit hast!*, dachte sie und fragte sich gleichzeitig, ob es nun etwas anderes als nur einige riesengroße Zufälle auf einmal waren.

Natürlich erinnerte sie sich genau an die Geschichte, wie sich ihre Großeltern kennengelernt hatten: Es war zu der Zeit gewesen, als Lenas Ururgroßmutter Elvi ihren kleinen Süßwarenladen und den Zauber darin in die Hände ihrer Enkelin Greta legte. Eines Tages war ein junger Mann durch die Tür gekommen und hatte nach Zimtsternen gefragt und ob Greta mit ihm in die Kinovorstellung am Wochenende gehen wollte. Sie fühlte sich sofort zu ihm hingezogen und sehr geschmeichelt. Doch Gretas Großmutter wollte erst testen, welcher Schokoladentyp er war. Da Greta sich ohnehin nicht so schnell erobern lassen wollte, stimmte sie Elvis Vorschlag zu und fragte ihn nach seiner Lieblingsschokolade. Ihre Großmutter hatte ihr beigebracht, wie man die verschiedenen Schokoladentypen unterscheiden kann – und zu ihrem Glück hatte der junge Mann namens Henry den Test bestanden. Er verlangte Zartbitter-Schokoladenkekse mit rosa Pfeffer.

Lena fand im Umschlag noch einen Zettel, eine Art Pergamentpapier, auf dem Charakterzüge bis ins Detail den einzelnen Schokoladensorten und Zuckerbäckereien zugeordnet waren. Aufmerksam ging sie die Liste durch, von Anisplätzchen bis Walnuss-Zauberstäbe, von Vollmilch-Karamell bis Zartbitter-Chili-Schokolade. Schnell fand sie die Schokokekse ihres Großvaters mit der Aufzählung der Zutaten und deren Bedeutung: Zartbitterschokolade verhieß Entschlossenheit und Stärke, Vanille und Honig Sanftmütigkeit und Lebensfreude und der rosa Pfeffer Herzenswärme. Darunter stand noch eine nachträgliche Anmerkung ihrer Großmutter, die Lena schmunzeln ließ:

*Zimtsterne – lebensfroher Charakter, liebt die Würze im Leben, romantisch, fantasievoll, aber nicht weltfremd.*

*Wenn der junge Mann von heute Vormittag wieder in den Laden kommt, werde ich ihn testen,* beschloss Lena. Gleichzeitig erschrak sie. Was, wenn er nicht noch einmal herkam? Warum hatte sie ihn nicht wenigstens nach seinem Namen gefragt? Sie hörte ihre Freundinnen Milla und Emma schon mit ihr schimpfen: »Süße, du bist einfach nicht in Übung, was den Umgang mit dem anderen Geschlecht betrifft! Du musst dich mal dem ultimativen Milla-Emma-Flirt-Workshop unterziehen!«

*Von wegen!* Lena fand, dass die Sache an sich schon prima geklappt hatte. Gut, am Ergebnis konnte sie definitiv noch feilen. Sie sah in Erinnerung sein Lächeln vor sich und hoffte von ganzem Herzen, dass ihr Zimtstern-Adventsmann ihr die Gelegenheit dazu gab.

# 3. DEZEMBER

Der dritte Dezember war ein Mittwoch, und schon der Morgen gestaltete sich für Lenas sonstige Gewohnheiten sehr chaotisch. Sie war zu spät aufgestanden, und die Milchpackung war leer. Also gab es keinen Kakao zum Frühstück, was Lena ihrer morgendlichen Grundlage beraubte. Ruprecht hatte zudem ihre Müslidose umgekippt, den Inhalt auf der Küchenanrichte und dem Fußboden verteilt und mit großem Hallo und freudigem Gefiepe die Haselnüsse herausgefischt. Offensichtlich war er hocherfreut, dass er die Nüsse nicht knacken musste.

Die Haferflockenexplosion war zwar schnell beseitigt, jedoch stellte Lena nach einem starken Ingwertee mit Kardamom und dem Blick aus dem Fenster fest, dass es in der Nacht so viel geschneit hatte, dass sie statt der üblichen zwanzig Minuten wahrscheinlich doppelt so lang damit beschäftigt sein würde, den Weg vor dem *Fräulein Gewürzzauber* begehbar und die beiden Treppenstufen rutschfrei zu bekommen. Natürlich hätte sie ihren Nachbarn Tjure Großherz um Hilfe bitten können. Aber da der ehemalige Förster in letzter Zeit sowieso schon wieder viel zu viel für sie tat, indem er sie mit selbst gemachtem Tannenhonig und allerlei ausgefallenen Zutaten aus dem Wald versorgte, verwarf sie den Gedanken und nahm das Kehrblech selbst in die Hand.

Als sie sich später erschöpft auf einen Küchenstuhl setzte, wurde ihr bewusst, dass nicht viel Zeit bleiben würde, um die Wohnung für den Besuch von Emma und Milla richtig aufzuräumen, den sie für heute Abend verabredet hatten. Dennoch freute sie sich auf die beiden. Jetzt zur Weihnachtszeit sahen sie einander viel zu selten.

*Ich schlage ihnen einfach vor, dass wir uns in einem gemütlichen Lokal in der Innenstadt treffen*, beschloss Lena kurzerhand. Ihr stand nun wirklich nicht mehr der Kopf nach Großreinemachen.

☆

Kurz nach sechzehn Uhr klingelte das Telefon, und Lena huschte hinter die Theke. »Das *Fräulein Gewürzzauber*, Lena Sonnenschein am Apparat?«

»Nikolaus Himmelreich. Hallo, Lenchen!«, klang ein dröhnender Bass durch den Hörer.

Damit hatte Lena, die an diesem Tag alle Hände voll zu tun gehabt hatte, gar nicht mehr gerechnet. Umso mehr hüpfte ihr Herz jetzt vor Freude. »Onkel Nikolaus, ich freu mich so, dass du dich meldest! Ich habe so viele Fragen an dich!«, sprudelte es aus ihr hervor.

Ein herzliches Lachen war die Antwort. »Na, das kann ich mir denken. Deine Großmutter ist eben immer für eine Überraschung gut.« Er gluckste noch einen Moment vor sich hin.

»Oh ja! Bitte erzähl mir, wie es dazu gekommen ist!«, bat Lena.

»Gerne, gerne, aber es ist so, dass wegen der Übergabe der Kanzlei an meinen Sohn gerade sehr viel zu regeln ist. Mein Terminkalender ist voller als jemals zuvor!«, erklärte er, spürte allerdings offenbar, wie Lena am anderen Ende der Leitung enttäuscht zusammensackte. Denn er sagte schnell: »Was hältst du von einem gemütlichen Punsch am Freitag bei mir zuhause? So gegen achtzehn Uhr dreißig?«

Lena hatte nichts dagegen einzuwenden. »Dann erzählst du mir aber *alles*, und ich meine *alles*!«, sagte sie bestimmt und hob – obwohl er es nicht sehen konnte – mahnend den Zeigefinger. »Ihr spannt mich so sehr auf die Folter. Warum tut ihr das?«

»Alles, was mir erlaubt ist, dir zu erzählen, wirst du erfahren. Das verspreche ich dir. Du weißt, dass ich meine Pflichten immer sehr ernst nehme.«

»Ich hoffe, dass du in diesem Fall eine kleine Ausnahme machen wirst. Warum so geheimnisvoll?«, fragte Lena.

»Das, mein liebes Kind, liegt nicht in meiner Hand«, sagte der Notar. »Es war der Wille deiner Großmutter, die mir diesen Auftrag gab. So, mein nächster Termin wartet, und ich muss mich verabschieden. Ich freue mich darauf, dich am Freitag endlich einmal wiederzusehen.«

»Ich freue mich auch. Bis Freitag, Onkel Nikolaus, und liebe Grüße an Tante Thessa!«

Lena legte mit einer Mischung aus Enttäuschung, aber auch kribbeliger Vorfreude auf. Sie sah in ihrem kleinen Lädchen umher, sah die zufriedenen Gesichter der Kunden, die bei heißer Milch mit Honig ein Stück Glühwein-torte genossen und durch die vielen Leckereien stö-berten. Sehnsüchtig blieb ihr Blick an der Eingangstür hängen. Wie schön es wäre, wenn die Glöckchen mit ihrem fröhlichen Geklingel jetzt ihren Zimtstern-Ad-ventsmann ankündigten! Aber natürlich blieben sie still.

*Jetzt mach dir nicht unnötig Hoffnung, und sei keine Idio-tin, Lena!*, rief sie sich zur Ordnung. Was hatte dieser Typ nur angestellt, dass sich ihr Gedankenkarussell so sehr um ihn drehte und ihre Gefühle Achterbahn fuhren? Es war sicher der Zimtduft! Ja, das musste es sein. Für Zimt hatte sie schon immer eine Schwäche gehabt.

Nachdem Lena die letzten Kunden verabschiedet und aufgeräumt hatte, schloss sie das *Fräulein Gewürzzauber* ab, atmete einmal tief ein und aus und trat aus der Haus-tür. Mit zittrigen Händen öffnete sie den Briefkasten und machte einen Freudentanz im Schnee, als sie den dritten Umschlag darin fand. Ruprecht hüpfte um ihre Beine und freute sich anscheinend mit ihr.

»Komm, Puschelchen, wir sehen nach, was Oma Greta heute schreibt!« Sie wandte sich um, und als hätte er genau verstanden, warum Lena so aufgeregt war, sprang das Eichhörnchen hinter ihr ins Haus. Es legte sich erwartungsvoll neben Lena auf die Sofakissen und wedelte aufgeregt mit dem buschigen Schwanz.

Die Karte war wieder genauso schön wie die beiden zuvor. Eine elegante Drei prangte auf einer am Rand verschnörkelten Tortenspitze, und darunter stand der Spruch: *Geduld ist die Tugend, die am besten mit Schokolade harmoniert!*

Höchste Zeit für einen heißen Kakao – ach, halt! Die

Milch war ja aus! Das passte zu diesem Tag. Lena ließ die Schultern sinken, seufzte schwer und ging duschen, damit sie nicht zu spät zu ihrer Verabredung mit ihren Freundinnen kam. Weil sie die Karten Emma und Milla zeigen wollte, holte sie auch die beiden anderen aus dem kleinen Holzkistchen im Regal neben dem Sofa und steckte alles in ihre Handtasche.

Sie war gespannt, was die beiden zu ihrem ganz besonderen Adventskalender sagten, und wollte sie daran teilhaben lassen, wenn sie die Nachricht zum dritten Dezember las.

☆

Das *Insieme* war seit der Schulzeit ihr beliebtester Treffpunkt. Schon als Lena die schmale Holztür des italienischen Restaurants öffnete, hörte sie, dass Emma und Milla bereits auf sie warteten. Emmas giggelndes Lachen war unüberhörbar. Sie saßen in ihrer üblichen Nische. Millas rote Locken leuchteten im Schein Dutzender Kerzen. Beide waren wie Lena schlank und sportlich-elegant gekleidet. Und sie waren in bester Adventslaune.

Leckeres Essen, Quatschen und den Alltag hinter sich zu lassen war genau das, worauf sich Lena jedes Mal freute, wenn sie sich mit den beiden traf. Heute war es jedoch anders. Sie brauchte dringend jemanden, mit dem sie über die letzten drei Tage reden konnte, sonst würde sie irgendwann platzen. Sie hoffte sehr, dass ihre Freundinnen die richtigen Zuhörer waren – und wurde nicht enttäuscht.

Bei Wein und Antipasti begann Lena zu berichten.

»Es ist etwas Unglaubliches passiert«, platzte es aus ihr heraus. »In den letzten Jahren habe ich Oma Greta so oft in den Ohren gelegen, mir noch ein Mal so einen Adventskalender zu machen, wie ich ihn in meiner Kindheit immer bekommen habe. Durch den Stress in der Weihnachtszeit hat sie es nie geschafft. Aber jetzt habe ich ihn bekommen!«

Lena strahlte glücklich von einem Ohr zum anderen, doch ihre Freundinnen blickten sie nur fragend an. »Na, den Adventskalender!«, rief sie. »Sie schickt mir jeden Tag einen Brief, in dem eine wunderhübsch gestaltete Postkarte mit einer Nachricht und einem Spruch steckt! Und ob ihr es glaubt oder nicht, was auf den Kärtchen steht, wird wirklich wahr!«

Bevor sie weiterreden konnte, unterbrach Milla sie: »Lena-Süße, mal im Ernst: Willst du uns auf den Arm nehmen? Deine Oma schickt dir Briefe? Und jeden Tag passiert genau das, was sie dir auf ein Kärtchen geschrieben hat?« Sie sah Lena mit zusammengekniffenen Augen an.

Emma nahm mitfühlend ihre Hand. »Schatz, es ist erst ein Jahr her, dass sie gegangen ist. Es ist sicher immer noch schwer für dich, aber wir sind für dich da. Das weißt du, und –«

»Nein, das ist mein voller Ernst!«, verteidigte Lena sich. »Ich beweise es euch.«

Sie entwand sich Emmas Klammergriff, wühlte in ihrer Handtasche und drückte jeder der beiden einen Umschlag in die Hand.

Emma und Milla begutachteten die Karten skeptisch.

»Sie sind wirklich sehr hübsch«, sagte Milla dann leise.

»Du bist dir sicher, dass das die Handschrift deiner Großmutter ist? Ich meine, so was kann man fälschen – au!« Emma griff mit schmerzverzerrtem Gesicht unter den Tisch.

»Was Emma damit sagen will …« Milla suchte scheinbar verzweifelt nach den richtigen Worten, um Lena nicht zu verletzen. »Es könnte ja sein, dass –«

»Ich sage es euch, die Handschrift ist echt.« Lena wurde langsam ungeduldig. »Der Notar, Nikolaus Himmelreich, wurde von meiner Großmutter damit beauftragt.«

»War der nicht ein Freund deines Opas?«, fragte Milla.

Lena nickte.

»Was ist, wenn er mit jemandem unter einer Decke steckt? Hast du Konkurrenz in der Nähe? Gibt es Baupläne für eine Umstrukturierung des Viertels?« Emma hob abwehrend die Hände. »Was guckt ihr mich so an? Das alles können Gründe sein, die Leute dazu zu bewegen, die verrücktesten Dinge zu tun. Sie wollen, dass man Lena für verrückt hält, wenn sie erzählt, dass sie von ihrer toten Großmutter jeden Tag Post erhält.«

»Emma, jetzt übertreibst du aber! Sei doch nicht so unsensibel!« Milla funkelte Emma über den Rand ihres Weinglases böse an.

»Ich bin nur realistisch«, grummelte Emma.

»Nikolaus war der beste Freund meines Großvaters. Warum sollte er mir etwas Böses wollen?«, stellte Lena fest. Solch haarsträubende Geschichten waren ihr noch gar nicht in den Sinn gekommen. Wenn auch nur ein Funken von dem stimmte … Nein, ein solches Szenario war undenkbar!

Milla schüttelte den Kopf, dass ihre Locken wippten. »Das kann ich mir auch nicht vorstellen. Mit wem sollte Herr Himmelreich unter einer Decke stecken, der Lena so hübsche und liebevoll gebastelte Kärtchen schickt – und ihr zugleich etwas Böses will? Und warum? Damit sie vor lauter Freude so überwältigt ist, dass sie den Laden aufgibt und das Haus verlässt, damit die Bagger anrücken können?«

»Danke, Milla.« Lena lächelte. Doch ganz sicher war sie sich nun doch nicht mehr. Der Gedanke, dass Onkel Nikolaus genug Dokumente von Großmutter Greta in seiner Kanzlei liegen hatte, anhand derer ihre Handschrift hätte kopiert werden können, huschte düster und stillschweigend durch ihren Kopf. Am Freitag würde sie versuchen, ihm so viele Informationen wie möglich zu entlocken, um Gewissheit zu haben, dass an Emmas Verschwörungstheorien nichts dran war. Aber bis dahin waren es noch zwei Tage.

Lena umklammerte ihr Weinglas. Dieser Abend war ein gründlicher Reinfall. Das stand fest wie Omas Himbeertorten-Baiser-Haube. Ihr Plan, dass sich ihre Freundinnen mit ihr über diese unverhoffte und ganz besondere Überraschung freuten und mit ihr mitfieberten, war fürchterlich in die Hose gegangen.

☆

Spät am Abend saß Lena wieder auf ihrem Sofa unter Tante Hedwigs glitzernder Sternchengirlande, das kleine Holzkistchen mit den drei Umschlägen auf dem Schoß, und brütete über noch mehr Dinge nach als zuvor. Würde sie die Dinge genauso sehen, wenn sie an Emmas und Millas Stelle wäre? Sie waren besorgt. Keine Frage. Aber es fehlte jede Spur von der Aufgeschlossenheit und Neugier, die sie an ihren Freundinnen so liebte. *Nein, ich wäre keinesfalls so skeptisch und ungläubig!*, dachte Lena und schnaubte einmal verächtlich.

Ruprecht hopste über die Kissen zu ihr und schnupperte an der Kiste. Dann stupste er sie mit der Pfote an, als wollte er sagen *Du hast da noch was vergessen*, und tschiepte in wichtigem Tonfall.

»Du hast ja recht, Puschelchen!« Lena öffnete eher lustlos Umschlag Nummer drei, zog die Karte heraus und drehte sie um.

*Liebes Lenchen,*
*die Erkenntnis mag für Dich frustrierend sein, dass es zu viele Ignoranten auf dieser Welt gibt. Aber glaube mir: Es gibt auch Menschen, in deren Inneren ein Licht leuchtet. Dein Großvater Henry war so jemand für mich.*

*Hab Geduld, und Du wirst erkennen, wem Du Deine Geschichte erzählen kannst. Wer Dir zuhört und sich mit Dir freut.*
*In Liebe*
*Oma Greta*

*PS: Schau noch einmal in den Umschlag.*

Das tat Lena, und sie fand ein altes, an den Ecken geknicktes und zerkratztes Schwarz-Weiß-Foto. Es zeigte ihre Großeltern Arm in Arm vor dem *Fräulein Gewürzzauber*. Sie lachten in die Kamera, und Lena spürte die ganz besondere Verbundenheit, die da ist, wenn sich zwei perfekt zueinander passende Hälften gefunden haben.

Lena sah das Bild nur noch verschwommen und warf sich schluchzend in die Kissen.

Sie war von diesen lieben Worten berührt, gleichzeitig aber traurig, dass sie nie wieder mit ihrer Großmutter von Angesicht zu Angesicht über diese Dinge würde reden können, und wütend, dass sie gerade nicht mehr ansatzweise die Kontrolle über ihr sonst so geordnetes Leben hatte.

Irgendwann versiegten die Tränen, ihr Atem beruhigte sich, und an die Stelle der vielen wilden Schneesturmgedanken traten Windstille und Nebel, die sie schläfrig machten und endlich einen traumlosen Schlaf brachten.

# 4. DEZEMBER

Kleine Pfoten tapsten über Lenas Körper. Leise Fiepslaute drangen aus der Ferne an ihre Ohren. Ein weiches Haarbüschel strich über ihre Wange und riss sie aus einem komatösen Schlaf.

»Lass das, Ruprecht«, grummelte sie und stupste das Eichhörnchen sanft, sodass es keckernd beiseitesprang. Dann setzte sie sich auf, schaute an sich hinab und stöhnte. Dass sie auf dem Sofa eingeschlafen war und dazu noch in ihrer Straßenkleidung, war Lena zuletzt nach Emmas achtzehntem Geburtstag passiert. Obwohl sie nur zwei Gläser Wein getrunken hatte, fühlte sie sich wie ein ausgelutschter Zitronendrops, der von einem Rentierschlitten überrollt worden war.

Da half nur noch eine warme Dusche, um ihre Lebensgeister wieder zu wecken. Mit ihnen kam jedoch auch die Erinnerung an den gestrigen Abend wieder, der nicht annähernd so gelaufen war, wie Lena es sich erhofft hatte. Warum nur hatten ihre Freundinnen so negativ reagiert? Grummelnd zog sie sich frische Kleidung an und ging in die Küche.

Immerhin hatte sie dank Antonios großzügiger Spende wieder Milch und konnte die Lektüre der *Mor-*

*genpost* in Ruhe und mit einem leckeren Kakao genießen. So richtig konnte sie sich allerdings nicht auf die Artikel konzentrieren. Ob sie heute wieder einen Brief erhalten würde?

Plötzlich kam ihr etwas in den Sinn. Sie stand auf, holte das Holzkistchen an den Tisch, stellte es auf der aufgeschlagenen Zeitung ab und besah sich die Umschläge. Es war ihr gerade erst bewusst geworden, dass auf keinem eine Briefmarke klebte. Der erste war gemeinsam mit dem Anschreiben von Nikolaus Himmelreich gekommen. Die anderen beiden hatten mit der täglichen Post im Briefkasten gelegen, als hätte der Postbote sie dort mit hineingeworfen. Was er aber nicht getan haben konnte.

Da stellte sich die Frage, wer ihr diese Briefe lieferte. Hatte Onkel Nikolaus jemanden damit beauftragt? Ob sie sich auf die Lauer legen sollte? Aber sie wusste ja nicht, wann der geheimnisvolle Briefbote vorbeikommen würde, und hatte weder Zeit noch Lust, den ganzen Tag in der Kälte zu verbringen. Am besten erstellte sie einen Fragenkatalog, den sie Onkel Nikolaus am Freitag vortragen konnte. Er würde nicht gerade kurz ausfallen.

Lena stöhnte. Heute war erst Donnerstag, und es würde noch einen Tag, eine Nacht und noch einen halben Tag dauern, bis sie Nikolaus Himmelreich endlich treffen würde und ihn ausquetschen konnte wie einen Küchenschwamm. Denn das hatte sie sich fest vorgenommen.

*So was kann man fälschen … Was ist, wenn er mit jemandem unter einer Decke steckt? Hast du Konkurrenz in der Nähe?* Emmas Worte gingen ihr einfach nicht aus dem Kopf. Andererseits wollte sie aber auch nicht aufhören, daran zu glauben, dass ihre Großmutter ihr die Briefe hinterlassen hatte. Welche Wahrheit am Ende auch immer ans Licht kommen würde: Diese Briefe waren zauberhaft und die kribbelige Vorfreude darauf jeden Tag aufs Neue ein wundervolles Gefühl.

Bei diesem Gedanken schloss Lena lächelnd das Holzkistchen und stellte es beiseite. Gerade wollte sie die Zeitung zuschlagen, als ihr ein Artikel ins Auge fiel.

»Puschelchen, das glaube ich jetzt nicht!« Laut las sie ihm die Schlagzeile vor: »*Einkaufen wird zum Paradies.* Schau mal!«

Das Foto zeigte zwei Männer in Anzug, die einander breit in die Kamera grinsend die Hände schüttelten. Der eine war hager und hatte einen streng gezogenen Seitenscheitel. Das Hemd unter dem Jackett des anderen spannte sich über dessen Wohlstandsbauch, als würde es jeden Moment zerbersten, und sein Walrossschnauzbart nahm viel Platz in dem runden Mondgesicht ein. Im Hintergrund reckten über einem riesigen Krater stählerne Kräne ihre Hälse in den Himmel.

Ihr Interesse war geweckt, und sie las den Artikel aufmerksam:

... Darüber sind sich Konzernchef und Investor D. Bollmann und Ratsmitglied K. Schwarz einig.

Sie planen den Umbau und die Sanierung des historischen Filmtheaters *Casablanca* für den kommenden Frühling.

Auf dem fünftausend Quadratmeter großen Gelände sollen in den denkmalgeschützten Wänden ein Supermarkt und mehrere namhafte Modeketten ihre

Türen für die kauffreudige Kundschaft öffnen. Trotz heftiger Gegenproteste seitens der Bevölkerung scheint das Vorhaben beschlossene Sache zu sein.

Der Pächter, J. Diamond, befürchtet, das *Casablanca* an den Fabrikanten zu verlieren. Er könne ganz und gar nicht über zu wenige Besucher klagen. Das Problem liege an anderer Stelle, erklärt er der *Morgenpost* niedergeschlagen. »Das Fabrikgebäude ist alt und riesengroß. Umfangreiche Renovierungsarbeiten sind unausweichlich. Da brauchen wir uns nichts vorzumachen. Die Stadt hat uns eine lange Liste an Auflagen gemacht. Die Eigentümergemeinschaft sieht daher keine andere Möglichkeit, als zu verkaufen, wenn ich den Arbeitsaufwand finanziell nicht stemmen kann.«

Herr Diamond sucht händeringend nach Investoren, denen der Erhalt eines solchen Kleinods am Herzen liegt.

Die Anwohner des Rosenviertels und viele andere Mitbürger aus der Stadt möchten die Umbaupläne nicht kampflos hinnehmen und haben daher eine Unterschriftenaktion gestartet. Schließlich weckt das Kino seit Generationen die schönsten Erinnerungen.

Wer sich an dieser Aktion beteiligen möchte, hat dazu am Montag, 8. Dezember, die Gelegenheit. Um 15:00 Uhr findet dann auf dem Vorplatz des Filmtheaters *Casablanca* am Rosenplatz eine Kundgebung statt. Die Unterschriftenliste liegt danach noch bis zum 20.12. im Blumenladen *Flora* in der Veilchenstraße 56 aus.

Foto + Text: M. Him.

Lena lief ein Eiskristallschauer über den Rücken. Das war ja wirklich ein starkes Stück! Im *Casablanca* hatte die Liebesgeschichte ihrer Großeltern angefangen. Auch sie selbst war in ihrer Jugend oft da gewesen und hatte das alte Filmtheater immer schon geliebt. Händchenhalten im Dunkeln, der erste Kuss … Das Filmtheater hatte mit seinen mit dunkelrotem Samt bezogenen Sitzen und den kleinen Balkonen im größten der fünf Säle einfach einen ganz besonderen Charme. Vor jeder Sitzreihe waren auf schmalen Tischchen kleine Lampen mit Stoffschirmen aus Omas Zeiten angebracht. Betätigte man den Schalter daneben, huschte jemand von der langen Holztheke herbei und fragte nach dem Getränkewunsch, ganz anders als in den Kinokomplexen mit ihrer modernen Kühle, den langen Schlangen an den Theken und den eindeutig überforderten studentischen Hilfskräften dahinter.

Lena drängte mit einem Mal der Wunsch zu helfen. Sie rutschte unruhig auf ihrem Stuhl hin und her und sah nachdenklich aus dem Fenster. Ihre Unterschrift war der Aktionsgemeinschaft schon mal sicher, doch sie hatte das Gefühl, dass das nicht genug sein würde. Es würde noch weitaus mehr passieren müssen, damit der Verkauf an die Investoren verhindert werden konnte. Es musste einen Weg geben, Herrn Diamond zu unterstützen, damit er das Kino weiterbetreiben konnte. Vielleicht könnte Onkel Nikolaus ihr mit seinen weitreichenden Verbindungen dabei helfen.

☆

Wenig später schloss sie in Gedanken noch immer bei dem Zeitungsartikel die Tür zum *Fräulein Gewürzzauber* auf. Schon kündigte das Glöckchen die ersten Kunden an.

Lena entzündete die Teelichte auf den kleinen Tischen und warf einen kurzen Blick durch das Schaufenster nach draußen. Ein Auto fuhr gerade langsam und mit Knarzen und Knacken über den festgefrorenen Schnee. Heute fielen kaum Flocken vom Himmel. Stattdessen lugte die Sonne ab und an hinter den Wolken hervor und ließ die Schneedecke märchenhaft glitzern. Doch obgleich sich das Winterwetter von seiner schönsten Seite präsentierte, wehte ein eisiger Wind mit hinein, sobald sich die Glastür öffnete und wieder schloss.

Lena fröstelte. Etwas wärmer wurde ihr erst, als sich das Lädchen langsam füllte und sie zwischen Regalen, Kasse, Küche und den drei Tischen hin und her hüpfte, um allen Wünschen gerecht zu werden. Sie hatte schon über eine Aushilfe nachgedacht, aber es war schwer, jemanden zu finden, der zuverlässig war. Die letzte Hilfskraft war eine Studentin gewesen, die extreme Schwierigkeiten hatte, Termine und Uhrzeiten einzuhalten. Lena hatte sich oft gewundert, wie sie es dennoch schaffte, ihren Stundenplan an der Uni zu bewältigen.

Allein auf sich gestellt war es für sie nun natürlich umso anstrengender, aber sie machte heute mehr denn je dem Namen Sonnenschein alle Ehre. Überall, wo sie hinkam, verbreitete Lena eine Wolke der Glückseligkeit, und die anfangs gestressten Kunden warteten geduldig, bis sie an der Reihe waren.

Am Nachmittag nutzte Lena eine winzige Verschnaufpause, um die gebrannten Mandeln in kleine Tüten mit Nikolausgesichtern abzufüllen. Sie stand währenddessen hinter dem Verkaufstresen und bekam dadurch Teile eines Gesprächs mit, das zwei Gäste am linken der drei Tischchen führten. Es waren eine junge, sehr bunt geschminkte Frau mit wilder Sturmfrisur und einer filigranen randlosen Brille und ein Mann etwa gleichen Alters mit kürzeren, aber umso gelockteren Haaren.

»… brauchen wir Handwerker, um Jojo zu unterstützen«, erklärte sie entschieden.

»Genau. Es wäre doch gelacht, wenn wir das *Casablanca* nicht in wenigen Tagen wieder flottkriegen«, sagte er.

Lena fackelte nicht lang und trat zu den beiden an den Tisch. »Entschuldigen Sie bitte, wenn ich mich einmische, aber geht es um die Schließung des alten Filmtheaters? Ich habe davon heute Morgen in der Zeitung gelesen und war erschüttert!«

»Ja, richtig«, entgegnete die junge Frau und nickte, dass ihre Sturmfrisur mitwippte. »Wir suchen Leute, die unseren Freund Jonathan Diamond bei den Renovierungsarbeiten unterstützen.«

»Elektriker, Glaser, Schreiner, Steinmetze. Profis wie auch Laien. Ganz egal«, ergänzte der junge Mann und lächelte Lena breit an. Er hatte ein Piercing an der linken Augenbraue und eines in der Nase. Am Hals bemerkte Lena eine Flügelspitze; der Rest der Tätowierung verschwand im Kragen seines T-Shirts. Insgesamt machte seine Erscheinung, die in dunklen Jeans und einem schwarzen Wollpulli steckte, einen sehr gepflegten Eindruck.

»Ich würde auch gern helfen«, sagte Lena. »Hand-
werklich bin ich nicht sonderlich begabt, aber was halten
Sie davon, wenn ich hier im Laden Flyer verteile? Gerade
jetzt sind jeden Tag viele Leute hier. Jeder kennt doch
jemanden, der vielleicht helfen kann. So können wir eine
Lawine ins Rollen bringen.«

»Super Idee! Die kannst du doch gestalten, Matthi,
oder?«, entgegnete die junge Frau begeistert. »Er hat ein
Händchen für so was.«

Matthi nickte wieder. »Bin Grafiker.«

»Vielleicht könnte auch eine Spendenaktion helfen?
Ein gemütlicher Adventsnachmittag. Die Leute trinken
Glühwein, essen Kekse und können am Glücksrad ein
paar schöne Dinge gewinnen. Der Erlös fließt in die Erhaltung des Kinos!«, überlegte Lena laut. Sie zog sich
einen Stuhl heran und setzte sich.

»Sagenhaft! Könnte man das nicht direkt *im* Kino
machen?« Die junge Frau zog ein kleines, in Leder ge-
bundenes Buch aus ihrer Manteltasche und begann, sich
Notizen zu machen. »Ich rufe Jojo gleich mal an und
frage ihn, was er davon hält. Dann haben wir schon die
Location … Und was haltet ihr vom 21. Dezember? Das
ist der vierte Advent.«

Matthi nickte.

Die junge Frau streckte Lena die Hand hin. »Ich heiße
übrigens Bille, und das ist mein Bruder Matthi!«

»Lena, ich freue mich! Den Punsch und Zimtsterne
spendiere ich«, bot Lena an. »Es werden sich im Rosen-
viertel bestimmt noch andere Geschäftsinhaber oder
Privatpersonen finden, die einen Kuchen oder Kekse für
den Verkauf spenden. Wisst ihr, wie viel Zeit dem Kino

noch bleibt? Ist schon ein Notartermin für den Verkauf vereinbart worden?«

»Ja, allerdings. Am Vormittag des 31. Dezember soll der Kaufvertrag bei Himmelreich und Sohn unterschrieben werden«, sagte Bille.

»Oh«, entfuhr es Lena, als sie den Namen hörte. Wenn Onkel Nikolaus in diese Sache involviert war, konnte sie ihn nicht um Hilfe bitten.

Bille lächelte. »Dann bringt Matthi dir die Flyer, sobald sie fertig sind, und ich frage in den Geschäften im Viertel rum. Ach, Lena, ist das schön, jemanden kennenzulernen, der spontan mit anpackt! Das gibt's heute viel zu selten. Nicht wahr, Matthi?«

»Jo«, Matthi nickte wieder und nippte am Punsch.

Lena wollte die zwei einladen, aber Bille und Matthi ließen es sich nicht nehmen, zu bezahlen und auch noch fünf Tüten gebrannte Mandeln mitzunehmen.

☆

Als Lena an diesem Abend das *Fräulein Gewürzzauber* schloss, fühlte sie sich bärenstark. Sie hätte ganze Mammutbäume entwurzeln können. Als sie wieder vor dem Briefkasten stand, schloss sie kurz die Augen und stellte sich einen braunen Umschlag mit einem Glanzbild und ihrem Namen vor, als könnte sie ihn damit herbeibeschwören. Als sie ihn einen Moment später wirklich in Händen hielt, wusste sie gar nicht, wohin mit ihrer ganzen überschüssigen Energie. Fröhlich eine Weihnachtsmelodie pfeifend tänzelte sie die Treppe in ihre Wohnung hoch.

Ruprecht hatte schon auf sie gewartet und empfing Lena mit einem herzlichen *Wuck-wuck-wuck*, während er wild um ihre Beine hüpfte.

Lena hob ihn vom Boden, drückte ihn liebevoll an sich und kraulte seine Pinselöhrchen. »Hallo, Puschelchen, du glaubst ja gar nicht, was heute wieder alles passiert ist!«

Ein erneutes *Wuck-wuck* war die Antwort.

Lena setzte Ruprecht ab und sich an den Küchentisch.

Die Vier auf der braunen Karte wurde heute von glitzernden Schneeflocken umrahmt. Darunter stand in geschwungenen Lettern: *Der Drops ist da, um gelutscht zu werden.*

Sie drehte die Karte um und las:

*Liebes Lenchen,*
*auch wenn ich Dir nicht mehr bei Deiner Arbeit zur Hand gehen oder persönlich mit Dir reden kann, habe ich doch den ein oder anderen gut gemeinten großmütterlichen Rat für Dich parat: Greife Probleme an! Sieh nicht weg, wenn Du weißt, dass Du etwas zu ihrer Lösung beitragen kannst!*

*Wahrscheinlich machst Du schon genau das. Denn dafür liebe ich Dich, mein Lenchen. Ich wünsche Dir ganz viel Ausdauer und Kraft, um jedes Hindernis in Deinem Leben beiseiteräumen zu können.*
*In Liebe*
*Oma Greta*


Wie überaus passend! *Probleme sind da, um sie aus dem Weg zu räumen.* Wie jeden Tag gaben die Worte Lena ein

warmes Gefühl im Bauch und heute auch noch die Gewissheit, dass sie das Richtige tat, wenn sie sich für diese
gute Sache einsetzte.

# 5. DEZEMBER

Der Tag begann mit einem sehr frühen Telefonanruf.

Lena tapste schlaftrunken und im Bademantel in die Küche, um das Gespräch entgegenzunehmen: »Lena Sonnenschein?«

»Hallo, Frau Sonnenschein! Eugenie Spitzbub vom Backmagazin *Puderzauber*«, meldete sich die Anruferin. »Bin ich da richtig bei der zauberhaften *Fräulein Gewürzzauber*?« Entweder hatte sie bereits zwei Liter Kaffee getrunken, oder sie war schon als Duracell-Häschen auf die Welt gekommen. Wer rief um diese Uhrzeit wildfremde Menschen an?

»Ja, das bin –«, stammelte Lena etwas überrumpelt.

»Oh, fein! Für unsere Rubrik *Puder-Shopping-Himmel* wurde Ihr Lädchen als Geheimtipp vorgeschlagen und einstimmig von der Redaktion gewählt. Wir planen eine vierseitige Fotostrecke mit einem ausführlichen Bericht über Ihren wundervollen Laden und die einzigartigen Produkte, die jedem das Weihnachtsfest versüßen!« Die Redakteurin sprach so schnell, dass Lena Mühe hatte, ihren Worten zu folgen.

»Ja, das … ist ja … wunderbar!« Lena war sprachlos.

Eugenie Spitzbub ganz und gar nicht, denn sie fuhr

fort: »Was sagen Sie, meine Liebe? Ich weiß, es ist alles sehr kurzfristig, aber dürfen wir Sie am Montag besuchen und Ihnen ein wenig über die Schulter schauen? Unser Reporter Max wird ein kleines Interview mit Ihnen führen und hübsche Fotos von Ihnen und dem Lädchen schießen. Natürlich ist eine Stylistin dabei, die alles ins rechte Licht rücken wird. Sie brauchen also keine Sorge zu haben – Sie und Ihr *Fräulein Gewürzzauber* werden strahlen! Würde Ihnen 10:30 Uhr passen?«

»Ähm … ja … sehr gerne.«

»Fein, dann bis Montag!«, flötete die Redakteurin voller Vorfreude.

»Ja, vielen Dank.« Lena legte auf und sah Ruprecht verdattert an. »Puschelchen …«, so langsam ging Lena ein Licht auf, und ihre Stimme schraubte sich zwei Oktaven höher, »das Backmagazin *Puderzauber*, ist das zu fassen!«

Sie hob das Eichhörnchen in die Luft und vollführte mit ihm eine Pirouette nach der andern.

☆

»Das ist ja eine krasse Geschichte!«, rief Milla wenig später begeistert in den Hörer. »Aber wenn ich dir einen Tipp geben darf, wie du dein nettes Äußeres mehr zur Geltung bringen kannst: Lass die Rüschenschürze weg!«

Lena lachte: »Das ist doch mein Markenzeichen!«

»Pfffff! Das glaubst du doch wohl selbst nicht!« Milla lachte herzlich. »Du willst dich nur dahinter verstecken, damit dich in deinem Lädchen keine süßen Typen anmachen!«

Lena lachte mit und dachte bei sich: *Damit könntest du sogar recht haben.*

»Hat die Redakteurin eigentlich gesagt, wer die Empfehlung für das *Fräulein Gewürzzauber* abgegeben hat?«, fragte Milla.

Lena überlegte. Nein, das hatte Frau Spitzbub nicht. »Das ist eine gute Frage!«, sagte sie. »Von wem der Vorschlag für meinen Laden als Geheimtipp kam, hat sie nicht erwähnt. Nur, dass die Redaktion mich einstimmig gewählt habe!«

Lena konnte den Stolz in ihrer Stimme nicht verbergen. Was sie tat, berührte die Leute, machte sie glücklich. Sie schätzten, was sie mit viel Liebe geschaffen hatte. Sie konnte ihr Glück kaum fassen.

»Vielleicht fragst du sie am Montag«, überlegte Milla. »Ach, eigentlich ist es auch egal. Was zählt, ist das Ergebnis. Du kommst in ein Backmagazin!«

Millas Kreischanfall steckte Lena an, und so hüpften beide einen Moment giggelnd und lachend in ihren Küchen umher.

»Shopping-Tour morgen Nachmittag?«, prustete Milla schließlich ganz außer Atem.

»Oh ja, gerne!«, keuchte Lena.

»Okay, ich sage Emma Bescheid, und wir holen dich um zwei ab!«

»Abgemacht.«

☆

Schon in der Schule hatte Lena es gehasst, wenn die Stunden einfach nicht verstreichen wollten. Zwar kamen heute wieder viele Kunden in ihren Laden, die noch schnell einige Leckereien für die Nikolausstiefel ihrer Lieben erstehen wollten, aber sie war nicht richtig bei der Sache. Der Glückskeks in ihrem Inneren hüpfte auf und ab, wenn sie an das dachte, was am Montag geschehen würde. Er hüpfte noch höher, wenn ihr das heutige Treffen mit Nikolaus in den Sinn kam. Aber er hüpfte durch die Decke, wenn sie zur Eingangstür schaute und sich vorstellte, dass plötzlich die Glöckchen klingelten und ihr Zimtstern-Adventsmann vor ihr stände.

In ihrer Mittagspause huschte Lena zur Haustür hinaus und spähte in der Hoffnung, dass der unbekannte Bote bereits da gewesen war, in den Briefkasten. Und tatsächlich! Zwei Putten mit glitzernden Flügeln schmunzelten sie von einer Wolke aus an.

Ein Lächeln machte sich auf ihrem Gesicht breit, denn der Brief ihrer Oma kam genau zum richtigen Zeitpunkt. Vielleicht konnte er ihr mit dem heutigen Spruch und Omas lieben Worten ein wenig von der Aufregung nehmen. Aber wer hatte ihn nur gebracht? In den nächsten Tagen würde sie vormittags darauf achten, wer sich verdächtig lange in ihrem Hauseingang aufhielt.

Lena stieg die Holztreppen empor und erwärmte die Gemüsesuppe, die sie gestern Abend für die nächsten Tage vorgekocht hatte.

»Puschelchen? Ruprecht!« Lena zuckte mit den Schultern. Offensichtlich trieb Ruprecht sich draußen in den weißen Flocken herum, die heute groß und watteweich vom Himmel fielen.

Sie setzte sich mit dem dampfenden Teller an den

Küchentisch, auf dem bereits der Briefumschlag auf sie wartete. Etwas dicker als in den letzten Tagen, lag er geduldig vor ihr.

Lena atmete tief ein, um sich zu beruhigen. Sie lugte vorsichtig in den Umschlag und erkannte eine feine Silberkette, an der ein etwa Zwei-Euro-Stück großes ovales Medaillon hing. Drei Sterne waren in den silbernen Deckel graviert. Lenas Finger waren etwas zittrig, als sie den Verschluss öffnete. Im Inneren war links ein Foto ihrer Großeltern. Von dem Foto auf der rechten Seite lächelten sie ihre Eltern an. Sie waren bei einem Flugzeugunglück ums Leben gekommen, als Lena erst zwei Jahre alt war. Seitdem war sie bei Oma Greta und Opa Henry aufgewachsen, wo es ihr an nichts gefehlt hatte. Und auch wenn sie ihre Eltern gern kennengelernt hätte, fühlte sie beim Anblick des Bildes einfach nur Wärme und Liebe für die Menschen, die für sie da gewesen waren, wann immer sie sie gebraucht hatte.

Lena hängte das Kettchen um ihren Hals und zog die braune Karte aus dem Umschlag.

Die geschwungene Fünf auf der Vorderseite wurde heute von goldenen und silbernen Sternen umrahmt. Darunter stand der Spruch: *Die Wahrheit liegt irgendwo in der Füllung.*

Gespannt drehte sie die Karte um und las, was Oma Greta geschrieben hatte:

*Liebes Lenchen,*
*manche Wahrheit liegt verborgen in Worten, die ganz bewusst und sorgsam gestrickt wurden, weil sie wehtun würde. Wenn man sie unbedingt erfahren möchte, muss*

*man sie freischneiden und riskiert dabei, selbst verletzt*
*zu werden.*

   *Manche Wahrheit muss man suchen, weil sie hinter*
*Worten gefangen gehalten wird, die zum Schutz oder*
*auch Verschleierung der Wahrheit dienen.*

   *Einige Wahrheiten jedoch sind eingebettet in weiches*
*Nougat und umhüllt mit feinster Zartbitterschokolade.*
*Sie warten nur darauf, von Dir entdeckt zu werden.*

   *Ich hoffe für Dich immer auf Letztere und wünsche*
*Dir auf Deiner Suche einen Weg der süßen Freude.*
*In Liebe*
*Oma Greta*

Lena lächelte. Diese Füllung würde sie sich heute Abend
schmecken und ganz langsam auf der Zunge zergehen
lassen.

   Um nichts zu vergessen, machte sie sich noch ein paar
Notizen, was sie Onkel Nikolaus fragen wollte. Dann
verstaute sie das Kärtchen sorgsam in den kleinen Holz-
kasten am Sofa und aß mit Genuss ihre Suppe.

☆

Endlich war es Abend, und bis auf die Lichterkette im
Schaufenster waren die Lichter im *Fräulein Gewürzzauber*
erloschen. Nachdem Lena Ruprecht versorgt und sich
von ihm verabschiedet hatte, machte sie sich auf den
Weg zu Nikolaus Himmelreich. Sie lief das kurze Stück
zu Fuß, denn er wohnte nur ein paar Straßen weiter in
einer ruhigen Villengegend. Immer noch fiel der Schnee
sanft herab. Es war eine angenehme Stille, die nur

durch das freudige Knarzen ihrer Stiefel durchbrochen wurde.

Nach wenigen Minuten bog Lena um eine Ecke und ging noch einige Meter an einer halbhohen Mauer entlang. Schon stand sie vor dem gusseisernen Tor der Stadtvilla der Himmelreichs. Rechts und links des Tors saßen geflügelte Löwen mit dicken Schneehauben auf den Mähnen auf steinernen Säulen und beäugten jeden Ankömmling mit angemessener Skepsis.

Das in die Jahre gekommene Tor knarzte ein wenig, als Lena es öffnete, und schloss sich ebenfalls knarrend hinter ihr. Sie schritt den geraden Weg zum Haus, vorbei an einem verwunschenen Eisgarten. Die Villa war mit ihren Erkern, Türmchen und Rundbogenfenstern das hübscheste Bauwerk, das Lena je gesehen hatte. Die Mischung aus prunkvollem Sechziger-Jahre-Schick und viktorianischem Lebkuchenhaus, die Nikolaus' Frau Theresa sich einst gewünscht hatte, war wirklich gelungen.

Nikolaus öffnete persönlich. Er war eine stattliche Erscheinung mit kurzem Haar und einer großen Hakennase im Gesicht. Zur Begrüßung nahm er Lena väterlich in die Arme, und der Duft von Pfeifentabak kitzelte sie in der Nase.

»Schön, dich zu sehen, mein Kind. Komm rein, komm rein! Und gib mir deinen Mantel!«

Das tat Lena sehr gern. Sein tiefer Bass weckte Kindheitserinnerungen in ihr.

»Hallo, Lena!«, begrüßte auch Theresa sie herzlich. Sie war eine kleine rundliche Frau mit grau meliertem Haar, in dem vor einem Dutt eine Lesebrille steckte.

»Schlüpf hier rein!« Sie reichte ihr weiche Fellpuschen, die Lena dankbar annahm, bevor sie den beiden in eine gemütliche Wohnstube folgte.

Vor einem reichlich mit Tannenzweigen geschmücktem Kamin, in dem rotorangene Flammen tanzten, stand ein kleines mit bunt gestreiftem Stoff bezogenes Sofa, auf das Lena sich setzte. Daneben nahm Nikolaus in einem ledernen Ohrensessel Platz. Theresa reichte ihnen dampfende Tassen mit duftendem Inhalt. Lena schloss kurz die Augen und roch Anis, Kardamom, Kurkuma, Zimt und Orangen.

»Du machst wirklich den besten Punsch, Tante Thessa!«, seufzte Lena und nippte genüsslich an der Tasse.

»Oh, danke, Liebes!« Sie lächelte geschmeichelt. »Aber nun lasse ich euch allein. Ihr habt sicher viel zu besprechen.« Schon war sie verschwunden, und man hörte sie noch kurz im Raum nebenan rumoren.

Nikolaus Himmelreichs kleine käferbraunen Augen blitzten Lena verschmitzt an. »Nun denn, du bist hier, um mich mit deinen Fragen zu löchern.«

Lena nickte.

»Ich möchte dich nur noch einmal darauf aufmerksam machen, dass ich als Notar einer Schweigepflicht unterliege. Du solltest wissen, dass ich dir vielleicht einige deiner Fragen nicht beantworten darf.« Lena wollte an dieser Stelle schon Protest einlegen, aber Nikolaus hielt sie mit einer Handbewegung davon ab: »Ich verspreche dir, so gut ich es kann, Rede und Antwort zu stehen.«

Etwas versöhnter holte Lena tief Luft und stellte ihre erste und zugleich dringlichste Frage: »Wann hat Oma

Greta dir den Auftrag gegeben, die Briefe gerade jetzt an mich zu schicken?«

»Hm.« Nikolaus Himmelreich schürzte die Lippen und kratzte sich am Kinn, als habe sie ihm eine überaus schwierige Knobelaufgabe gegeben. Offenbar kämpften in seinem Inneren gerade der Notar und der Onkel miteinander, wer die Frage beantworten sollte. Endlich setzte er an: »Deine Großmutter Greta war klug, wissbegierig und sehr kreativ – so wie du heute. Ich sehe sehr viel von ihr in dir. Sowohl in der äußeren Erscheinung als auch, was deine inneren Werte betrifft.« Er lächelte Lena warmherzig an. »Es ist bereits zehn Jahre her, dass sie in meine Kanzlei kam, einen kleinen Schuhkarton auf meinen Schreibtisch stellte und die Hände in die Hüften stemmte.«

Lena kicherte. »Ja, das hat sie oft getan, wenn sie etwas Wichtiges zu sagen oder ich etwas angestellt hatte.«

Nikolaus nickte und fuhr fort: »Sie sagte, es sei überaus wichtig, dass du die Karten im Dezember nach ihrem Tod erhältst. Sie habe ein Versprechen einzulösen.«

Lena berührte automatisch das Medaillon an ihrem Hals und sah Nikolaus ungläubig an.

»Wie ich sehe, trägst du das Medaillon«, sagte er. »Es gehörte deiner Mutter.«

»Oh, das wusste ich nicht.« Lena schaute auf den kleinen Anhänger, in dessen Silberdeckel sich der flackernde Feuerschein spiegelte, sodass die Sterne aufblitzten.

»Was war das für ein Versprechen?«, bohrte sie weiter.

»Das kann ich dir nicht sagen.« Er schüttelte sacht den Kopf.

»Kannst du es nicht sagen, oder willst du es nicht sagen, oder unterliegt das deiner Schweigepflicht?«, beharrte Lena.

Nikolaus Himmelreich lächelte. »Ich kann es dir tatsächlich nicht sagen, weil deine Großmutter darüber keine Worte verloren hat. Sie gab die Briefe bereits verschlossen in meine Hände. Was darin steht, entzieht sich meiner Kenntnis.«

»Hat sie dir gegenüber irgendetwas über ihren Inhalt erwähnt? Und warum war sie so geheimnisvoll? Ich meine, hätte es nicht ausgereicht, mir einen Brief zu schreiben, in dem sie mir alles erklärt?«, überlegte Lena und nippte gedankenversunken an ihrem Punsch.

»Natürlich wäre es ausreichend gewesen«, gab Nikolaus ihr recht, »aber es hätte nicht halb so viel Spaß gemacht, nicht wahr?«

Lena grinste schief.

»Sie wollte dir mit Sicherheit eine Freude bereiten. Glaube mir, deine Großmutter hat sich für deine Zukunft immer nur gewünscht, dass du glücklich bist. Manchmal sollte man die Dinge nicht hinterfragen, sondern einfach annehmen, wie sie sind«, riet er.

Lena nickte. »Sie hatte mir vor einigen Jahren einen Adventskalender versprochen, und nun …« Sie sah in die Flammen im Kamin und dachte angestrengt nach.

So saßen sie nebeneinander. Es war eine angenehme Stille um sie herum. Doch Lena musste noch etwas loswerden: »Es fällt mir nicht leicht, dir diese Frage zu stellen …«, sie setzte sich auf die Sofakante und sah ihn direkt an, »aber ich muss es einfach wissen: Sind die Briefe wirklich echt? Hat sie wirklich Oma Greta geschrieben?«

Sie beobachtete das Gesicht des Notars aufmerksam. Ob sie erkennen konnte, wenn er sie anlog? Doch es spiegelte sich ehrliche Überraschung in seinem Gesicht.

»Zweifelst du etwa an der Echtheit der Briefe?«, stellte er die Gegenfrage.

»Es war nur ein blödes Bauchgefühl. Ich wollte ganz sichergehen.«

Nikolaus Himmelreich nickte wissend und legte ihr mitfühlend die Hand auf den Unterarm. »Ich kann dich beruhigen. Sie sind wirklich von Greta. Sie hat sie für dich geschrieben und mir gegeben.«

Lena atmete erleichtert aus. Dennoch war etwas in seinem Blick, was sie nicht einordnen konnte. Deshalb beharrte sie: »Onkel Nikolaus, du kannst mir nichts vormachen. Ich bin davon überzeugt, dass du mehr weißt, als du mir sagst.«

Jetzt war er es, der schief grinste.

Lena verdrehte die Augen. »Okay, dein Schweigegelübde. Verstehe. Aber wer mir die Briefe jeden Tag bringt, kannst du mir doch verraten, oder? Ich bin schlau genug, um zu sehen, dass sie nicht mit der Post kommen. Es sind keine Briefmarken darauf.« Sie hob die Augenbrauen und sah ihn erwartungsvoll an.

»Die Lieferung übernimmt jemand, der mein volles Vertrauen genießt. Sollte seine Identität gelüftet werden, würde der Zauber doch verfliegen, meinst du nicht auch? Und das wollen wir doch nicht, oder?«

Lena seufzte schwer. »Ich gebe mich geschlagen. Allerdings hast du dich verplappert, was das Geschlecht des geheimen Boten angeht.« Sie grinste breit. »Du hast *er* gesagt!«

»Ich kann dir eben nichts mehr vormachen.« Nikolaus Himmelreich lachte.

Lena schüttelte entschieden den Kopf. Sie fühlte sich, als habe sie nur an der Schokohülle der Praline gekratzt. Sie wusste, dass sie zumindest heute Abend nicht mehr aus ihm herausbekommen würde. Doch noch ein anderes Thema brannte ihr auf der Seele, eines, bei dem sie sich vorsichtig herantasten musste. Schließlich wusste sie nicht, ob und wie weit Nikolaus Himmelreich in die Sache verwickelt war.

Sie überlegte noch kurz und fasste sich dann ein Herz: »Was sagst du eigentlich zu der geplanten Schließung und zum Umbau des Filmtheaters? Es stand in der Zeitung. Du bist doch früher bestimmt auch oft dort gewesen?«

Nikolaus stellte seine mittlerweile leere Tasse auf den kleinen Tisch zwischen ihnen und sah Lena betroffen an. »Ja, diesen Artikel habe ich auch gelesen. Er hat mich erschüttert! Dass dieser Kunibert Schwarz mal wieder seine klobigen Finger im Spiel hat, wundert mich gar nicht! Er dürfte gar nicht im Stadtrat sitzen, so aalglatt und korrupt, wie er ist«, grummelte er.

Lena hatte offenbar einen wunden Punkt getroffen. »Kommst du auch zur Kundgebung am Montag?«, fragte sie vorsichtig.

»Aber selbstredend! Einige meiner Partner und Klienten habe ich auch schon darüber informiert und sie überredet, ebenfalls an der Unterschriftenaktion teilzunehmen.«

Onkel Nikolaus wirkte mit seiner ehrlichen Empörung sehr überzeugend. Lena konnte sich nun nicht mehr vorstellen, dass er etwas mit dem Kaufvertrag zu tun hatte. Entweder hatte Bille sich beim Namen des Notariats vertan, oder Nikolaus' Sohn Bertram hatte den Vertrag aufgesetzt und der Vater wusste nicht, was der Sohn trieb.

Nun, irgendwie würde sie es schon herausfinden.

# 6. DEZEMBER

Es war Nikolaus-Tag. Der Tag, an dem Lena als Kind vor lauter Aufregung immer zwei Stunden früher aufgewacht war, um nachzusehen, ob der gute alte Mann etwas für sie in den tags zuvor gewienerten Stiefel gesteckt hatte.

Heute aber klingelte ihr Wecker wie jeden Morgen um 8:00 Uhr. Lena tastete nach dem Aus-Schalter und knipste die Leselampe an. Als sie die Augen öffnete, schaute sie direkt in das possierliche Gesicht des Eichhörnchens. Die großen schwarzen Knopfaugen wurden von rostrotem Fell umrahmt, nur seine Nase sah aus, als hätte er die Schnauze zu tief in Puderzucker getunkt.

Ruprecht fiepte ein *Guten Morgen* und ließ sich von ihr hinter den Pinselohren kraulen.

»Na, Ruprecht? Hast du dem Nikolaus heute Morgen auch fleißig geholfen, die Stiefel der vielen Kinder zu füllen?«, flüsterte sie ihm zu und hatte für einen Moment das Gefühl, dass er sie genau verstanden hatte.

Er schmiegte seinen Kopf in ihre Handfläche, sprang dann leichtfüßig auf den Holzboden und setzte sich kerzengerade vor ihr Bett. Dort verharrte er und schaute sie an. Lena schaute irritiert zurück.

»Was ist los, Puschelchen?« Sie zog ihren Morgenmantel über und schlüpfte in ihre weichen Puschen. Sobald sie stand, kam Ruprecht in Bewegung. Er machte ein paar Sprünge in Richtung Flur, blieb mit einem *Wuck-wuck-wuck* aber immer wieder kerzengerade hocken, gerade so, als wollte er fragen: *Wo bleibst du?*

Lena schlurfte noch etwas schlaftrunken hinterher, bis sie an der Wohnungstür angekommen waren. Das Eichhörnchen flitzte durch die Katzenklappe, wuschte aber fast im selben Moment wieder herein und hüpfte mit einem erneuten *Wuck-wuck* um ihre Beine. Dann schnüffelte es an der Tür, und sein Schweif zitterte aufgeregt.

»Ich soll die Tür öffnen?« Lena wunderte sich immer mehr. So deutlich wie heute hatte der Eichhorn noch nie mit ihr kommuniziert. Aber sie ging seiner Bitte nach und folgte ihm die Treppen hinunter. Vor der Haustür ereignete sich dasselbe Spiel, bis Lena diese öffnete.

Ruprecht huschte hinaus, machte einen Satz an der Hauswand hoch, landete auf dem Briefkasten und hob das spitze Näschen.

»Okay, wie du meinst.« Lena machte sich an der Metallklappe zu schaffen. »Ich schaue rein, aber da ist doch nicht mehr als die Morgenzei–« Sie unterbrach sich, denn anders als erwartet, war die Zeitung nicht das Einzige, was der Metallkasten an diesem Morgen beherbergte.

Ein nostalgischer Nikolaus von Myra mit Mitra und Bischofsstab und einem glitzernden Sack voller Spielsachen zierte heute neben ihrem Namen aus hübsch geschwungenen Buchstaben den braunen Umschlag. Daneben lagen ein kleiner Schokoladennikolaus und ein schmales, längliches Päckchen. Das Papier war rot, und unter das Naturband war ein kleiner Tannenzweig gesteckt.

Lenas Herz schlug schneller. Sie blickte sich zu Ruprecht um, der immer noch still auf dem Briefkasten saß und zu ihr aufschaute. »Warst du schon so früh wach? Hast du gesehen, wer mir all dies gebracht hat?«

Ein tadelndes Keckern war zu hören.

»Oh, entschuldige! Natürlich war es der Nikolaus!«, kicherte Lena und trug ihre Schätze nach oben. Sie knipste die Lichterketten an und entzündete eine dicke Kerze, die sie mit zum Küchentisch nahm. Jetzt brauchte sie erst mal einen heißen Kakao, um sich ein wenig zu beruhigen. *Und dann geht es ans Auspacken*, nahm sie sich vor.

Gesagt, getan. Einige Minuten später konnte Lena sich nicht entscheiden, ob sie erst das Päckchen oder erst den Briefumschlag öffnen sollte. Sie stellte den Mininikolaus vor sich und sah ihn ernst an. »Was würdest du mir raten? Briefumschlag oder Päckchen?«

Mit einem gekonnten Satz sprang Ruprecht auf den Tisch und schubste das kleine Paket mit den Vorderpfoten und seinem rostroten Näschen näher zu Lena.

»Danke, Puschelchen!« Lena griff nach dem Päckchen und wies mit der anderen Hand auf den Schokoladennikolaus. »Von dieser billigen Nachmache war auch keine Antwort zu erwarten.«

Unter dem roten Packpapier kam ein schmaler Pappkarton zum Vorschein, auf dessen Deckel in einer ihr fremden, aber dennoch ansehnlichen Handschrift stand: *Liebe Grüße vom Nikolaus!* Drum herum klebten kleine Sterne.

»Was meinst du, Puschelchen? Eine fantasievolle Verpackung, aber höchstwahrscheinlich ein recht gewöhnlicher und unkreativer Inhalt … Ich frage mich, wer mir einen Kugelschreiber schenkt. Hat Onkel Nikolaus seinem geheimen Boten heute noch ein Geschenk für mich mitgegeben?«

Als sie den Deckel öffnete, strömte ihr ein Zimtduft entgegen, mit dem sie nicht gerechnet hatte. In dicke Watte gebettet lag ein goldbrauner Stab. Mit einem amüsierten Lächeln nahm Lena ihn aus dem Kistchen und hielt ihn Ruprecht unter die Nase. »Schau, Puschelchen, eine Zimtstange!«

Plötzlich stutzte sie. Ein Stück war abgebrochen und zerbröselte zwischen ihren Fingern. Das war gar keine Zimtstange! Dabei hatte sie mit ihrer typisch aufgerollten leicht rissigen Rinde so echt gewirkt.

Neugierig steckte Lena die Krümel in den Mund und biss dann vor Begeisterung gleich ganz in die Stange hinein. Das war ein Keks! Aber nicht irgendein Keks, sondern der leckerste Zimtstangen-Keks, den sie je gegessen hatte. Mit klopfendem Herzen legte sie ihn vorsichtig auf die Tischplatte und hob die Watte in der Verpackung an. *Nichts.*

Gedankenversunken tunkte Lena den Rest des Keksstabs in ihren Kakao und genoss ihn bis auf den letzten Krümel. Sie schwankte zwischen Glücksgefühl und Verzweiflung. Wer hatte ihr nur diesen besonderen Nikolausgruß geschickt? Wen musste sie beknien, um dieses Rezept zu erhalten?

Da fiel ihr Blick auf den Umschlag. Ihr sechster Kalenderbrief wartete darauf, dass sie ihn endlich öffnete.

Heute war die Karte im Inneren mit einem dicken roten Stiefel beklebt, auf dem eine Sechs stand. Aufmerksam las Lena den Spruch darunter: *Ich brauche definitiv mehr Streusel in meinem Leben.*

»Meinst du Aufregung, Oma Greta?«, fragte sie in den leeren Raum und beantwortete sich die Frage gleich selbst: »Nein, ich habe definitiv genug Aufregung in meinem Leben!«

Ihre Großmutter antwortete ihr auf der Rückseite:

*Liebes Lenchen,*
*die Streusel in Deinem Leben sind hoffentlich bunt und vielfältig! Die, von denen der Spruch handelt, sind aber ganz spezielle. Solltest Du Dir ein Haustier zugelegt haben, seit ich nicht mehr bin, lass Dir gesagt sein: Selbstgespräche sind nur bis zu einem gewissen Grad gesund …*
*Ein echter Spezialstreusel wäre ein netter Gesprächspartner um die dreißig, der Dir die Zimtsterne vom Himmel holt.*
*Ich schicke ihn Dir, Liebes!*
*In Liebe*
*Oma Greta*

Lena lachte. »Einen Spezialstreusel kannst du mir gern schicken, Oma! Jetzt muss ich aber erst mal in den Laden. Die Kekse und Pralinen machen sich ja nicht von selbst.«

Der Vormittag verging wie im Flug, denn Lena hatte für Montag viel vorzubereiten. Vor allem wollte sie noch mehr Zimtsterne, Himbeer-Lavendel-Pralinen und Orangen-Glühwein-Trüffel anfertigen. Schließlich sollte sich ihr Lädchen von seiner schokoladigsten und wunderzauberhaftesten Seite zeigen.

Draußen fielen dicke weiße Flocken, und drinnen schneite es Puderzucker zu fetziger Weihnachtsmusik, als es an einem der großen Fenster zum Innenhof klopfte. Lena wirbelte herum und sah in das Gesicht von Tjure Großherz, das ihr aus viel Strick entgegengrinste. Sie öffnete eine schwenkbare Scheibe.

»Ihre Bestellung, Fräulein Gewürzzauber!« Ihr Nachbar reichte ihr ein Glas mit goldenem Inhalt und eines, in dem kleine hellgrüne Tannenbäumchen schwammen.

»Oh perfekt, Tjure! Du kommst genau richtig!«

Sie verabschiedeten sich, und Lena stellte ihre neuen Schätze auf ein noch freies Plätzchen auf der Arbeitsfläche: Waldhonig und im Frühjahr eingelegte Tannenspitzen. Als sie die Gläser öffnete und daran schnupperte, hatte sie für einen Moment das Gefühl, zwischen hohen Fichten mitten im Wald zu stehen. Sie roch den angenehm zitronigen Duft, der einen Hauch von Harz und Rosmarin mit sich brachte, und ihre Nasenspitze kitzelte voller Vorfreude. Mit diesen aromatischen Zutaten würde es das wundervollste Tannenspitzen-Shortbread aller Zeiten werden!

☆

Pünktlich um zwei Uhr trudelten Emma und Milla ein und marschierten fröhlich schnatternd mit Lena in die Innenstadt, um ein passendes Outfit für Lena zu finden. Drei Modeketten und sechs Klamottenlädchen später strandeten die drei wieder bei Antonio im *Insieme*.

Lena stellte mehrere große und kleine Tüten unter die Bank in ihrer Nische. Sie hatte drei wundervolle Winterkleider und dazu passende dunkelrote Stiefel erstanden, die von ihren Freundinnen mit großen Begeisterungsstürmen abgesegnet worden waren. Jetzt begossen sie den erfolgreichen Nachmittag und das bevorstehende Fotoshooting mit einer Flasche ihres Lieblingsweins.

Milla erhob das Glas: »Auf dich, Leni! Unsere sexiest Zuckerbäckerin alive!«

»Auf Leni! Unser feines Gewürzzaubernäschen mit dem großen Schokoherzen«, stimmte Emma mit ein.

»Oh, vielen lieben Dank!«

Die Gläser klirrten. Alle nahmen einen Schluck und lachten. Da fiel Milla plötzlich etwas ein: »Witzige Geschichte: Der Bruder einer Arbeitskollegin hat sich schon vor Längerem von seiner Freundin getrennt. Er ist Mediengestalter, netter Typ – behauptet sie zumindest. Und da du ja auch solo bist ... Was hältst du von einem Blind Date am Mittwoch?«

*Spezialstreusel*, schoss es Lena durch den Kopf. Ihr klappte der Mund auf.

»So ein Quatsch, Oma!« Huch, hatte sie das jetzt laut gesagt?

»Wie bitte?« Emma sah sie fragend an. »Was meinst du dazu, Leni? Sag doch mal was!«

Ja, was sollte sie dazu sagen? Panik kämpfte in Lenas

Bauch gegen Grummelwut. Panik, weil sie gedacht und gehofft hatte, dass der Spezialstreusel in Person ihres Zimtstern-Adventsmannes schon längst in ihrem Lädchen gewesen war. Und Grummelwut, weil ihre Freundinnen sich umsonst Sorgen um sie machten. Warum sahen sie einfach nicht, dass es ihr gut ging? Es war zumindest nicht schlecht, wie es war. Und mit Omas Briefen, ihrem Zimtstern-Adventsmann, dem Fotoshooting und den Vorbereitungen für die Adventsaktion für das Filmtheater hatte sie auch ohne Mann alle Hände voll zu tun.

»Ein Blind Date? Nicht mit mir!«, protestierte sie.

»Warum denn nicht? Probier es doch einfach mal aus!«, versuchte Milla, sie zu überzeugen. »Ich habe das schon öfter gemacht. Der Letzte, Oliver, war gar nicht mal übel.«

»Milla, ich stehe nicht auf Blind Dates. Das ist mir einfach unangenehm!«, sagte Lena. Insgeheim überlegte sie aber bereits, doch zuzusagen. Oma Greta würde es freuen, wenn dieser Unbekannte vielleicht ihr Spezial-streusel wäre. Und wer wusste, ob ihr Zimtstern-Adventsmann wirklich noch einmal ins *Fräulein Gewürz-zauber* schneien würde? Ein bisschen wollte sie ihre Freundinnen aber noch schmoren lassen.

»Süße, lern ihn doch einfach kennen, und hab einen schönen Abend in netter Gesellschaft. Ganz unverfänglich und locker. Es muss ja nichts draus werden. Und wenn du willst, folgen Milla und ich dir undercover, um dich zu beschützen.« Kichernd nippte Emma an ihrem Weinglas.

Lena verdrehte die Augen und grinste. »Bitte nicht! Das stehe ich dann doch lieber allein durch.«

»Dann machst du es? Ich kann zusagen?«

Lena nickte unsicher, und Emma klatschte begeistert, während Milla vor Freude quiekte.

# 7. DEZEMBER

Da der zweite Advent ein Sonntag war und an diesem Tag bei Lena außer faulem Budenzauber und Eichhörnchen-Gekuschel bei Lichterkettenbeleuchtung und Kerzenschein nicht viel passierte, möchte ich die Zeit nutzen, um von etwas zu berichten, was bereits einige Tage zuvor geschah, für die Geschichte aber von großer Wichtigkeit ist.

Es geht um Max, einen gutaussehenden jungen Mann von dreißig Jahren. Von Beruf freier Fotojournalist. Er fragte sich allerdings, schon seit er nach seinem Studium den ersten Job hatte ergattern können, worin genau diese Freiheit bestand. In Interviews, die er für die ein oder andere Zeitung mit biederen Bankangestellten führte, oder in lockigen Aufnahmen, die er von Pudeldame Chaggy und Frauchen Chanthal bei der Hundeausstellung machte?

Wohl kaum.

Wollte er Geld verdienen, hatte er nie die Freiheit, mit seinen Fotos seine ganz eigene Geschichte zu erzählen. Wann immer es ging, versuchte er jedoch, die kleinen, besonderen Dinge im Bild festzuhalten. Die bezaubernden Momente, auf die sonst keiner achtete, die in einem

Augenzwinkern vergehen, wollte er einfangen und auf Papier verewigen. Heutzutage mag es modernere Methoden geben, Fotos zu speichern. Max liebte es aber, mit der alten Mittelformat-Kamera, die ihm sein Großvater vermacht hatte, durch die Stadt zu stromern. Dabei ließ er sich vom Lärm und der Hektik um ihn herum nicht anstecken. Vielmehr blieb er ein aufmerksamer Beobachter, stand still und abwartend, während das Gerenne und Gezeter wie ein donnernder Mahlstrom alles in seiner Umgebung mitzureißen schien.

So war es auch an jenem aschgrauen Nachmittag Ende November, an dem der Himmel die ersten winzigen Eiskristalle auf die Erde rieseln ließ. Doch plötzlich war etwas anders als an den anderen Tagen: Ein rostbraunes Eichhörnchen mit schwarzen Knopfaugen und einer vollmondförmigen Blässe um die kleine Schnauze huschte Max vor die Füße und umrundete hüpfend seine Beine.

*Wie ungewöhnlich! Was für ein aufgeweckter kleiner Kerl,* dachte Max. Er kniete sich zu ihm hinab und streckte vorsichtig die Hand nach dem Waldtier aus, das kurz zurückzuckte, sich aber dann tatsächlich genüsslich hinter den Pinselohren kraulen ließ.

Das Tier fiepte zufrieden. Nach einiger Zeit löste es sich von der Hand des Fotografen, lief zielstrebig im Zickzack über den Bürgersteig, verharrte kurz und drehte sich plötzlich wieder um. Max sah es verwundert an. Das Eichhörnchen aber setzte sich, so schien es, entschlossen an Ort und Stelle hin und beobachtete Max.

So viele Leute auch an ihnen vorbeieilten, niemand schien den jungen Mann und das Eichhörnchen zu beachten. Sie sahen sich einfach nur an. Max war so fasziniert von den wachen Augen und der Erhabenheit, die das kleine Tier ausstrahlte, dass er den besonderen Moment nicht einfach verstreichen lassen wollte. Er machte ein Foto nach dem anderen.

Plötzlich ging ein Ruck durch das Tier. Der kleine Kerl lief nun wieder im Zickzack über den Bürgersteig, hielt aber immer wieder inne und sah sich um. Max begriff das als unmissverständliche Aufforderung, ihm zu folgen.

Je weiter sie aus der Innenstadt hinausliefen, umso ruhiger wurden die Straßen. Hier traten sich die Passanten nicht mehr auf die Füße, hier war der Schnee weiß und kein grauer Matsch. Das Eichhörnchen huschte um die nächste Hausecke in eine kleine Seitenstraße. Max folgte ihm und sah die Puschelschwanzspitze noch in einem Hauseingang verschwinden. Die Tür gehörte zu einem Geschäftshaus mit einem kleinen Laden. *Fräulein Gewürzzauber* stand in geschwungenen Buchstaben auf einem Messingschild, das im aufkommenden Wind über dem Eingang hin- und herschwang.

Max trat vor das Schaufenster. Es dämmerte inzwischen, und das goldene Licht aus dem Verkaufsraum fiel auf die dünne Schneedecke, die den Gehweg und die Straße sacht bedeckte. Einen Moment lang beobachtete er das Treiben im Inneren, bis plötzlich das Handy in seiner Manteltasche brummte. Er zog es heraus und tippte blind auf das Bedienfeld, denn er konnte seinen Blick einfach nicht von der jungen Frau abwenden. Sie hatte eine altmodische rosa Schürze mit Rüschen an, die ihre zarte Gestalt umhüllte. Die leicht gewellten langen hellbraunen Haare umrahmten das strahlende Lächeln, mit dem sie ihre Kunden beriet.

»Großvater, was gibt's?«, fragte er abwesend.

»Hallo, Max! Mein Lieber, sei so gut, und komm schnellstmöglich zu mir. Ich habe eine vielleicht etwas ungewöhnliche Bitte.«

»Was für eine *ungewöhnliche* Bitte?«, fragte Max, nun doch neugierig.

»Das würde ich dir gern persönlich sagen. Es bedarf doch einiger Erklärung.«

Wenn sein Großvater so förmlich war, handelte es sich wirklich um etwas von Bedeutung. Also riss Max sich schweren Herzens los und machte sich auf den Weg. Allerdings nahm er sich fest vor, wiederzukommen und das nächste Mal auch hineinzugehen.

☆

Falls Du jetzt Sorge hast, ich könnte Dir Oma Gretas siebten Brief vorenthalten, kann ich Entwarnung geben.

Wir sind wieder am 7. Dezember angelangt und beobachten, wie Lena den Briefumschlag öffnet:

Lena zog die Karte hervor, und der glitzernde Schein einer brennenden Kerze kam zum Vorschein. Auf ihrem weißen Bauch stand eine Sieben, und darunter war in der Form eines Kerzenhalters ein kleines Gedicht zu lesen:

*Süßer die Kekse nie schmecken*
*Als zu der Weihnachtszeit.*
*Zartbitter-, Vollmilch- und weiße*
*Glasur drauf – mein Mund ist bereit!*

*Süßer die Glocken nie klingen …* Lena kicherte. Das war genau das, was sie gerade tat: ihrem Hüftgold und ihrer Seele nach den stressigen Tagen etwas Gutes tun.

Sie lag in den weichen Kissen auf dem Sofa, den Keksteller griffbereit auf dem kleinen Couchtisch, und daneben dampfte der Kakao. Zufrieden lächelnd nahm sie einen Schluck aus ihrer großen Tasse, drehte die Karte um und las die Nachricht ihrer Oma:

*Liebes Lenchen,*
*sich eine Auszeit zu nehmen ist unbedingt notwendig in stressigen Zeiten. Das hat Dein Großvater immer gesagt.*
*Das gilt erst recht an den Sonntagen im Advent. Heute hast Du die perfekten Voraussetzungen dafür. Genieße die Ruhe!*
*In Liebe*
*Oma Greta*

»Das werde ich«, flüsterte Lena und strich liebevoll über die wundervollen Worte ihrer Großmutter. Sie schloss die Augen und stellte sich den morgigen Tag vor. Würde alles gut gehen? Und was, wenn nicht?

# 8. DEZEMBER

Lena beobachtete, wie die dicken weißen Flocken vor ihrem Küchenfenster vom Himmel fielen und auf der bereits dicken Schneehaube auf dem Blumenkasten landeten. Sie trank einen Schluck Ingwertee, versuchte, ihre Nervosität zu unterdrücken, und stellte sich vor, wie Frau Holle oben in den Puderwolken ihre Betten ausschüttelte.

Heute war *der* Tag. Heute sollte das wahrscheinlich wichtigste Fotoshooting ihres Lebens stattfinden! Und es war an der Zeit, den Laden zu öffnen. Bevor sie die Holzstufen herunterstieg, warf sie noch einen kurzen Blick in den Spiegel im Flur. Sie hatte sich für das moosgrüne Kleid mit den filigranen floralen Stickereien im Rock entschieden, weil es – wie Milla argumentiert hatte – ihre haselnussbraune Augenfarbe perfekt unterstreichen würde. Es hatte lange Ärmel mit ebenfalls bestickten Säumen. Um die Hüften überlappte der gemusterte Stoff und betonte ihre schlanke Figur. Das hellbraune Haar hatte sie zu einem lockeren Knoten hochgesteckt, aus dem die ein oder andere Strähne ausgebüxt war und in sanften Wellen auf ihre Schultern fiel. Ihre Beine in der olivgrünen Strumpfhose steckten in den neuen dunkelroten Stiefeln, und um ihrem Outfit noch einen weihnachtlichen Touch zu geben, baumelten kleine rote Christbaumkugeln von ihren Ohren herab. Ihren Hals zierte ein feines Tuch, das aus grünen, goldenen, orangenen und roten Fäden gewebt war.

Lena lächelte, und ihr Spiegelbild lächelte zurück. *Du schaffst das, Lena!*, sprach sie sich selbst Mut zu. Sie atmete einmal tief durch, bevor sie hinunter in den Laden ging.

☆

Zufrieden betrachtete Lena ihr Lädchen. Sie hatte sich dieses Mal wirklich selbst übertroffen. In der Winterlandschaft der Schaufensterauslage umrahmten frisch gefertigte Schokotannen mit Puderzuckerhaube die Lebkuchenhäuschen. Die Regale waren aufgefüllt, und unter den Glashauben auf dem Verkaufstresen stapelten sich Brownies mit Walnüssen, bunte Macarons und Muffins mit weißer Glasur und Glitzerstreuseln.

Auch für die Redakteurin und ihr Team hatte sie als kleine Aufmerksamkeit etwas vorbereitet: einen Nikolausstiefel aus einem hübschen Westfalenstoff mit Sternchenmuster, gefüllt mit einem Potpourri ihrer leckersten Kreationen – natürlich war neben Zimtsternen auch das Tannenspitzen-Shortbread dabei.

Das Glöckchen klingelte, und die ersten vermummten Gestalten schüttelten den Schnee von ihren Mützen. Lena nahm den Kunden die Jacken ab und hängte sie an die Garderobe, auf die sie sehr stolz war. Denn sie hatte das umfunktionierte Apothekerregal eigenhändig pastellrosa gestrichen und geschwungene Silberhaken darin befestigt.

Lena versuchte gerade, einer jungen Frau dabei zu helfen, Lebkuchenhäuschen und verschiedenfarbige Zuckerstangen für ihre Schwester auszuwählen, da fegte ein Wirbelsturm durch die Ladentür, dass die Glöckchen erschrocken und empört zugleich klingelten.

»Ach, da sind Sie ja, meine Liebe! Hallo, hallo!«

Die junge Kundin wich überrascht mit der Tüte Pralinen in der Hand zurück. Ohne sie zu beachten, rauschte Eugenie Spitzbub an ihr vorbei, herzte Lena und gab ihr Luftküsschen rechts und links auf die Wange. Sie war von Kopf bis Fuß ein Traum in Lilatönen, nur ihre Wangen waren wegen der Kälte gerötet.

Lena wusste gar nicht, wie ihr geschah, und nuschelte ein verlegenes »Herzlich willkommen im *Fräulein Gewürz*...!« Eigentlich hätte sie aber gar nichts zu sagen brauchen, denn das übernahm die Redakteurin für sie.

»Frau Sonnenschein – ach, was für ein entzückender Name!« Sie kicherte spitz. »Darf ich Ihnen mein Team vorstellen?«

Plötzlich nahm Lena einen Hauch von Zimt und Honig wahr, den sie kannte, und ihre Nasenspitze kribbelte. Sie sah sich suchend um, und als Eugenie Spitzbub einen Schritt zur Seite trat und den Blick auf die Eingangstür freigab, stand er einfach da: ihr Zimtstern-Adventsmann. Mit einem Stativ in der einen, einer länglichen Tasche in der anderen Hand und seiner umgehängten Fototasche über der Schulter. Er lächelte sie verschmitzt an. Lena hingegen war in diesem Moment zu verdutzt und überrumpelt, als dass sie irgendeine Gefühlsregung hätte zeigen können.

»Darf ich vorstellen? Isabelle Dekor, unsere Stylistin«, holte die schrille Stimme der Redakteurin sie ins Hier und Jetzt zurück.

Hätte die Stylistin kariertes Haar gehabt und wäre auf Schlittschuhen durch das Lädchen gerutscht, Lena hätte es nicht mitbekommen. Ihr Herz pochte so laut in ihren Ohren, dass sie das französisch angehauchte gehauchte »'allo« kaum wahrnahm und nur automatisch »Ähm ja, Lena, hallo!« antwortete.

Herrje, was war nur mit ihr los? Sie musste sich dringend wieder unter Kontrolle bringen, und zwar schnell! Sie zwang sich, die junge Stylistin direkt anzuschauen, und kniff sich gleichzeitig hinter dem Rücken fest in die Hand. Was ein seltsam schiefes Lächeln mit zusammengepressten Lippen zur Folge hatte.

Isabelle wertete es aber wohl positiv und schenkte ihr ein offenes Grübchenlächeln zurück.

»Sie zaubert aus jedem Waschkittel ein Ballkleid«, flötete Eugenie überschwänglich.

»Bitte? Äh ja?« Lena hatte rein gar nichts verstanden.

»Und das«, fuhr Eugenie Spitzbub fort, »ist Max, unser Fotograf und Reporter. Der Mann mit dem richtigen Blick für die hübschesten Eyecatcher.« Sie lehnte sich ein wenig zu Lena herüber und senkte ihre Stimme. »Der Vorschlag für Ihr Lädchen kam übrigens von ihm!«

»Ach so?« Überrascht sah Lena von Eugenie zu Max. Der grinste noch breiter und nickte kurz. »Dann ist es mir eine besondere Freude, meinen Wohltäter kennenzulernen!«

Sie wollte ihm die Hand geben, was ihm aber wegen Stativ und Tasche nicht möglich war. Also vollführten sie ein peinliches Tänzchen, bis er beides an der Garderobe abgestellt hatte und sie sich die Hände reichen konnten.

Trotz der Kälte draußen war seine Hand warm und weich. Lena zwang sich regelrecht, sie wieder loszulassen. Ihre Knie fühlten sich mit einem Mal wie flüssige Butter an.

»Es war nur ein Vorschlag – mit offensichtlich überzeugenden Argumenten«, erklärte er, und seine Augen blitzten wieder hinter seiner dunklen Hornbrille.

Eugenie Spitzbub rauschte heran und nahm Lena beiseite. »Die Außenaufnahmen des *Fräulein Gewürzzaubers* haben wir schon im Kasten. Max wird nun Fotos vom Innenraum machen. In dieser Zeit kümmert Isabelle sich um dein Äußeres.« Offenbar hatte sie entschieden, vom »Sie« zum »Du« übergehen zu können.

*Was stimmt nicht mit meinem Äußeren?*, wollte Lena fragen, aber sie kam nicht gegen den Redefluss der Redakteurin an:

»Ein bisschen Puder, Lidstrich und so weiter. Danach setzen wir dich hübsch in Szene. Später wird Max noch ein kleines Interview mit dir führen.«

Lena konnte immer wieder nur nicken. Da auf einmal in ihrem Inneren ein Flummi fröhlich auf und ab hüpfte, bekam sie kein Wort heraus.

»So, meine Liebe, ich muss auch weiter. Der nächste Termin, du verstehst? Du bist ja nun in guten Händen!« Giggelnd warf die Redakteurin ihr einen Luftkuss zu. »Tschühüssi!«

»Ja, vielen Dank, auf Wiedersehen!«, konnte Lena gerade noch erwidern, da war Eugenie Spitzbub auch schon wie ein lila Blitz durch die Tür in die Winterwelt entschlüpft.

Währenddessen hatte Max in seiner Tasche gekramt und einen Metallständer aufgebaut, an dem er nun eine Glühbirne und einen weißen Schirm befestigte.

»Lena? Kann isch anfangen?« Isabelle war so leise neben sie getreten, dass Lena erschrocken zusammenzuckte.

»Ja, natürlich. Was soll ich tun?«, fragte Lena. Sie war eindeutig überfordert. Vielleicht sollte sie erst mal eine heiße Milch mit Honig trinken? Das würde sie beruhigen. Allerdings ließ Isabelle ihr keine Zeit dazu.

»Setz disch 'ier 'er, bitte.« Sie zeigte auf einen freien Stuhl am Fenster. »Das Lischt ist perfekt.«

Lena staunte, als Isabelle die obere Hälfte ihres Koffers ausklappte und Unmengen von Lippenstiften, Puderschwämmen und Make-up-Tuben zum Vorschein kamen.

Die Stylistin schürzte die Lippen und sah Lena mit zusammengekniffenen Augen an. »Du bist e'er der natürlische Typ. Also weniger ist mehr«, stellte sie fest und ging ans Werk. Was zum Glück nicht lange dauerte, denn das Glöckchen kündigte mehrmals neue Kunden an, die bedient werden wollten.

Lena sah neugierige Blicke umherwandern und beantwortete einige interessierte Fragen, während Max im Verkaufsraum Fotos schoss.

Nach einiger Zeit trat er an Lena heran, die sich überrascht zu ihm umdrehte und sich im selben Moment über sich selbst ärgerte, weil ihr die Hitze in die Wangen schoss. »Ja?«, fragte sie betont lässig.

»Entschuldige, wenn du bereit bist, würde ich jetzt gern ein paar Fotos von dir machen.« Er hob fragend die Brauen, und Lena bemerkte eine kleine Narbe über seinem rechten Auge.

»Ja, okay. Was muss ich machen? Wo soll ich …?«

*Oh Mann, Lena, sei doch nicht so unbeholfen! Du führst dich auf wie ein verschrecktes Huhn!*, schimpfte sie sich selbst.

Offenbar erkannte Max ihre Unsicherheit, denn er erklärte sanft und mit ruhiger Stimme: »Keine Panik. Du tust einfach das, was du immer tust: Du bedienst die Kunden, nimmst ihre Bestellung auf, plauderst mit ihnen und packst ihre Einkäufe ein.«

»Das bekomme ich hin«, versicherte Lena erleichtert.

»Und, wenn ich das noch sagen darf … Du siehst heute wirklich … bezaubernd aus!«

»Oh danke!«, strahlte Lena. Ihre Wangen waren jetzt rosa wie Himbeerzuckerguss.

Sie schaufelte große Stücke Lebkuchentorte auf kleine verschnörkelte Teller und brachte sie ihren Gästen, die bereits ihren Punsch genossen und durch das Schaufenster in das Schneetreiben draußen schauten. Danach verpackte sie für zwei kleine Kinder Zuckerstangen in eine Spitztüte und stellte deren Mutter eine Pralinenmischung zusammen.

Langsam ließ das Zittern ihrer Hände nach, ihr Puls beruhigte sich ein wenig, und sie begann, die Situation tatsächlich zu genießen. Nicht etwa, weil sie bei dieser Fotostrecke im Mittelpunkt stand, sondern weil

Max da war. Es war, als würde seine Anwesenheit eine Wohlfühlwärme im ganzen Raum verbreiten, die von ihren Zehen durch ihren Körper bis in die Haarspitzen floss.

Mit halbem Ohr hörte sie plötzlich die Stimme einer alten Freundin ihrer Großmutter, die auf Max einredete.

»Wissen Sie, junger Mann, ihre Großmutter Greta war schon etwas Besonderes«, erklärte Frau Herzberg gerade überschwänglich, »aber die junge Frau Sonnenschein übertrifft sie noch mal um Längen mit ihrer Herzensgüte, dieser fröhlichen Art und vor allem mit ihrem feinen Gewürznäschen!«

»Ist das so?«

Lena sah von der Seite, dass Max interessiert die Augenbrauen hob und die alte Dame freundlich anlächelte.

»Ja, wirklich! Jedes Mal, wenn ich nach Hause komme, da sage ich zu meinem Hubert – das ist mein Wellensittich, müssen Sie wissen –, da sage ich also zu meinem Hubert: ›Die Lena Sonnenschein ist so eine liebenswerte Person.‹ Ach ja. Übrigens würden Sie ein schönes Paar abgeben, Sie zwei!« Sie zwinkerte Max zu und stakste mit ihrem Stock zum Verkaufstresen, um ihre Glühweinbonbons zu bezahlen.

Wie Max darauf reagierte, sah Lena nicht, denn sie schaute peinlich berührt in die andere Richtung.

*Huch!* Isabelle stand genau vor ihr und drehte sie in Pose. »Cheri, du brauchst ein bisschen Pudör!« Schon wirbelte eine kleine Staubwolke um Lenas Nase, gefolgt von dem fröhlichen »Fertiiisch!« der Französin.

»Hallo, Frau Sonnenschein! Dürfte ich bitte bezahlen?«, fragte Frau Herzberg und wedelte mit ihren

Glühweinbonbons in der Luft. »Mein Hubert wartet doch schon auf mich.«

»Aber natürlich, Frau Herzberg.« Lena widmete sich nun wieder ihren Kunden, die immer zahlreicher das Lädchen betraten.

Die Zeit rauschte so schnell vorbei, wie sich ein Keksteller auf Lenas Wohnzimmertisch abends leerte. Schon war es halb drei. Lena hatte die Öffnungszeiten für heute geändert, um pünktlich um drei bei der Kundgebung am alten Filmtheater sein zu können. Daher wollte sie das *Fräulein Gewürzzauber* heute um viertel vor drei schließen.

»Wie wäre es, wenn wir das Interview auf morgen verschieben? Wir könnten zusammen zur Kundgebung gehen?«, schlug Max vor.

Lena nickte dankbar und erfreut zugleich. »Wie wäre es, wenn du morgen um Viertel vor eins vorbeikommst? Wir könnten die Mittagspause nutzen und dabei vielleicht eine Kleinigkeit essen?«, schlug sie vor, und ihr Herz hämmerte ihr bis zum Hals.

»Ja gerne!«, kam es wie aus der Pistole geschossen zurück. Er stutzte: »Ist das die Einladung zu einem Mittagsdate?«

»Gibt es so etwas überhaupt? Vielleicht einigen wir uns darauf, dass es ein Geschäftsessen mit Tendenz zum Privaten ist«, lachte Lena. Jetzt glühten ihre Wangen weihnachtsmannmantelrot, und innerlich schmolz sie dahin wie Vanilleeis auf heißen Kirschen.

»Wenn wir pünktlisch sein wollen, sollten wir uns jetzt mal ein bisschen beeilen, ihr Turteltäubschen!«, alberte Isabelle.

Recht hatte sie. Lena schloss die Ladentür hinter dem letzten Kunden ab. Während Max und Isabelle ihre Utensilien und ihr Equipment einpackten, eilte sie zum Briefkasten.

*Bitte, bitte, bitte, sei schon drin!*, flehte sie in Gedanken – und hatte Glück. Ein brauner Umschlag mit einem glitzernden Schlitten wartete bereits auf sie.

Sie öffnete den Umschlag und zog das Kärtchen heraus. Unter der geschwungenen Acht, die heute auf eine große weiße Schneeflocke gemalt war, stand der Spruch: *Deine Träume gehören nicht in eine Schublade gestopft, sondern in reichlich Schokolade getunkt und genossen!*

Ja, genossen hatte sie den Tag bisher definitiv. Es fühlte sich an wie ein Traum, der hoffentlich so schnell nicht endete.

Die Nachricht auf der Rückseite ließ Lena noch einmal beglückt seufzen:

*Liebes Lenchen,*
*wenn jemand in den Laden kommt und Dein Herz erobert, lass ihn nicht wieder gehen. Denn ich habe ihn geschickt. (Das hatte ich ja versprochen!)*
*In Liebe*
*Oma Greta*

# 9. DEZEMBER

Die Kundgebung war ein voller Erfolg gewesen. Sowohl für das Filmtheater als auch für Lena.

Mehr als vierhundert Unterschriften waren an diesem Nachmittag zusammengekommen. Ein guter Anfang, denn sicherlich würden durch die Liste, die bis zum 20. Dezember im Blumenladen *Flora* ausliegen sollte, noch zahlreiche dazukommen.

Lena war der Nachmittag einfach nur puderrosa in Erinnerung. Sie hatte Max' Gesellschaft genossen und das Gefühl, ein erstes dünnes Band zu ihm geknüpft zu haben. Zwar waren sie durch die vielen Kunden, die Lenas Aufmerksamkeit bedurften, und die ständige Anwesenheit der zauberhaften Isabelle mit dem süßen Akzent nie unter sich gewesen. Heute aber würde Max allein vorbeikommen und mit ihr die Mittagspause verbringen – rein professionell, verstand sich. Für sein Interview.

»Heiliger Honigkuchen, was soll ich nur anziehen, Puschelchen? Das Rote oder den Jeansrock mit der hellen Bluse?« Lena stand unentschlossen vor ihrem Spiegel im Schlafzimmer und hielt sich abwechselnd die Outfits vor den Pyjama. Ruprecht spielte auf dem Fußboden mit einer Haselnuss. Er flitzte hin und her und ließ die Nuss über das Holz klackern. Dann hüpfte er auf den Nachttisch und von dort aus auf Lenas Kopfkissen.

»Na, du bist mir ja eine große Hilfe … Das Rote ist zu aufdringlich, oder? Damit wirke ich wie eine aufgetakelte Pudeldame! Außerdem ist es ja nur ein Mittagsdate … Ich ziehe die grüne Hose mit der hellen Bluse an. Die sitzt gut, und ich kann die roten Stiefel dazu kombinieren. Perfekt!«

So, die Klamottenfrage war geklärt, aber was war mit dem Mittagessen? Es sollte ja kein Drei-Gänge-Menü werden. »Ruprecht, was sagst du zu Spaghetti mit Bolognesesauce?«

Ein müdes *Tschiep-tschiep* war die Antwort. Ruprecht hatte sich zusammengerollt und gähnte.

»Puschelchen, ich rede mit dir!«

Er schloss demonstrativ die Augen.

»Das nächste Mal, wenn du vor deiner leeren Futterschüssel stehst und ich dir etwas zu fressen geben soll, leg ich mich auch einfach aufs Sofa und schlafe eine Runde!« Grummelnd hängte Lena das Kleid und den Rock zurück in den Schrank und kramte nach der Hose. Plötzlich hielt sie inne. »Isst er überhaupt Fleisch?«

Einen Moment lang glaubte sie, hyperventilieren zu müssen, und stieß verzweifelt die Luft aus, bis ihr die rettende Idee kam: »Ich hab's! Focaccia! Man kann das Brot erwärmen und so belegen, wie man möchte – ob mit Fleisch oder ohne. Das ist ganz egal. Ich bereite einfach viele Kleinigkeiten vor, und jeder nimmt, was er möchte!«

Beseelt zog Lena sich an und frühstückte. Bevor sie sich auf den Weg in den Laden machte, holte sie einen

Stapel Flyer aus ihrem Mantel, den Bille ihr gestern in die Hand gedrückt hatte. Matthi hatte wirklich Talent in Sachen Gestaltung. Ein roter Theatervorhang diente als Hintergrund, auf dem Zimtsterne strahlten. Quer darüber stand in fetten Großbuchstaben: *Rettet das Casablanca!*

Darunter war zu lesen: *Adventsmarkt als Spendenaktion am 21.12., ab 11:00 Uhr im Filmtheater.* Auf der Rückseite waren ebenfalls hübsch arrangiert nüchterne Fakten zum geplanten Umbau aufgeführt.

Lena legte die Flyer gut sichtbar auf den Verkaufstresen und freute sich, dass schon Kunden vor ihrer Ladentür darauf warteten, dass sie das *Fräulein Gewürzzauber* öffnete. Unter ihnen war auch der große, breitschultrige Herr Bonifazius. Er hatte heute einen dicken dunkelrot karierten Schal um den Mantelkragen gewickelt.

»Das Übliche für Ihre Frau, Herr Bonifazius?«

»Ja bitte, das ist lieb. Mein Trudchen mochte diese Pralinen schon immer am liebsten.«

Lena nickte verständnisvoll. »Bei diesem Wetter kommt sie gar nicht vor die Tür, oder? Die Arme.«

»Was soll man machen? Dafür bin ich ja da.« Herr Bonifazius überlegte kurz und lächelte sie aus seinem weißen Seemannsbart an. »Geben Sie mir doch bitte noch von den gebrannten Mandeln und den essbaren Schneebällen.«

»Gerne, Herr Bonifazius.«

Lena packte alles zusammen in einen mit goldenen Sternen verzierten Papierbeutel. Sie verabschiedeten sich, und Lena sah dem alten Nordlicht nach.

*Er muss in jungen Jahren ein sehr attraktiver Mann gewe-*

*sen sein*, dachte sie. Seine Ausstrahlung und sein Erscheinungsbild waren auch heute noch überaus charmant. Sein Trudchen hatte wirklich Glück. Lena rieb sich über die Nase. Eigentlich hatte sie ihn schon lange nach einem Foto seiner Frau fragen wollen. Er hatte ihr schon oft von ihren Weltreisen erzählt. Daher wollte Lena zu gerne sehen, wie es den beiden auf ihren Abenteuern ergangen war.

Lena füllte gerade das Körbchen mit Tüten voller Spritzgebäck wieder auf, als eine Frau an die Theke trat. Es war Maria von Singen, die Pfarrerin der Gemeinde.

»Frau Sonnenschein?«, sprach sie Lena unaufgeregt wie immer an. Manchmal kam sie Lena vor wie eine Agentin auf geheimer Mission. Sie näherte sich immer unbemerkt, war klein und rund, und ihre erschlafften weichen Gesichtszüge, die von einer Prinz-Eisenherz-Frisur umrahmt wurden, hatten etwas von einem Bernhardiner.

»Oh, guten Morgen, Frau von Singen!«, begrüßte Lena sie freundlich.

Die Pfarrerin trat noch einen Schritt näher, sodass Lena ein Hauch ihres Lavendelduft um die Nase wehte, und senkte ihre sowieso schon sehr leise Stimme: »Ich habe – da Gott es so wollte – Ihr Gespräch mit Herrn Bonifazius mitangehört. Es ist mir etwas unangenehm, Sie das zu fragen, aber wissen Sie denn nicht, dass Frau Bonifazius vor einem Jahr gestorben ist?«

Lena stockte der Atem. Sie legte erschrocken ihre Hand vor den Mund. »Wirklich? Nein, das wusste ich nicht«, erwiderte sie ehrlich erschüttert und tastete mit der anderen Hand nach dem Verkaufstresen.

»Ich würde mir nicht erlauben, darüber zu scherzen … Trudhild Bonifazius ist im Alter von siebenundsiebzig Jahren ganz friedlich eingeschlafen. Das Paar wohnt schon lange in meiner Nachbarschaft. Sie haben ja so viel zusammen erlebt.«

»Ja, das haben sie«, flüsterte Lena. Zu mehr war sie in diesem Moment nicht imstande. Es war einfach nicht zu fassen! Natürlich glaubte sie der Pfarrerin. Auf der anderen Seite aber sah sie den lebensfrohen älteren Herren, der sich so hingebungsvoll um seine vermeintlich kranke Frau sorgte und mit so viel Liebe von ihr sprach, dass sie die Tränen nicht mehr zurückhalten konnte.

»Kindchen, setzen Sie sich. Sie sind ja ganz blass.« Frau von Singen tätschelte fürsorglich Lenas Schulter und wartete geduldig, bis das Schluchzen aufhörte.

Lena versuchte, sich vorzustellen, wie das Leben für Herrn Bonifazius nun sein musste. *Trostlos, grau, leer* waren die Worte, die ihr als Erstes in den Sinn kamen.

Der Vormittag plätscherte dahin, doch das Lächeln, an dem sie sich versuchte, fiel eher müde und kraftlos aus. So kannten ihre Kunden sie gar nicht, und viele versuchten, sie mit kleinen Gesten oder lustigen Geschichten wieder ein bisschen aufzumuntern. Erst als es auf die Mittagszeit zuging, meldete sich endlich ein vorfreudiges Kribbeln in Lenas Bauch. Gleich war es halb eins, und ihr Zimtstern-Adventsmann würde zum Interview-Mittagsdate vorbeischneien.

☆

»Entschuldigung, wo finde ich die Zimtsterne?«

Lena streckte sich gerade, um einen Lebkuchenmann zurück auf sein Regalbrett zu befördern, als sie die warme Stimme hörte, die von einem Honig-Zimt-Duft begleitet wurde, den sie nun nie mehr vergessen würde.

Sie grinste, drehte sich um und blickte in Max' strahlendes Lächeln. »Hier in diesem Körbchen, sie sind frisch gebacken«, erklärte sie gespielt förmlich. Sie wies mit der Hand auf ein kleines Tischchen vor dem Tresen, steckte sie aber schnell hinter den Rücken, damit Max nicht sah, wie ihre Finger zitterten. Ihr Herz pochte wieder laut. Sie musste sich dringend beruhigen, wenn sie das Interview einigermaßen würdevoll überstehen wollte.

Ihre Stimme klang ein wenig schrill, als sie ihn bat: »Setz dich doch einen Moment, bitte! Ich habe noch eine Kleinigkeit zu erledigen, dann kann ich schließen. Es ist ja gerade eh nichts los.«

Lena huschte an dem verdutzten Max vorbei durch die Küche zur Hintertür hinaus ins Treppenhaus und dann nach draußen in die Winterwelt. Frau Holle hatte heute wohl wieder mehrere Hilfskräfte beim Bettenschütteln, denn aus den waschkittelgrau verhangenen Wolken fielen ohne Unterlass die dicksten Flocken.

Lena seufzte erleichtert, als sie den heutigen Brief ihrer Oma endlich zwischen den Seiten einer Werbezeitung entdeckte. Sie brauchte dringend noch einen letzten Kraftschub – ganz gleich, welcher Art –, um auf Max nicht wie ein überdrehter Trauerkloß mit Hitzewallungen zu wirken.

Das Glanzbild auf dem Umschlag zeigte zwei Kinder

in nostalgischer winterlicher Kleidung mit glitzernden Fellmützen, die sich lachend in den Armen hielten. Die Lasche war wieder leicht zu öffnen, und zum Vorschein kam eine Collage aus den leckersten Keksen, mit Tinte auf gelbliches Papier gezeichnet, die eine geschwungene Neun umrahmten.

Der Spruch darunter ließ Lena ein trauriges Lächeln übers Gesicht huschen: *Darauf erst mal eine heiße Schokolade!*

Sie fühlte immer noch einen Kloß im Hals, wenn sie an das Ehepaar Bonifazius dachte. *Eine heiße Schokolade ist vielleicht wirklich genau das Richtige*, beschloss sie und drehte die Karte um:

*Liebes Lenchen,*
*das Leben kann für die vielen Menschen auf dieser Welt so bunt sein wie eine Regenbogentorte. Jeder hat seine eigenen Empfindungen, seine eigenen Gefühle. Wo manche Zartbitterschokolade sehen, sehen andere vielleicht das feinste Karamell-Toffee. Betrachte die Dinge aus verschiedenen Richtungen – es lohnt sich.*
*In Liebe*
*Oma Greta*

Als sie wenige Minuten später oben bei Lichterkettenbeleuchtung und Kerzenschein in Lenas gemütlicher Küche saßen, holte Max einen Notizblock und einen silbernen Füller aus seiner Manteltasche. »Jetzt kann's losgehen!«, verkündete er.

»Wir brauchen erst mal eine Stärkung«, stellte Lena fest. »Ich habe Focaccia vorbereitet. Die können wir nach Herzenslust belegen, und heiße Schokolade habe ich auch.«

Davon war Max sehr angetan, und so saßen sie beisammen, aßen und plauderten. Lena erzählte ihm aus der Geschichte des *Fräulein Gewürzzaubers*, das seit mehreren Generationen in Familienbesitz war und seinen ganz besonderen Zauber bis heute nicht verloren hatte. »Da fällt mir ein …«, unterbrach sie sich schließlich. »Wie sind deine Geschenke am Sonntag eigentlich angekommen?«

»Meine Eltern waren auf ihre ganz eigene spießige Art sehr erfreut und hätten mir so eine – in den Worten meines Vaters – *exzellente Auswahl* gar nicht zugetraut.« Max lachte amüsiert, aber es schwang auch ein wenig Wehmut in seinen Worten.

»Sie verstehen dich nicht, oder?«, fragte Lena vorsichtig.

»Sie sind anders«, antwortete er diplomatisch, dann lachte er: »Sie haben sich gesucht und gefunden, das steht jedenfalls fest. Ich kann mich auch nicht beklagen, dass ich eine schlechte Kindheit gehabt hätte. Finanziell hat es meiner Familie noch nie an etwas gemangelt. Aber es fehlte tatsächlich an all dem was du dein Leben lang erfahren hast: Fürsorge, Liebe, Verständnis …«

»Das tut mir leid«, sagte Lena mit aufrichtigem Mitgefühl. »Aber es gab doch sicher jemanden, durch den du so aufgeschlossen und freundlich geworden bist? Der dir die Welt von einer anderen Seite gezeigt hat?« Sie musste bei dem, was sie sagte, prompt an den heutigen Adventsbrief ihrer Großmutter denken.

»Ja, das waren und sind meine Großeltern.« Max

nickte, und für den Moment dachte Lena, eine Träne in seinem Augenwinkel glitzern zu sehen. Sie wollte das Thema aber nicht weiter vertiefen, um ihn nicht in eine unangenehme Situation zu bringen.

Daher sprach sie an, was sie den ganzen Morgen belastet hatte: »Heute früh habe ich vom Tod einer Frau erfahren, die ihr Mann seit vielen Monaten am Leben erhält.«

Max schaute sie fragend an, und Lena erklärte: »Er kauft ihr seit einem Jahr jede Woche ihre Lieblingspralinen und hat mir neulich noch von einem Fußleiden erzählt, das es ihr nicht ermöglicht, selbst in den Laden zu kommen.«

Lena ließ das Besteck sinken und dachte laut nach. »Es ist so … traurig …«

»Andererseits aber auch super romantisch«, vollendete Max ihren Satz und nahm einen großen Schluck Kakao aus der Tasse, wodurch seine Brillengläser beschlugen. »Überleg doch mal, wie einsam er sich nun fühlen muss. Wahrscheinlich leidet er nicht an Wahnvorstellungen. Vielleicht hält es ihn gerade einfach am Leben.«

Aus diesem Blickwinkel hatte Lena diese Geschichte noch nicht betrachtet. Aber es stimmte. Herr Bonifazius hatte seine zweite Hälfte verloren, die Frau, die fünfzig Jahre lang immer da gewesen war. Mit der er Erlebnisse geteilt hatte, wie sie nur die wenigsten gemeinsam erleben konnten. War es da nicht verständlich, dass er sie nicht vergessen wollte? Dass er die Erinnerung an sie aufrechthielt?

»Was ist das?«

Max' Frage holte Lena aus ihren Gedanken.

»Das? Ach, nur eine Karte.« Sie schob den Brief ihrer Großmutter mit einer schnellen Handbewegung vom Tisch und verstaute ihn in ihrer Handtasche, die unter dem Tisch lag. Zu dumm, dass sie ihn achtlos dort hingelegt hatte. Auf keinen Fall wollte sie, dass Max denselben Eindruck von ihr erhielt wie ihre Freundinnen bei ihrem missglückten Treffen vor ein paar Tagen.

»Es macht sich heute kaum einer die Mühe, einen Brief zu schreiben, geschweige denn, ihn so hübsch zu gestalten.« Max lächelte.

Lena wollte darauf schon etwas erwidern, schluckte ihre Antwort aber hinunter, um sich nicht zu verraten. Sie schwieg, lächelte zurück und genoss die knappe Zeit, die sie noch mit ihrem Zimtstern-Adventsmann teilen konnte, bis die Mittagspause beendet war.

# 10. DEZEMBER

Wann immer Lena an ihr gestriges Mittagsdate dachte, hatte sie ein Lächeln auf den Lippen. Zum einen sah sie das Verhalten von Herrn Bonifazius nun in ganz anderem Licht: nicht als merkwürdige, vielleicht sogar krankhafte Alterserscheinung, sondern als Zeichen tiefster Zuneigung zu seiner Frau. Zum anderen hatte sie bei dem Gedanken an das Interview mit Max ein Gefühl, als sei sie nach zu viel Glühwein beschwipst.

»Schau mich nicht so an, Puschelchen! Nein, seine Telefonnummer habe ich immer noch nicht!« Innerlich schalt sie sich für ihre Blödheit. Aber es hatte sich einfach nicht die Gelegenheit geboten. Oder ihr hatte der Mut gefehlt. Oder auch beides. Andererseits hatte er auch nicht nach ihrer Telefonnummer gefragt. Oder ob sie sich abends mal auf ein Glas Wein treffen wollten. Stattdessen hatte er sie für Freitag zur finalen Freigabe des Textes und der für die Magazinseiten ausgewählten Fotos in die Redaktion bestellt. War das vielleicht sein Weg zu sagen, dass er sie gerne wiedersehen wollte?

Ach, es waren einfach zu viele Oders auf einmal! Um sich abzulenken, goss sie sich erst mal einen Ingwertee mit Anis, Kurkuma und Kardamom auf.

Als sie um neun dick vermummt zur Tür hinauswollte, um den Gehweg vor dem Lädchen vom frisch gefallenen Schnee zu befreien, klingelte das Telefon.

»Uuuund?«

»Was *und*?« Irritiert schaute Lena auf ihre Fußspitzen. »Warum sagst du das so komisch?«

»Uuuund? Bist du bereit für deinen wichtigen Aaaabend?«, flötete Milla in den Hörer.

Ach, du liebes Vanillekipferl, das hatte sie ja völlig vergessen! Ihr Blind Date!

»Das ist schon heute?« Verzweifelt zog sie sich die Wollmütze vom Kopf und suchte nach Ausreden, fand aber spontan keine.

»Ja, das ist schon heute«, antwortete Milla spitz.

»Weißt du, ich fühl mich gar nicht so gut heute«, sagte Lena matt. »Und es ist noch so viel zu tun. Ich muss noch Zimtsterne für morgen backen. Die Trüffelpralinen gehen auch zur Neige, und … und für den Backworkshop am Samstag ist auch noch allerhand vorzubereiten.«

»Du gehst da hin, keine Widerrede!«, sagte Milla trocken und ohne ein Fünkchen Mitgefühl in der Stimme.

Lena sah ihre Freundin vor sich, wie sie drohend mit dem Zeigefinger vor ihrer Nase herumfuchtelte, und musste grinsen. »Wohin geht es eigentlich?«, seufzte sie ergeben.

»Wir haben für sieben Uhr einen Tisch im *Maharaja* bestellt«, erklärte Milla.

»Oh, schön. Indisch hatte ich lange nicht mehr.« Das war angesichts der sonst eher schrägen Aussichten auf einen Abend mit unbekannten Geheimzutaten wenigstens eine erfreuliche Nachricht.

Nachdem sie aufgelegt hatte, stand Lena noch einen Moment reglos mitten in der Küche. In ihrem Kopf wirbelte gerade ein Schneesturm ihre Gedanken durcheinander. Da gab es den Zimtstern-Adventsmann mit dem bezaubernden Duft nach Weihnachten und seinem umwerfenden Lächeln. So wie sie ihn in der kurzen Zeit bereits kennengelernt hatte, war er kreativ, klug, einfühlsam und ein guter Zuhörer. Alles Zutaten, die für sie die leckersten Plätzchen ergaben. Außerdem war da dieses Kribbeln im Bauch, wenn sie mit ihm zusammen war, das ihre Knie weich werden und ihre Hände zittern ließ.

Auf der anderen Seite erwartete sie der Unbekannte, ein geheimnisvoller, in Millas Worten *netter Typ,* von dem sie nicht mehr wusste, als dass er offensichtlich wie sie selbst die indische Küche mochte. Wer konnte schon wissen, ob er in ihr nicht ein wahres Feuerwerk entfachte, wenn sie ihn sah?

Wenn Milla ihre Arbeitskollegin so sehr mochte, dass sie Lena mit deren Bruder verkuppeln wollte, war das doch erst mal ein gutes Zeichen, oder?

Noch etwas anderes machte Lena nervös. Sie hatte so lange keine richtige Abendverabredung mehr gehabt, dass sie gar nicht mehr wusste, wie so etwas funktionierte. Was sollte sie bloß anziehen? Lieber sportlich, schick oder etwas gewagter? Hochgeschlossen oder etwas offenherziger? Sollte sie sich schminken? Abend-Make-up oder eher natürlich? Jetzt brauchte sie dringend Isabelles Rat und ihre fähigen Hände. Der Tag war viel zu kurz, um diese ganzen Fragen beantworten zu können!

»Puschelchen, das kann gar nicht gut gehen! Ich habe da so ein ganz blödes Bauchgefühl …«

☆

Draußen legte der Abend bereits seine dunkle Decke über die Welt, als Lena das *Fräulein Gewürzzauber* abschloss. Mittlerweile hatte sie die Outfitfrage für den heutigen Anlass mit Hilfe einer Kundin entschieden. Bevor sie zu ihrer Verabredung aufbrach, wollte sie jedoch nachsehen, ob sie einen neuen Brief von ihrer Großmutter erhalten hatte.

Ihr Herz machte einen Hüpfer, und ihr wurde ganz wohlig warm, als sie den neuen Umschlag fand. Neben den geschnörkelten Buchstaben ihres Namens klebte heute das Glanzbild eines pausbackigen Engelchens auf einer Schneewolke.

Bei einem dampfenden Kakao mit Sahne und Minimarshmallow-Topping zwischen den weichen Kissen auf ihrem Sofa vergaß Lena für einen Moment die Welt um sich herum. Das Kärtchen war wieder wundervoll gestaltet. Auf dem braunen Untergrund klebten Zeichnungen von Ilexzweigen, die ein Oval mit einer geschwungenen Zehn umrankten. Darunter stand der Spruch: *Der weiche Keks in meinem Kopf braucht dringend Schokoglasur mit Streuseln!*

Lena grinste und schaute auf den fluffigen bunten Kissenturm in ihrem großen Becher. *Ja, das löst in der Tat die Anspannung.* Sie drehte die Karte um.

*Liebes Lenchen,*

*wenn Du bisher dachtest, das Leben sei kompliziert, hält*
*es für Dich sicher noch einige Überraschungen parat.*
*Vertraue darauf, dass Du alle Hürden meistern kannst.*
*Und wenn es doch einmal brenzlig wird, sorge dafür,*
*dass Du immer genug Streusel in der Tasche hast.*
*In Liebe*
*Oma Greta*

☆

Da um 19 Uhr bereits tintenschwarze Nacht war, blinkte die bunte Leuchtreklame auf der Fassade des *Maharaja* umso aufdringlicher und ließ die eigentlich weiße Schneedecke im Umkreis von zehn Metern in surrealem Farbspiel leuchten. Im Gegensatz dazu war es im Inneren wesentlich behaglicher.

Betrat man das Gebäude durch die Eingangstür, tauchte man danach durch einen schweren bestickten Vorhang in eine andere Welt: in einen etwa zweihundert Quadratmeter großen indischen Tempel mit Teppichen auf dem Boden und an den Wänden. Die niedrigen Tische standen eng zusammen, und für die Gäste lagen dicke rote Sitzkissen mit goldenen Troddeln bereit. Die dämmrige Beleuchtung bestand ausschließlich aus Lichterketten, die um jedes Bild, jedes Fenster und jeden Türrahmen gehängt ihren warmweißen oder gelblichen Schein verbreiteten. Auf einer Säule in der Ecke wachte Lakshmi, die hinduistische Göttin des Glücks und des Wohlstandes in einem reich mit Mustern verzierten roten Sari über das Gelingen in der Küche und das Treiben im Gastraum.

Lena war schon oft hier gewesen. Sie mochte die Warmherzigkeit der Inder und ihre Kochkunst. Das unaufhaltsam nahende Unbekannte, auf das sie sich freiwillig eingelassen hatte, mochte sie allerdings nicht. Nervös nestelte sie an ihrem Schal. Ihr Date schien sich zu verspäten, denn nur im vorderen Teil war bisher ein Tisch besetzt. Dort saß eine Familie mit zwei Teenagern.

Lena ließ sich Mantel und Schal abnehmen und setzte sich im hinteren Teil in die Ecke, von der aus man über die vielen Tische hinweg den Eingang gut im Blick hatte. Lange musste sie nicht warten, bis sich der Vorhang öffnete – und ein älteres Pärchen sich die Hände von der Kälte reibend eintrat.

Was machte sie hier bloß? Ihre Nervosität stieg ins Unermessliche. Ihre Hände brauchten etwas zu tun, damit sie nicht durchdrehte.

»Einen Mangolassi für die hübsche Lady?«, fragte eine warme melodische Stimme mit indischem Akzent.

»Ja, sehr gerne«, antwortete Lena und nahm dankbar die Speisekarte entgegen, die der Kellner ihr reichte.

Langsam füllte sich das Lokal. Ein Gemurmel und Gesumme wie im Bienenstock füllte den großen Raum. Lena nahm einen Schluck Lassi und sah auf ihre Armbanduhr. Es war jetzt zwanzig nach sieben. Die akademische Viertelstunde war längst vorbei. Wie lange wartete man üblicherweise anstandshalber, bis man so einer Peinlichkeit ein Ende setzte?

Kaum hatte sie den Entschluss gefasst, den Mangolassi auszutrinken und zu gehen – was sich sehr erleichternd anfühlte –, fiel ihr Blick auf den Eingang. Der Vorhang bewegte sich, teilte sich, und herein kam Matthi! Dieselben wuscheligen Haare wie letzte Woche, derselbe schwarze Wollpulli und dieselbe verdrossene Körperhaltung. Das konnte doch wohl nicht wahr sein!

Lena vergrub das Gesicht in ihren Händen und wollte schon nach der Speisekarte greifen, um sich dahinter zu verstecken, doch es war zu spät. Matthi winkte – offensichtlich hocherfreut – und stiefelte über die Kissen der anderen Gäste hinweg auf sie zu. Seine weite Cargo-Hose machte die Sache nicht unbedingt leichter. Weder für ihn noch für die anderen Gäste, die sich erschrocken nach vorn beugten und ihre Gläser und Teller festhielten.

Lena fiel es wie Puderzucker von den Augen: Bille war Millas Arbeitskollegin!

*Boden, tu dich auf, und verschlinge mich!*, flehte sie gen Himmel. *Was soll ich denn den ganzen Abend mit ihm reden?* Ein ganz *netter Typ* – das mochte Matthi ja sein, aber hatten Emma und Milla ihn schon einmal sprechen gehört?

Matthi schenkte Lena ein schiefes Lächeln, als er endlich vor ihr stand. Lena stand auf, um ihn zu begrüßen.

»Hey Lena!«, strahlte er.

»Matthi, wie schön dich zu sehen.«

Er wollte sie schon umarmen, aber Lena streckte ihm rasch die Hand hin. Er schüttelte sie ungelenk und ließ sich dann auf sein Kissen plumpsen, als würde er gleich die Nacht vor der Konsole durchzocken.

»Was für'n Zufall, was?«, eröffnete er und lachte grunzend. »Netter Laden!«

»Jaaa«, sagte Lena gedehnt und bestellte schnell noch einen Mangolassi und ein Glas Rotwein, um den Abend zu überstehen. Es half zumindest, die peinlichen Momente des Schweigens – wovon es schon in den ersten

Minuten, nachdem sie bestellt hatten, viele gab – und die Momente, in denen Matthi ein paar karge Worte in seiner ganz eigenen Sprache sprach, mit Gelassenheit und Humor zu nehmen.

»Deine Flyer sehen wirklich super aus. Es sind dadurch schon viele auf die Aktion aufmerksam geworden«, machte Lena noch einen letzten Versuch, ein richtiges Gespräch mit Matthi zu führen.

»Cool!«, grunzte Matthi. Dann keuchte er mit einem Mal. »Boah, das is' ja 'ne scharfe Nummer!«

»Ja. Daher die fünf Chilischoten auf der Karte«, stellte Lena ungerührt fest. »Matthi, dir gebührt Respekt. Du hast mehr von dem Vindalho geschafft, als ich gedacht hätte.«

»Ach, das war'n Chilischoten? Dachte, das wär so'n indisches Zeichen. Die schreiben ja ganz anders als wir. Kann ich davon was?« Matthi zeigte mit hochrotem Kopf auf ihre Papadams.

»Wie? Ja, ja, bitte.«

»Mein lieber Scholli, sind die scharf!«, keuchte er wieder und wedelte sich mit einem Teigfladen Luft zu. »Oh!«

Mit einem Mal sah Matthi aus, als würden ihm die Augen aus dem Kopf treten. Er sprang auf, dass der Tisch wackelte, und war schon Richtung Toiletten verschwunden.

Lena atmete einmal tief ein und wieder aus und nahm noch einen großen Schluck Rotwein. Dann winkte sie dem Kellner. »Bitte einen Arrak für meine Begleitung, und dann würden wir gern bezahlen.«

»Der junge Mann ist für scharfes Essen nicht gemacht«, nickte die Bedienung Lena wissend zu. »Ich bringe den Schnaps.«

Lena war froh, endlich nach Hause zu können. Der Abend war schon schlimm genug gewesen. Suchend ließ sie den Blick umherschweifen. Sie stockte. Das durfte doch nicht wahr sein! Am anderen Ende des Raumes saßen zwei bekannte Gestalten: Isabelle und Max, essend und in ein Gespräch vertieft. Es war, als habe ihr jemand einen Eispickel ins Herz gerammt.

Bis jetzt war ihr Isabelle sympathisch gewesen, ihr niedlicher Akzent und ihre Scherze. Auf einmal aber hasste Lena sie dafür, wie sie ihr Haar zurückwarf. Schon die Art, wie sie Max ansah! Lena kochte innerlich vor Wut und Enttäuschung.

Max und Isabelle unterhielten sich angeregt. Sie lachten und wirkten so ungezwungen und vertraut, dass es Lena ganz übel wurde. Sie musste schnellstens hier raus. Wo blieb Matthi nur?

Kurz entschlossen legte Lena Geld auf den Tisch, ging mit schnellen Schritten auf die Toiletten zu und fand ihren Begleiter vor dem Waschbecken, wo er sein Gesicht mit Wasser kühlte. Er war bleich wie der Mond.

»Komm, ich bring dich nach Hause«, bot sie ihm unwirsch an.

»Passt schon … Moment!«, presste er hervor und verschwand in der Kabine.

Lena wartete im Vorraum und versuchte, die Geräusche auszublenden, damit ihr nicht noch übler wurde.

Eine gefühlte Ewigkeit später führte sie Matthi durch den Gastraum zur Tür. Es war nicht einfach, möglichst schnell und vor allem unbemerkt dieser Hölle zu entkommen, denn Matthi hatte den Arm um ihre Schultern gelegt und stützte sich geschwächt auf sie.

Lena riskierte ganz bewusst keinen Blick mehr. Max und Isabelle noch einmal sehen zu müssen hätte sie nur noch mehr verletzt.

Als sie endlich zuhause ankam, hoppelte Ruprecht um ihre Beine. Sie nahm ihn auf den Arm, fühlte das ruhig klopfende Herzchen unter dem weichen Fell und setzte sich gedankenverloren aufs Sofa.

Das Eichhörnchen schien zu merken, dass es ihr nicht gut ging, denn er wich die ganze Nacht nicht von ihrer Seite. Als sie später in ihrem Bett in die Kissen schluchzte und sie sich nachts in einem Albtraum unruhig hin und her wälzte, rollte er sich dicht neben ihr zusammen und strich ihr mit seinem Puschelschwanz über den Arm, beinah so, als wollte er sie beruhigen.

# 11. DEZEMBER

Lena erwachte aus einem unruhigen Schlaf. Die Tränen klebten noch in ihrem Haar und auf ihren Wangen. Sie fühlte nichts als einen dicken Wattebausch in ihrem Kopf.

Wie aus dem Nichts musste sie lachen. Es war ja gar nicht möglich gewesen, dass der Abend besser verlief – sie hatte schließlich vergessen, die Streusel mitzunehmen! Ob es wohl noch im Nachhinein half, sich eine Tüte in die Manteltasche zu stopfen?

Sie vergrub ihren Kopf unter dem Kissen. An Schlafen war jedoch nicht mehr zu denken. Sie schlurfte aus dem Bett direkt ins Bad und stellte sich unter die heiße Dusche. Das half ihr, einen halbwegs klaren Kopf zu bekommen. Allerdings war ihr Gehirn nun auch wieder in der Lage, sich an viele Dinge aus den vergangenen Tagen zu erinnern, und die Erkenntnis ließ sie auf ihrem Küchenstuhl zusammensacken: Morgen sollte sie in die Redaktion kommen, um das Layout und die Fotos für ihre Magazinseiten abzusegnen. Sie würde Max treffen. Wie sollte sie das durchstehen? Sie ließ den Kopf auf die Tischplatte gleiten.

Plötzlich tschiepte Ruprecht. Er wollte offensichtlich raus und lief hektisch an der Tür hin und her. Lena schaute mit müden Augen aus dem Küchenfenster in die gleißende Schneelandschaft. Über allem spannte sich ein blauer Himmel.

»Recht hast du, Puschelchen, dass du rauswillst! Ich komme …« Lena schlich ermattet hinter Ruprecht die Treppe hinunter. Wieder baute er sich vor dem Briefkasten auf und wich so lange nicht von der Stelle, bis Lena ihn geöffnet hatte. Dann aber machte er einen Satz, der sich sehen lassen konnte, und war in der weißen Welt verschwunden.

Lena rieb sich die Augen. Zwischen den Seiten der Tageszeitung wartete bereits Oma Gretas neuer Brief. Das hübsche Bildchen auf dem Umschlag zeigte glitzernde Schneeflocken, die sich auf der Karte fortführten und die geschnörkelte Elf umrahmten.

Der Spruch darunter war heute sehr knapp gehalten, allerdings, wie Lena erschöpft und niedergeschlagen feststellte, sehr passend: *Lieber Zartbitter als verbittert!*

*Wie kannst du nur immer so richtigliegen mit deinen Orakelsprüchen, Oma?*, dachte Lena und drehte das Kärtchen kopfschüttelnd um.

*Liebes Lenchen,*
*ich weiß, dass es keine Worte für den Schmerz der Liebe gibt. Vor allem nicht, wenn man mittendrin steckt. Denke aber immer daran, dass es nichts bringt, als verbitterte alte Schachtel zu enden wie Tante Hedwig. Iss lieber ein Stück Zartbitterschokolade!*
*In Liebe*
*Oma Greta*

Wieder in der Wohnung, ließ Lena sich in die dicken Kissen ihres Sofas plumpsen. Die blöden Herz-Schmerz-Tränen ließen nicht lange auf sich warten und rollten über ihre Wangen. Zum Glück stand die Tücherbox griffbereit neben der Couch.

☆

Überlassen wir Lena nun ihrer Trauer. Alles braucht seine Zeit, um zu heilen, selbst wenn man eine Frohnatur wie Lena ist. Zumindest die Liebe zum *Fräulein Gewürzzauber* und ihren Kunden lud an diesem Tag den Reservetank ihres Akkus wieder auf. Schauen wir derweil noch einmal einen Tag zurück:

»Oh Max, das ist so *gentil* – wie sagt man … *lieb* von dir. Isch liebe die indische Küsch', und es wäre nischt nötig gewesen!« Isabelle freute sich sichtlich, als sie Max vor dem Restaurant begrüßte, in das er sie eingeladen hatte.

»Doch – und wie nötig das war! Du hast mir bei diesem Job geholfen, und außerdem ist die Einladung nicht ganz uneigennützig …« Er grinste sie an. »Ich brauche da vielleicht den ein oder anderen Rat von dir.«

»Uuuh, dann geht es sischer um *l'amour*! Isch werde versuchen, deine Liebesengel zu sein!«

Lachend betraten sie im dämmrigen Schein der Lichterketten den Gastraum und ergatterten gerade noch einen freien Tisch am Fenster.

»Dann erzähl mir, was du auf dem 'erzen 'ast!«

»Da gibt es so eine junge Frau, die –«

»Nennen wir sie mal … vielleischt … Lena?« Isabelle grinste.

Max grinste zurück. »Okay, du hast mich durchschaut. Ich weiß einfach nicht, wie ich sie ansprechen soll!«, platzte es aus ihm heraus.

»Das irritiert misch – du 'ast doch schon mit ihr gesprochen? Einen ganzen Tag. Und ihr wart sogar schon allein für eine Mittag, erinnerst du disch?«

Max war bewusst, dass diese Frage rhetorisch war. »Das war doch alles auf professioneller Ebene«, tat er es mit einer Handbewegung ab und biss in sein Naan, auf das er Joghurt und Kartoffel-Kichererbsen-Eintopf geschaufelt hatte.

»Oh, là, là, dann verstehst du disch 'ervorragend darauf, professionell zu flirten.« Isabelle kicherte.

»War das so offensichtlich?« Max hob die Augenbrauen, und seine Ohren färbten sich an den Rändern rosa. »Ich schaffe es einfach nicht, sie zu einem richtigen Date einzuladen, geschweige denn, sie nach ihrer Telefonnummer zu fragen.«

Isabelle hob fragend die feinen Augenbrauen. »Du 'ast mir erzählt, sie kommt in die Redaktion?«

»Ja, am Freitag. Wieso?«, fragte er vorsichtig.

»Oh, *mon Dieu*, Max!« Isabelle schlug sich mit der flachen Hand vor die Stirn. »*Et voilà!* Das ist deine Chance!«

»Es sind so viele Leute dabei. Da wird sich bestimmt keine Gelegenheit bieten …«

Isabelle überlegte kurz, steckte eine ausgebüxte Strähne wieder hinters Ohr und erklärte: »Nach dem Termin begleitest du sie zu die Ausgang!«

Ein Strahlen breitete sich auf Max' Gesicht aus. »Isabelle, du bist die Beste! Das werde ich tun!«

Einen Moment aßen beide schweigend weiter.

»Jetzt 'abe isch aber auch eine wischtige Frage an disch.« Isabelle kaute noch einen Moment auf ihrem Hähnchencurry, bevor sie fortfuhr. »Kennst du die Kleine aus der Anzeigengestaltung, Susanna?«

»Ja, zierlich, hübsches Gesicht, angenehme Ausstrahlung?«

Isabelle nickte aufgeregt. »Meinst du, sie steht auf misch?« Sie rutschte aufgeregt giggelnd auf ihrem Kissen hin und her.

Max zuckte mit den Schultern. »Woher weißt du, dass sie …«

»Auf Frauen steht?«, beendete sie seinen Satz. »Na, isch 'abe sie rein zufällig in einem bestimmten Club 'ier in der Nähe gesehen.«

»Warum hast du sie dort noch nicht angesprochen?«

»Schätze, isch hatte bis'er eine ähnlische Blockade wie du. Schließlisch ist sie eine Kollegin!« Plötzlich hielt Isabelle inne und verengte die Augen zu Schlitzen. Sie sah in diesem Moment bedrohlich nach Wildkatze aus.

Da Max mit dem Rücken zur Tür saß, konnte er die Szene nicht verfolgen, die sich dort abspielte. Isabelle aber schon.

»Ist das nischt Lena?«, zischte Isabelle und nickte mit dem Kinn in Richtung Ausgang. Max drehte sich um und sah gerade noch, wie Lena Arm in Arm mit einem seltsam nach Rucksack-Safari aussehenden Typen durch den Vorhang aus dem Lokal verschwand.

Er drehte sich langsam um und sagte gedehnt: »Ja, das war sie wohl.«

# 12. DEZEMBER

Nervös sah Lena auf die große Uhr mit den römischen Zahlen. *Zehn nach elf.* Sie sollte Max um 13 Uhr am Pförtnerhäuschen vor dem Redaktionsgebäude der *Puderzauber* treffen. Um ehrlich zu sein, hatte sie keine große Lust darauf, ihm oder Isabelle oder gar beiden über den Weg zu laufen. Sie hatte fest geglaubt, eine Verbindung zwischen ihm und sich gespürt zu haben. Eine ganz besondere Verbindung mit Schokoüberzug und Glitzerpuder. Hatten sie ihre Gefühle denn so sehr getäuscht?

Das Telefon an der Wand schrillte in ihren Ohren, denn sie stand direkt davor. Gedankenverloren nahm sie ab.

»Na, endlich erreiche ich dich!«, rief Milla ihr entgegen. »Ich habe mir schon Sorgen gemacht, dass dir etwas passiert ist! Ich habe sogar Emma ganz wuschig gemacht, sie sieht nachher bei dir nach dem Rechten.«

Lena lachte. »Milla, so beruhige dich doch!«

»Ich. Mich. Beruhigen? Meine beste Freundin hat ihr erstes Date seit der Steinzeit – und dann auch noch ein Blind Date –, und ich erfahre *nichts*, weil Madame nicht ans Telefon geht! Und dann sagst du mir auch noch, ich solle mich beruhigen?«

»Hör zu, Milla, ich lebe noch. Es war ein interessanter Abend, und heute Abend erzähle ich dir und Emma alles brühwarm bei einer Tasse Punsch.«

»Selbst gemacht?«

»Ja, für den Backworkshop.«

»Okay. Um sieben?«

»Ja, bis nachher!« Lena legte auf und ließ ihren Blick durch den Laden schweifen.

Eigentlich hatte sie noch alle Hände voll zu tun, um den morgigen Backworkshop vorzubereiten. Die Zutaten mussten für die Teilnehmer portioniert, die Utensilien bereitgelegt und die Schürzen noch gebügelt werden. Die Tische allerdings konnte sie erst heute Abend zu einer großen Tafel zusammenrücken, wenn das *Fräulein Gewürzzauber* geschlossen war. Acht Teilnehmer hatten sich angekündigt, die lernen wollten, wie man Weihnachtsstollen nach dem Geheimrezept von Ururoma Elvi backte. Zum Abschluss würde Lena selbst gemachten Punsch reichen – mit Schuss oder ohne.

Sie lächelte. Die Workshop-Nachmittage waren immer sehr gesellig und gemütlich, nicht nur zur Weihnachtszeit.

Während sie die Pralinen und Lebkuchenhäuschen eines Herrn abrechnete, fiel Lenas Blick auf die Nikolausstoffstiefel, die sie als Dank nach dem Fotoshooting hatte verteilen wollen. Sollte sie sie nachher mitnehmen?

Einerseits war der Arbeitsaufwand für das Team sicher durch ihren engen Terminplan hoch gewesen – nicht nur für Isabelle, Max und Frau Spitzbub, sondern im Nachgang auch für die Setzer, Grafiker und anderen

Beteiligten, die das *Fräulein Gewürzzauber* bald in wundervoll puderigem Glanz erstrahlen lassen würden. Außerdem war Lena zutiefst dankbar, eine so große Chance erhalten zu haben. Dieser Bericht würde womöglich viele Veränderungen mit sich bringen. Es würden mehr Kunden auf ihr Lädchen aufmerksam werden, und sie würde vielleicht doch noch jemanden einstellen können, der ihr beim Backen oder im Verkauf half. Wenn sie daran dachte, breitete sich Wärme in ihrem Inneren aus. Oma Greta wäre stolz auf sie.

Andererseits sträubte sich alles in ihr dagegen, jemandem, der sie so sehr verletzt hatte, ein Geschenk zu machen. Da sie der Redaktion dennoch ihre Dankbarkeit zum Ausdruck bringen wollte, füllte sie kurzerhand die Kekse und Pralinenpackungen aus den Stiefeln in einen Geschenkkorb. Den würde sie mitnehmen und in den *Puderzauber*-Gemeinschaftsraum stellen – wenn es so etwas gab –, damit sich alle bedienen konnten.

Zumindest konnte sie gleich mit ruhigem Gewissen gehen. Tjure Großherz hatte sich bereit erklärt, als Aushilfe einzuspringen und Lena im Laden zu vertreten, während sie in der Redaktion war. Wenn sie jemandem ihren Laden anvertraute, dann ihm.

Da der Fußmarsch durch die dicke Schneedecke mindestens zwanzig Minuten dauern würde, brach sie zeitig auf.

☆

Am Pförtnerhäuschen angekommen, wummerte ihr Herz, als wollte es ihr aus den Ohren heraushüpfen. Wie würden sie sich gleich begrüßen? Was sollte sie Max sagen? Wie würde er reagieren? Am besten fiele sie gleich in Ohnmacht, dann müsste sie dieses peinliche Wiedersehen nicht miterleben.

Ganz unverhofft kam eine Frau Ende dreißig auf sie zu. Sie hatte eine lockige Kurzhaarfrisur, in der künstliche Lebkuchenplätzchen steckten. Das Kostüm, das sie trug, war aus hellrosa Tweet und betonte ihre üppigen Hüften.

»Corinna Fondante, hallo!«, stellte sie sich vor und gab Lena ihre fleischige Hand. »Sie sind Frau Sonnenschein? Ich bin die Assistentin von Frau Spitzbub. Max ist gerade verhindert und hat mich gebeten, ihn für den Moment zu vertreten. Kommen Sie bitte mit!«, erklärte sie.

Lena war einen Moment lang erleichtert. Zugleich piekte die Enttäuschung aber doch ein bisschen. Max hielt es offenbar nicht für nötig, ihre Verabredung einzuhalten.

Sie folgte der rosa Erscheinung in die Eingangshalle, die sich über zwei Stockwerke nach oben öffnete. Wie Lena feststellte, passte Corinna Fondante farblich perfekt in ihre Umgebung. Die Mitte des Raumes nahm ein runder Empfangstresen ein, der ganz in Pink gehalten war. Links und rechts davon standen zwei weiße Kunsttannen mit silbernen Backförmchen und pinkfarbenen Kugeln als Christbaumschmuck. Darüber spannte sich der geschwungene Schriftzug *Puderzauber*.

Die Assistentin führte Lena an dem linken Baum vorbei zu einem Aufzug und geleitete sie in die dritte Etage, in der es nach Spritzgebäck duftete.

Lenas Nase kribbelte, als sie eine feine Zimt-, Anis-

und Vanillenote wahrnahm. In dem riesigen offenen Raum wuselte es vor Menschen. Die Wand hinter und rechts neben ihnen war – wen wunderte es? – in einem Pastellrosa gestrichen und mit Wandtattoos in Form von Teigrollen, Sternen und kleinen Gugelhupfen verziert. *Ein Traum für jeden männlichen Mitarbeiter,* dachte Lena schmunzelnd, während sie sich umsah.

Links und ihnen gegenüber ließen raumhohe Fensterscheiben die Wintersonne hinein, und da die Arbeitsplätze, wenn überhaupt, nur durch Glaswände voneinander getrennt waren, erstrahlte alles wie mit glänzender Kuvertüre überzogen.

»Herzchen, da bist du ja!«, flötete eine schrille Frauenstimme, und Eugenie Spitzbub kam herangerauscht, wie bei ihrem Treffen am Montag von Kopf bis Fuß in Lila eingehüllt. Auf ihrem Haupt schwankte ein Hütchen, das an einen mit fliederfarbenem Zuckerguss überzogenen Blaubeermuffin erinnerte. Die Luftküsse flogen nur so um Lenas Wangen.

»Hallo, Frau Spitzbub! Bevor ich es vergesse, ich hatte noch eine Kleinigkeit vorbereitet für Ihre Redaktion. Als Dankeschön für die Mühe …«

»Ach was, ach was, Kindchen! Das war doch selbstverständlich. Hier Corinna, nimm das mal, und stell es ins *Gourmand*!« Eugenie Spitzbub nahm Lena den Präsentkorb aus der Hand und drückte ihn der verdutzten Assistentin unsanft in den Bauch. »Das ist unser Gemeinschaftsraum«, erklärte sie Lena knapp und schob diese weiter in den Raum hinein.

Ein belustigtes Lächeln huschte über Lenas Mund. *Ein passender Name für den Gemeinschaftsraum eines Backmaga-*

*zins*. Wenn sie sich richtig an ihr Schulfranzösisch erinnerte, bedeutete *Gourmand* Naschkatze.

»Das ist unsere Backstube!«, verkündete Eugenie Spitzbub mit ausgebreiteten Armen.

Lena nickte beeindruckt.

»Wir machen hier Workbench-Sharing, du verstehst? Jeder kann jeden Platz nutzen. Das steigert die Effizienz, bei höherer Geschwindigkeit. In der Backmagazin-Branche zählt allein mein Slogan: *Von der Idee zur Deadline ist nur ein Hauch von Puderzucker*, du verstehst?« Sie kicherte spitz über ihren eigenen Scherz.

In der Zwischenzeit war Frau Fondante wieder hinter ihnen aufgetaucht. Sie folgte ihnen nun zu einer Art großem rechteckigen Konferenztisch, um den mehrere Stühle mit Plexiglaslehnen standen. Darauf erkannte Lena einige DIN-A3-große Ausdrucke, in mehreren Varianten gestalteter Magazinseiten. Sie erstarrte vor Ehrfurcht.

»Sind die Seiten nicht meisterhaft geworden?«, flüsterte Frau Spitzbub und fuhr dann in ihrem geschäftigen Ton fort: »Lass sie in Ruhe auf dich wirken, und gib Corinna Bescheid, ob du Änderungen wünschst oder wir deinen Segen haben. Ich muss zum nächsten Termin, du verstehst?« Schon war sie entschwunden.

Lena nickte stumm, und ein warmes Gefühl machte sich in ihrem Magen breit. Auf einer Seite war ein großes Foto eingefügt, das zeigte, wie sie mit einem Kunden durch ihren Laden tanzte. Auf einem anderen streute sie Puderzucker über kleine Lebkuchenhäuschen. Und auf einem dritten prosteten sich die Gäste freudestrahlend an einem der kleinen Tischchen mit ihren Punschgläsern zu. Es war wie ein Wandel durch ihre kleine Welt, auf die sie so stolz war. Auf jedem der Bilder spürte man die Liebe und Sorgfalt, mit der sie sich ihren Lebenstraum erfüllt hatte.

Als Lena begann, den begleitenden Text und das Interview mit ihr zu lesen, füllten sich ihre Augen mit Tränen. Max war nicht nur ein begnadeter Fotograf, sondern auch der gefühlvollste Autor, den sie je kennengelernt hatte.

Jemand trat neben sie, hüllte sie mit seinem unwiderstehlichen Duft nach Honig und Zimt ein, und sie hörte seine warme Stimme sagen: »Gefällt es dir?«

Was nun folgte, konnte Lena sich später nur als explosionsartige Glühbirnen-durchbrenn-Kurzschlussreaktion erklären: Sie schniefte ein »Das ist einfach perfekt! Danke!«, drückte Max fest an sich und heulte in seine Schulter, löste sich nach fünf Sekunden aber wieder von ihm und trat erschrocken und sich schnell die Tränen wegwischend zwei Schritte zurück.

»Ähm ja, damit wäre die Druckfreigabe wohl erteilt?«, fragte Corinna Fondante in die peinliche Stille hinein.

Lena wusste nur noch eins: Sie musste hier weg.

Mit einem knappen »Ja, vielen Dank, haben Sie vielen Dank!« schüttelte sie Frau Fondante die Hand, rannte zum Aufzug und drückte verzweifelt und am ganzen Körper zitternd auf den Knöpfen herum, bis sich endlich die Türen öffneten und sie einsteigen konnte.

☆

»Pyjamaparty!«, riefen Emma und Milla wie aus einem Mund, als sie abends bei Lena einfielen. Dick bepackt mit ihren Kissen und Bettdeckenbergen stapften sie direkt durch ins Wohnzimmer und ließen sich auf dem Sofa nieder.

Ruprecht keckerte kurz und verkroch sich dann in seinem Kobel. Ihm war dieser plötzliche Aufruhr mit Gekicher und Geschnatter nicht geheuer.

Lena schlurfte lustlos hinter ihren Freundinnen her. Mit einem Mal merkte sie, wie viel Kraft es sie den ganzen Tag gekostet hatte, sich zusammenzureißen, um nicht völlig durchzudrehen. Dass sie sich bis jetzt zurückgehalten hatte, lag allein an den netten Gesprächen mit ihren Kunden und ihrer eigenen Willensstärke. Nun aber fiel Lena ihren Freundinnen schluchzend in die Arme. »Ich muss euch so viel erzählen!«

Emma und Milla waren so überrumpelt, dass sie abrupt verstummten, einander kurz ansahen und dann Lena ganz fest an sich drückten.

Als das Beben in ihrem Körper nach einer gefühlten Ewigkeit endlich nachgelassen hatte, fing Lena an zu erzählen. Seit dem ersten Dezember waren so unglaubliche, wundervolle, witzige, nachdenklich machende und schreckliche Dinge passiert, von denen sie diesmal keines auslassen wollte. Begonnen mit den Briefen ihrer Großmutter, über Nikolaus Himmelreich und das Katastrophen-Date – dessen Schilderung dort, wo es um Matthi ging, einen Lachkrampf nach dem anderen auf der Couch zur Folge hatte –, bis hin zu Max, ihrem Zimtstern-Adventsmann, und ihrem absoluten Winter-Schneesturm-Gefühlschaos.

»Hat er dich denn zurückumarmt?«, fragte Emma nachdenklich.

Lena überlegte. Sie hätte nicht sagen können, ob er seine Hände um ihre Hüften und auf ihren Rücken gelegt hatte. »Es ging alles viel zu schnell«, seufzte sie. »Aber das ist ja nun auch egal. Er hat ja Isabelle.«

Bevor Lena wieder zur Heulboje werden konnte, preschte Milla mit einer Idee vor: »Wie wäre das: Wir kochen jetzt erst mal einen heißen Kakao für alle. Ich geb einen aus, mit ganz viel Sahne und Marshmallows und ... vielleicht ... Ein kleiner Schuss Rum kann ja auch nicht schaden!« Milla grinste breit in die Runde.

»Ich glaub, das brauche ich jetzt auch«, stellte Lena fest, und so setzten sie Millas Vorschlag in die Tat um.

»Es tut uns übrigens sehr leid, dass wir die Sache mit den Briefen erst nicht ernst genommen und uns darüber lustig gemacht haben«, erklärte Milla. »Wir dachten wirklich, du würdest gerade jetzt zur Weihnachtszeit wieder ganz viel an sie denken und ...«

»... und ihr hattet die Befürchtung: Jetzt dreht sie durch!« Lena lachte. »Ich kann euch beruhigen. Ehrlich gesagt habe ich in den ersten Tagen auch an meinem Verstand gezweifelt. Aber es ist ihre Handschrift. Die Briefe sind tatsächlich von meiner Großmutter, so viel habe ich inzwischen herausbekommen. Allerdings sind sie mir generell noch ein Rätsel.«

»Weil du glaubst, dass deine Oma mit diesen Adventskalenderbriefen etwas bezwecken will?«, fragte Emma ungläubig, aber mit ehrlichem Interesse.

»Ich lasse mich weiter überraschen. Laut Onkel Nikolaus hatte sie ihm die Briefe schon vor einigen Jahren übergeben. Irgendwas wollte sie ganz bestimmt damit bezwecken. Und sei es nur, dass sie mir jeden Tag einen guten Rat mit auf den Weg geben und mich dadurch glücklich machen wollte – das allein wäre mir schon genug«, überlegte Lena und nahm einen großen Schluck Kakao. »Uh, Milla! Wie viel Schuss hast du da reingetan?«

Milla zuckte mit den Schultern. »So viel wie nötig.«

»Lecker!«, stellte Emma fest und steckte sich einen Minimarshmallow in den Mund.

Da fiel Lena etwas ein: »Ich habe den heutigen Brief noch nicht geöffnet. Wollt ihr mit mir zusammen …?«

Einstimmiges Nicken von Emma und Milla.

Sie setzten sich nebeneinander aufs Sofa, und Lena zog die braune Karte aus dem Umschlag. Ihre Freundinnen rückten ganz nah an sie heran, um alles sehen zu können.

Die verschnörkelte Zwölf wurde umrahmt von sich umarmenden Engelchen mit glitzernden Flügeln. Darunter stand der Spruch: *Ein Dominostein wäre nichts ohne sein Marzipan und sein Fruchtgelee.*

»Oh, sieht das hübsch aus! Solche Glanzbilder hatte ich als Kind auch. Deine Oma hat sich so viel Mühe gegeben!«, rief Milla begeistert, und Emma nickte zustimmend.

Lena drehte die Karte um und las laut vor:

*Liebes Lenchen,*
*Freundschaften sind das Wichtigste im Leben. Ich meine nicht die, die man alltäglich knüpfen kann, wenn man aufgeschlossen und mit offenem Herzen durch die Welt*

*geht. Ich meine die, die viel tiefer gehen und Dir auch mal*
*die Tränen von der Wange wischen.*
*In Liebe*
*Oma Greta*

Emma und Milla stand der Mund offen. Lena sah von einer zur anderen. So sprachlos hatte sie ihre Freundinnen bisher selten erlebt.

»Nun wisst ihr, was ich meine«, lächelte sie Emma und Milla an und überlegte insgeheim, welche von beiden wohl ihr Marzipan und welche das Fruchtgelee war.

# 13. DEZEMBER

»Nimm deinen Fuß aus meinem Rücken, Emma«, grummelte Lena und zog sich die Bettdecke wieder über die Augen. Die drei hatten das Ecksofa zu einer gemütlichen Liegelandschaft ausgezogen und sich zusammengekuschelt.

Doch der Morgen nach dreimal Kakao-Irgendwas-Spezial war immer tückisch. Zum Glück hatte Lena vorsorglich Tjure um seine Hilfe im Lädchen gebeten. Bis nachmittags der Backworkshop startete, würde sie wieder fit sein. Doch im Moment fühlte sie sich nicht im Stande, die Teigrolle zu schwingen. Verdrossen lugte sie unter der Bettdecke hervor.

Als die beiden Zeiger ihrer Armbanduhr verschwommen vor ihren Augen tanzten, presste sie die Lider zusammen und öffnete sie beim nächsten Mal nur einen Spalt breit, als könnte sie ihr Gegenüber hypnotisieren. Was? Schon elf Uhr! So spät war Lena schon seit Langem nicht mehr aufgestanden. Aber das war nicht verwunderlich. Bis in die Nacht hatten ihre Freundinnen und sie über alles geredet, was Lena in letzter Zeit so bedrückt hatte. Emma und Milla hatten ihr einfach nur zugehört und sie dann und wann auch in den Arm genommen.

Lena wusste nun, dass Milla ihr Marzipan war – erst etwas sperrig, aber dann liebenswert süß, hervorstechend und energiegeladen – und Emma ihr Fruchtgelee – zurückhaltend, einfühlsam, weich und flexibel.

Nachdem sie ihr das Versprechen abgenommen hatten, auf sich zu achten und sich zu melden, falls etwas passieren sollte, verabschiedeten sich ihre Freundinnen. Doch sie verabredeten, sich schon am nächsten Freitag wiederzusehen.

»Puschelchen, das bin doch nicht ich!«, schimpfte Lena wenig später. Sie stand vor dem großen Spiegel im Flur und betrachtete ihren zerzausten Haarschopf, die dunklen Schatten unter ihren Augen und die Kakaoflecken auf ihrem Pyjamaoberteil. Ruprecht saß im Türrahmen zur Küche und fiepte zustimmend.

»Das müssen wir ändern.« Lena stapfte entschlossen ins Bad.

Eine Dreiviertelstunde später kam sie als neuer Mensch wieder heraus. »Puschelchen, heute wird ein schöner Tag!«, beschloss sie und überlegte, dass ein Spaziergang in der knackig kalten Winterluft jetzt genau das Richtige war, um den Kopf für ihren Workshop frei zu pusten. Sie packte sich so dick ein, dass nur noch die Nasenspitze zwischen Mütze und Schal herausguckte, und verließ das Haus.

Als sie aus der Tür trat, sah sie gerade noch Ruprechts rote Schwanzspitze in den schneebedeckten Baumkronen des Parks gegenüber verschwinden. Offenbar hatte ihr kleiner Freund ähnliche Pläne wie sie.

Die weiße Schneedecke glitzerte im strahlenden Sonnenschein, und unter ihren Füßen knarzte es verheißungsvoll. Lena hatte kein bestimmtes Ziel. Sie sog die kühle Luft tief ein, machte einfach einen Schritt vor den anderen und freute sich über die mit Schnee bedeckten Tannen genauso wie über die mit hübschen Kränzen geschmückten Haustüren.

Auf ihrem Weg wurde sie von den unterschiedlichsten Schneemännern begrüßt und machte sich einen Spaß daraus, mit dem ein oder anderen ein Pläuschchen zu halten. Als sie wieder zuhause ankam, fühlte sie sich frisch und voller Energie.

Einem inneren Impuls folgend schloss sie die Klappe des Briefkastens auf. Er war heute reich gefüllt. Doch unter der Wochenendzeitung und mehreren Werbeflyern fand sie endlich, was sie sich erhofft hatte. Ein großes Glöckchen mit einer glitzernden roten Schleife klebte neben ihrem Namen auf dem braunen Umschlag.

Mit kribbliger Vorfreude im Bauch nahm sie ihn mit nach oben. Sie schaltete die gemütliche Lichterkettenbeleuchtung ein, zündete ein paar Kerzen an und kochte sich eine Kanne Gewürztee. Dann setzte sie sich an den Küchentisch und öffnete den Brief.

In den oberen Ecken des Kärtchens baumelten Glöckchen an einem roten Schleifenband. Darunter prangte eine verschnörkelte Dreizehn. Der Spruch, heute ein kleines Gedicht, malte Lena ein Schmunzeln ins Gesicht:

*Es ist ein Keks entsprungen*
*Aus einem Keksteig mit Nuss.*
*Damit mein Hüftgold jubelt,*
*Gibt's drauf noch Zuckerguss.*
*Nach dem Weihnachtslied Es ist ein Ros' entsprungen*

Sie nahm einen Schluck Tee, genoss für einen Moment die angenehme Schärfe und sog den herbsüßen Duft der Gewürze ein. Dann las sie die Nachricht auf der Rückseite:

Liebes Lenchen,
das sind doch die schönsten Freuden zur Weihnachtszeit!
Ich erinnere mich noch gut an jeden Tag, an dem Du mir beim Backen geholfen und mit großer Hingabe Teig geknetet, gerollt und ausgestochen hast. Natürlich durftest Du schon naschen, bevor das Blech in den Ofen wanderte. Dann warst Du vom Duft der Plätzchen immer so entzückt, dass es mir ganz warm ums Herz wurde.
Lenchen, bewahre Dir diese ganz besondere Freude. Denn sie erweckt etwas ganz Besonderes in den Herzen der Menschen.
In Liebe
Oma Greta

Um halb fünf schloss Lena das *Fräulein Gewürzzauber* auf, und die letzten Sonnenstrahlen ließen die Eisblumen auf der Schaufensterscheibe geheimnisvoll rötlich glitzern.

Lena erwärmte den Weihnachtspunsch in ihrem großen alten Emaille-Topf, und schon bald erfüllte der Duft von Anis, Kardamom, Nelke und Zimt gemischt mit der Süße des Kirschsafts, des Himbeersirups und des Fruchtlikörs den Verkaufsraum, der heute zur Backstube umfunktioniert worden war. Die drei Tischchen hatte sie zu einer langen Tafel zusammengeschoben. Darauf lagen sich je vier Gummiunterlagen gegenüber. Auf jeder Unterlage hatte sie eine weiße Schürze mit dem Schriftzug des *Fräulein Gewürzzaubers* platziert. Lena hatte sie vor einigen Monaten in großer Stückzahl gekauft und besticken lassen, damit jeder Teilnehmer ihrer Workshops eine als Andenken mit nach Hause nehmen konnte.

☆

Die angemeldeten Teilnehmer waren vollzählig erschienen: ein Pärchen Mitte dreißig, das sich als Charlotte und Daniel vorstellte, fünf Mitarbeiterinnen des Strickwarenladens *Flotte Nadel* und – zu Lenas grenzenloser Freude – Theresa Himmelreich.

Ein bisschen flau im Magen war ihr dennoch. Was konnte sie einer Punschmeisterin wie Theresa, deren Plätzchen ebenso himmlisch schmeckten, noch beibringen? Sie versuchte, sich zu beruhigen. Vielleicht kam das ungute Gefühl auch von den Nachwirkungen von zu viel Kakao mit viel zu viel Schuss …

Lena begrüßte ihre Backschüler und nutzte die Gelegenheit, um vor dem Punsch ein bisschen Werbung für die Adventsfeier und die Spendenaktion für das *Casablanca* am kommenden Wochenende zu machen.

»Die Schülerband des Gymnasiums sorgt für die musikalische Untermalung, und für das leibliche Wohl ist natürlich auch gesorgt. Wir würden uns sehr freuen, euch auch begrüßen zu dürfen«, schloss sie und ging zum eigentlichen Grund ihres Treffens über: »Aber nun heiße ich euch nochmals herzlich willkommen zu meinem Backworkshop! Wenn ihr mögt, dürft ihr euch gerne schon am Punsch bedienen. Es knetet sich sicher besser, wenn man etwas lockerer ist. In dem kleineren

Topf ist eine alkoholfreie Variante. Die Tassen stehen daneben.«

Das ließen sich die Teilnehmer nicht zweimal sagen. Kurze Zeit später hielt jeder eine dampfende Tasse in Händen und schaute Lena abwartend an.

Lena stellte ihre Tasse ab. Sie selbst blieb heute besser bei Kinderpunsch. Feierlich reichte sie jedem eine Kopie des handschriftlichen Rezepts von Ururoma Elvis Weihnachtsstollen. Ihre Kursteilnehmer bestaunten mit großen Augen das Original, das Lena hatte laminieren lassen und nun für alle sichtbar hochhielt.

»Für die Ewigkeit lebendig erhalten«, flüsterte Charlotte ehrfürchtig.

Dann ging es endlich los.

»A und O des Weihnachtsstollenmachens ist das Kneten«, begann Lena und erklärte geduldig die richtigen Handgriffe, die Oma Greta ihr beigebracht hatte. Sie war erstaunt und geschmeichelt zugleich, als selbst Theresa Himmelreich ihr einige Fragen stellte, die sie bereitwillig beantwortete.

Ihre Backschüler kicherten mit jedem Becher Punsch mehr, sodass es ein Wunder war, dass nach einer guten Stunde die Stollen in den Ofen wandern konnten. Während sie buken, setzte sich die Gruppe zusammen um die Tafel.

»Um die Wartezeit etwas zu verkürzen, habe ich mir noch etwas für euch ausgedacht«, verkündete Lena und lud Schalen mit Zutaten von einem großen Tablett, das sie in die Mitte des Tisches stellte. »Hier haben wir die Zutaten für beschwipste Punschbällchen!« Sie lächelte in die Runde und zählte die einzelnen Komponenten auf.

Theresa Himmelreich und Daniel meldeten sich freiwillig, die Masse nach Lenas Anweisung zu kneten. Danach verteilte Lena den Teig auf die Teilnehmer. »Jetzt formt jeder kleine Kügelchen und rollt sie anschließend in den Kokosraspeln. Dann sind sie fertig!« Mit vom Punsch glühenden Wangen machten sie sich gleich ans Werk. Die Stimmung war ausgelassen, und jeder plauderte munter drauflos.

Als Charlotte und Daniel erzählten, dass sie stolze Betreiber einer Alpaka-Farm waren, war die Begeisterung groß.

»Gibt es Fotos? Zeig mal her!«, jubelte eine der Strickdamen.

»Einen Moment, ich kann euch Fotos zeigen!« Daniel holte sein Handy aus der Tasche, öffnete die App und ließ es herumgehen. Verzückt blätterten die anderen durch die Fotos, auf denen gazellengleiche Tiere mit langen Hälsen zu sehen waren. Auch Lena musste grinsen. Ihre Frisuren erinnerten sie sehr stark an die Jackson Five.

Danach wurde noch viel gelacht und Dutzende Punschbällchen geformt, bis das Glöckchen des Ofens die fertigen Stollen ankündigte.

Gespannt verfolgten die Backschüler, wie Lena ihren Stollen mithilfe ihres Butterkniffs in eine dicke Schicht Puderzucker einhüllte. Dann versuchte sich jeder selbst daran, und bald lagen acht sehr ansehnliche Weihnachtsstollen in einer Reihe auf der langen Tafel.

Alle beglückwünschten sich fröhlich gegenseitig und bedankten sich bei Lena für diesen lehrreichen, aber vor allem überaus geselligen Abend.

Nachdem die Strickdamen sich kichernd verabschiedet hatten, traten Charlotte und Daniel zu Lena, und Daniel schüttelte ihr die Hand: »Der Abend hat uns so gut gefallen, Lena, dass wir überlegt haben, dich als Dankeschön zu einer Alpaka-Wanderung auf unsere Farm einzuladen. Bring gerne noch jemanden mit!«

»Oh, vielen Dank«, antwortete Lena überrascht und reichte ihnen noch eine Tüte Punschbällchen.

»Vielleicht direkt am Mittwoch? Um vierzehn Uhr?«, fragte Charlotte und erklärte noch lächelnd: »An diesem Tag haben wir keine Gruppen und wären unter uns.«

Lena überlegte und antwortete kurz entschlossen: »Ja, das würde mir passen. Ich mache das Lädchen dann eben schon mittags zu und nehme euer Angebot liebend gern an!«

Sie strahlte übers ganze Gesicht, und ihre Wangen glühten. Dabei hatte sie heute doch gar keinen Alkohol angerührt.

☆

Als sich alle anderen verabschiedet hatten, half Theresa Himmelreich Lena noch, die gebrauchten Back-Utensilien in die Küche zu räumen.

»Liebes, Nikolaus und ich würden uns sehr freuen, wenn du es schaffst, vor Weihnachten noch einmal bei uns vorbeizukommen. Was hältst du von Dienstag?«, fragte sie.

Lena brauchte nicht lange darüber nachzudenken und nickte freudestrahlend. »Ja, sehr gerne, Tante Thessa! Ist 19 Uhr in Ordnung?«

»Aber ja.« Sie herzte Lena, hielt dann aber in der Bewegung inne und sah sie nachdenklich und auch etwas besorgt an. »Lena, Liebes, wo ist denn bloß der Mann an deiner Seite? Er muss doch sehr stolz auf dich sein!«

»Den gibt es leider noch nicht. Der muss wohl noch gebacken werden!«, lachte Lena.

Theresa Himmelreich stimmte mit ein und nickte: »Aber unbedingt mit Zimt!«

# 14. DEZEMBER

Obwohl Sonntag war, war Lena schon früh aufgestanden. Es war der dritte Advent und höchste Zeit, sich zum nahe gelegenen Wäldchen aufzumachen, um einen Weihnachtsbaum zu kaufen. Die Kunden des *Fräulein Gewürzzauber* begrüßte schon seit dem ersten Dezember eine stattliche und mit reichlich Leckereien geschmückte Nordmanntanne. Doch für ihr eigenes Weihnachtswohlgefühl am Heiligen Abend fehlte Lena noch ein Baum in der guten Stube.

»Begleitest du mich heute zur Baumschule, Puschelchen?«, fragte sie Ruprecht. Das Eichhörnchen lag eingerollt auf Lenas Schoß und ließ sich von ihr über das weiche Fell streichen.

Sie schaute zu den drei flackernden Kerzen auf ihrem Küchentisch, nippte an einem heißen Kakao und freute sich auf den Schneespaziergang bei wundervollem Sonnenwetter.

Bevor sie sich zu ihrem Baumkauf aufmachte, wollte Lena aber noch ihre besondere Weihnachtstradition fortführen: Sie würde würzige Engelsflügel backen, wie Oma Greta sie immer gemacht hatte. Eine Tanne ohne diesen Christbaumschmuck konnte sie sich gar nicht vorstellen.

Die Welt draußen hatte noch ihren dämmrig blauen Mantel an, was Lenas Backstube umso gemütlicher machte. Wie immer drehte sie zuerst den Lichtschalter, sodass das warmweiße Licht in jede Ritze des Raumes drang, und schaltete die Weihnachtsmusik ein. Jetzt konnte der Spaß beginnen.

Mit Butter, Zucker, Mehl und einem Ei knetete Lena einen einfachen Mürbeteig, in den sie auch gemahlene Walnüsse einarbeitete. Als aromatischen Gegenspieler fügte sie Holundersirup hinzu, den sie wegen seiner blumigen Note liebte, und sie rundete den Geschmack mit fein gehacktem Rosmarin ab.

Als beim Ausrollen das Mehl in Wölkchen durch die Backküche stob, war Lena ganz in ihrem Element. Sie summte die Weihnachtslieder mit, stach dabei einen hübschen Engelsflügel nach dem nächsten aus und ließ sie für kurze Zeit im Ofen goldbraun werden. Als die duftenden Plätzchen wenig später mit Zuckerguss bestrichen und feinen roten Seidenbändchen bestückt fertig vor ihr lagen, besah Lena lächelnd ihr Werk. *Oma, das hätten wir nicht besser hinkriegen können!*

☆

Der alte Holzschlitten stand im Flur bereit. Die Kufen hatte sie morgens schon geschmiert, und sie hatte auch die Schnur, mit der sie den Baum darauf fixieren wollte, bereits darangehängt.

Dick eingemummelt stapfte Lena los, die Arme auf dem Rücken verschränkt und in behandschuhten Händen das grobe Zugseil. Der Schlitten glitt lautlos hinter ihr durch den glitzernden Schnee. Auf ihrer Schulter knabberte Ruprecht eine Haselnuss, sprang dann hinunter, hopste ein paar Meter vor, stoppte und drehte sich um, als wollte er sagen: *Komm schon, schneller!*

☆

Etwa zur selben Zeit in einem anderen Stadtteil:

Max stand wie angewurzelt vor dem Tor zur Villa seiner Großeltern, die Finger der rechten Hand um eine eiserne Stange geschlossen. Er überlegte immer noch, wie er seinem Großvater beibringen sollte, dass er seiner Bitte nicht mehr nachkommen konnte.

Schließlich gab er sich einen Ruck und zog den Flügel des Tors auf, bereute es aber gleich wieder, als die Scharniere herzzerreißend quietschten und ächzten und er erschrocken zusammenzuckte. Zögerlich setzte er einen Fuß auf den Gehweg. Er wollte gerade wieder umdrehen, als sich die Haustür öffnete.

»Max, mein Junge, komm schnell rein, du holst dir noch den Tod!« Seine Großmutter hatte ihn wohl schon durch das Küchenfenster erspäht und winkte ihm freudig zu.

Max seufzte innerlich, setzte aber sein Sonntagslächeln auf und war mit schnellen Schritten bei ihr.

Sie herzte ihn ausgiebig und nahm ihm den Mantel ab. »Gerade haben wir noch über dich gesprochen!«

»Danke, Oma Thessa! Was gab es denn so Spannendes über mich zu sagen?«, fragte er neugierig.

»Ach, nichts Schlimmes!«, winkte Theresa Himmelreich mit einer Handbewegung ab. »Wir haben uns nur gefragt, ob du den Heiligen Abend bei uns verbringen möchtest.«

»Nun lass den Jungen doch erst mal reinkommen, Thessa!«, lachte Nikolaus Himmelreich mit seinem tiefen Bass.

»Hallo, Opa!« Max umarmte auch seinen Großvater, und sie ließen sich im Wohnzimmer auf der Couch vor dem Kamin nieder.

Vor ihnen auf dem niedrigen Tisch stand eine große Schale mit dem herrlichsten Weihnachtsgebäck und daneben ein Teller mit duftendem Honigkuchen, der normalerweise nicht eine Minute vor Max sicher gewesen wäre. Heute allerdings rang er die feuchten Hände, und sein Mund wurde ganz trocken.

»Junge, was hast du denn? Du siehst nicht gut aus«, sorgte sich sein Großvater.

»Es ... Ich ... Bitte, Großvater, ich kann nicht mehr den Weihnachtself spielen, es geht einfach nicht mehr!«, platzte es aus Max heraus, und er hielt für einen Moment die Luft an, um sich auf die Explosion vorzubereiten, die nun unweigerlich kommen würde.

Und richtig:

»Du kennst meine Gründe! Du hast mir dein Wort gegeben!«, polterte Nikolaus Himmelreich.

»Aber Großvater, lass mich doch bitte erklären! Natürlich weiß ich das, aber ...« Mit einer so heftigen Reaktion hatte Max nun doch nicht gerechnet.

»Und warum willst du dann dein Versprechen brechen?«

»Die Dinge sind kompliziert geworden«, murmelte Max.

»Du hast dich in sie verliebt«, stellte Theresa Himmelreich mit einem Lächeln behutsam fest.

Max nickte stumm und schaute traurig in die Flammen.

»Ich verstehe nicht, was daran so schlimm sein soll, dass du ihr die Briefe nicht mehr bringen kannst«, grummelte sein Großvater.

»Ach, Nikolaus, vielleicht erwidert sie seine Gefühle nicht«, vermutete Theresa Himmelreich.

»Letzte Woche hat sie mit einem Typen Arm in Arm das Restaurant verlassen. Und gestern, als ich den Brief zu ihr brachte, habe ich sie durchs Schaufenster gesehen. Es tat so weh …«

Seine Großmutter streichelte liebevoll tröstend über seinen Rücken.

»Heute habe ich einem Mädchen aus der Nachbarschaft einen Fünfer versprochen, wenn sie ihn zu ihr bringt.« Verzweifelt stützte Max den Kopf in seine Hände.

»Du hast was?« Nikolaus Himmelreich sprang auf. Entsetzen spiegelte sich in seinem Gesicht. »Das ist ja nicht zu fassen, Max!«

»Beruhige dich, Schatz!« Thessa Himmelreich stellte sich neben ihren Mann und berührte sanft seinen Arm. »Sieh doch, wie sich der Junge quält. Denk mal an die Zeit, in der du noch einen Konkurrenten hattest.«

Der letzte Satz verfehlte seine Wirkung nicht, und Nikolaus Himmelreich ließ sich wieder in seinem Ohrensessel nieder.

»Und nun zu dir, mein Lieber.« Theresa Himmelreich setzte sich neben ihren Enkel und blickte ihn mit einem

Schmunzeln um die Mundwinkel an. »Lena hat keinen Freund.«

Max wollte etwas erwidern, doch seine Großmutter verhinderte es mit einer Handbewegung. »Sie hat es mir nach ihrem Backworkshop selbst erzählt.«

☆

Es war bereits halb fünf, und der Himmel färbte sich langsam nachtblau.

Reichlich erschöpft, aber dennoch glücklich kam Lena nach Hause. Ein struppiges grünes Paket war auf ihren Schlitten geschnürt. Obenauf thronte Ruprecht.

Das Eichhörnchen knabberte gerade an einer Nuss, als Lena abrupt stoppte. Mit einem erschrockenen Fauchen sprang Ruprecht in den Schnee und setzte sich trotzig vor die Haustür.

Der krönende Abschluss des heutigen Tages sollte eigentlich Oma Gretas Brief sein. Aber sosehr Lena auch zwischen den Zeitungen und Werbebroschüren suchte, er war einfach nicht da. Einen Moment lang stand sie stocksteif wie eine Eisfigur vor der weit geöffneten Klappe und konnte nicht begreifen, dass im Briefkasten vor ihr gähnende Leere herrschte.

Sie bemerkte erst gar nicht, dass ihr etwas am Ärmel zupfte. Erst sacht, dann immer energischer.

»He du!«, rief ein helles Stimmchen von unten.

Lena richtete den Blick nach unten. Da stand ein kleines Mädchen von etwa acht Jahren. Zwei lange Zöpfe lugten unter der dicken glitzerigen Wollmütze mit Mega-Puschel hervor.

»Ein Bekannter meines Papas hat mir fünf Euro versprochen, wenn ich dir den hier bringe!« Sie hielt Lena unter die Nase, was sie sich am sehnlichsten gewünscht hatte.

Urplötzlich löste sich Lena aus ihrer Erstarrung. Sie herzte das verdutzte Mädchen überschwänglich und nahm ihr dankend den Umschlag ab. Er war heute doppelt so groß und dicker als die bisherigen.

Lena musterte ihn neugierig. Das Glanzbild auf dem braunen Papier zeigte einen Nikolaus mit einem Schlitten, darauf ein Tannenbaum und zwei Kinder rechts und links daneben. Sie schaute zu ihrem Schlitten und lächelte vergnügt. Als sie sich umdrehte, sah sie das Mädchen noch um eine Hausecke verschwinden.

Wenig später brannten in ihrer Wohnung die Lichterketten und die bauchigen Kerzen auf dem Küchentisch. Schnell hatte Lena das Bäumchen im Ständer und im Durchbruch zwischen Küche und Wohnzimmer platziert. Da ihr die zweihundert Lämpchen der ersten Kette nicht reichten, wickelte Lena noch eine zweite um die Zweige. Ein schimmernder, funkelnder Glanz breitete sich um sie herum aus. Jetzt fehlte nur noch der Baumschmuck.

Doch bevor sie die Engelsflügel aufhängte und den restlichen Schmuck vom Dachboden holte, wollte sie Oma Gretas Brief lesen.

Lena bereitete sich eine Kanne duftenden Jasmintees und setzte sich an den Küchentisch.

*Huch!* Mit dem Kärtchen kam Glitter aus dem Umschlag gerieselt. Um die verschnörkelte Vierzehn glitzerten Herzchen, und darunter stand: *Weihnachten ist Glitzer im Herzen und Honigkuchen im Bauch.*

Zehn kleine funkelnde Herzchen an Goldfäden fielen in Lenas Hände. Sie erkannte sie sofort wieder: Oma Gretas Lieblingsbaumschmuck.

*Liebes Lenchen,*
*es ist der dritte Advent. Zeit für den Baum!*
*Gut, wenn Du ihn schon hast, denn dann kannst Du meine besten Stücke daran aufhängen. Bitte entschuldige, solltest Du danach gesucht haben.*
*In Liebe*
*Oma Greta*

*Oma, du bist eine Marke! Weißt du, wo ich überall nach diesen Herzchen gesucht habe?* Lena schüttelte lachend den Kopf.

# 15. DEZEMBER

Das Klingeln ihres Weckers hatte heute Morgen etwas Feldwebelhaftes und Grauenvolles zugleich. Es war früh. Ganz fürchterlich ich-will-nicht-aufstehen-nur-noch-fünf-Minuten-lass-mich-doch-in-Ruhe-ich-hatte-noch-keinen-Kakao-früh.

Da es aber einen guten Grund gab, warum sie so zeitig aus den Federn schlüpfen musste, rappelte Lena sich auf und trottete ins Bad. Die heiße Dusche half beim Wachwerden, und ein kräftiger Ingwertee tat sein Übriges. Ruprecht linste nur einmal kurz durch verschlafene Eichhörnchenaugen, als Lena in der Küche mit dem Geschirr klapperte, und vergrub das Köpfchen wieder in seinem Kobel.

Es war gerade einmal fünf Uhr, aber es gab jede Menge zu tun. Sie musste dringend zum Großmarkt. Normalerweise brach sie später auf, doch bei diesem Wetter war es ratsam, alles mit ein bisschen mehr Ruhe anzugehen.

Ihre Vorräte in der Backküche gingen in der Weihnachtszeit ohnehin immer rasend schnell zur Neige. Für die Leckereien, die sie für die Adventsfeier im Filmtheater vorbereiten wollte, benötigte sie nun aber jede

Menge zusätzliche Zutaten. All das würde sie auf dem Großmarkt bekommen. Und noch vieles mehr. Lena liebte die Gewürz- und Kräuterstände mit ihren geheimnisvollen Düften. Dort hatte sie oft die besten Ideen für neue Keks- und Pralinenkreationen.

Wie immer hatte sich Lena den kleinen VW-Bus ihres Nachbarn geliehen. Tjure Großherz hatte ihn für sie noch mit Schneeketten versehen, die ihn wie einen orangenen Käfer mit viel zu großen Füßen aussehen ließen.

Lena schnappte sich ihre Einkaufsliste und fuhr los. Der Großmarkt war keine Viertelstunde von ihrem Lädchen entfernt, und doch brauchte sie heute Morgen eine gute halbe Stunde, um sich durch die Schneemassen zu kämpfen. Heute früh fielen auch wieder ein paar zarte Flocken, die vor der Windschutzscheibe tanzten.

Als Lena die Markthalle betrat, herrschte schon rege Betriebsamkeit. Der alte Backsteinbau mit seinen verschnörkelten Eisensäulen war ein Überbleibsel der Textilindustrie, die ihrer Stadt vor langer Zeit zu großem Ansehen verholfen hatte. Unter der hohen gewölbten Decke hatten einst Hunderte Hände die schönsten Knöpfe gefertigt, während Webstühle im Takt klapperten.

Lena liebte es, in dieser einzigartigen Atmosphäre zwischen den Verkaufsständen umherzuschlendern, die üppigen Auslagen und Warentürme zu bestaunen und den Händlern und Käufern beim Feilschen zuzusehen. Es war ihr kleines Ritual, für das sie sich auch heute ein wenig Zeit nahm.

Sie kaufte sich einen Chai-Tee mit viel aufgeschäumter Milch und Zimt und setzte sich mit dem Becher in der Hand auf einen hohen Hocker an einem der runden Stehtische, die auf einem kleinen Plateau für die Einkäufer bereitstanden. Bunt geschmückte Tannen sorgten hier wie auch an jeder erdenklichen Ecke der riesigen Halle für eine weihnachtliche Stimmung. Dazu dudelte ein Potpourri der schönsten Weihnachtslieder aus den Lautsprechern.

Lena beobachtete gerade den Obst- und Gemüsehändler gegenüber, der seine Birnen nach Größe sortierte – was sie als sehr meditativ und beruhigend empfand –, als sie ein Klicken vernahm. Erst ganz leise, dann ein bisschen lauter und näher. Plötzlich spürte sie, dass jemand hinter ihr stand, der verdächtig nach Zimt und Honig roch.

»Guten Morgen, du früher Wurm!«

Erschrocken drehte Lena sich um und sah in Max' fröhliches Gesicht. Ihr Herz rutschte spontan in den Pappbecher in ihrer Hand, und sie spürte die Hitze in ihren Kopf steigen. Zum Glück konnte man durch ihre dicke Wollmütze nicht sehen, wie sich ihre Ohren rot färbten. Und die Himbeerwangen ließen sich prima mit dem heißen Gewürztee erklären.

»Morgen … Was … was machst du denn hier?«, stotterte sie verdattert. Ihre Beine verwandelten sich gerade in Wackelpeter, und sie war froh, sich am Stehtisch abstützen zu können. Dass sie sauer auf ihn war, vergaß sie in diesem Moment völlig.

Max grinste breit. »Ich stalke hübsche Zuckerbäckerinnen«, behauptete er und lehnte sich neben ihr mit den Unterarmen auf den Stehtisch.

Lena verengte die Augen. »Muss ich die Security rufen? Oder reicht es, wenn ich laut schreie, damit du mir nichts tust?«

Max schüttelte leicht den Kopf und lachte. Dann wurde er wieder ernster und sah Lena mit einem verträumten Blick aus seinen grünen Augen an. »Ich streife gern mit meiner Kamera durch die Stadt … Und manchmal lande ich dann auch auf dem Großmarkt. Dieses Gebäude ist wirklich eine architektonische Meisterleistung, findest du nicht?«

»Ja, da bin ich ganz deiner Meinung.« Lena nickte und nippte an ihrem Chai Latte. »Die Atmosphäre hier ist einfach einmalig! Was fotografierst du denn?«

»Gebäude, Plätze, aber hauptsächlich die Menschen.«

»Aus einem bestimmten Grund?«, fragte sie interessiert.

»Hm, wie beschreibe ich es am besten?« Max überlegte kurz. »Stell dir vor, du steckst in einer Blase. Du stehst still, und um dich herum die Welt, die Menschen, sie bewegen sich. Sie sind im Fluss, in dem, was sie tun. Genau *das* möchte ich festhalten. Ich möchte die kleinen und besonderen Dinge festhalten, die sie tun und die geschehen. Gesten, Gesichtsausdrücke, vor allem aber das *Dazwischen.*«

Er lachte kurz, und Lena bemerkte den Glanz in seinen Augen.

»Hoffentlich denkst du jetzt nicht, ich hätte eine Schraube locker!« Er drehte amüsiert die imaginäre Schraube mit dem Finger wieder rein.

»Nein, ganz und gar nicht! Es hört sich so an, als ob du liebst, was du tust. Und das kann nicht jeder von sich behaupten«, stellte Lena fest. Sie hatte aufmerksam zugehört und war von der Leidenschaft, die Max an den Tag legte, beeindruckt.

»Aber du kannst das doch auch von dir sagen?« Es war eher eine Feststellung als eine Frage.

»Ja, das kann ich«, strahlte Lena. Ihr fiel noch etwas ein: »Und die Menschen ... Bemerken sie dich nicht?«

»Das ist ja das Faszinierende an der Sache! Wenn du dich ruhig verhältst – auch wenn du mitten in ihrem Chaos stehst –, frag mal jemanden nach dem Mann mit der Kamera! Niemand wird dir sofort sagen, dass er ihn gesehen hat, oder ihn beschreiben können.«

Sie schwiegen einen Moment, und jeder hing seinen Gedanken nach.

»Magst du zu einer Alpaka-Wanderung mitkommen?« Die Frage purzelte über Lenas Lippen, bevor sie darüber nachdenken konnte, was sie sagte.

»Das hört sich ... ähm ... *flauschig* an?« Max lachte zögerlich. »Aber ja, warum nicht? Was ist denn der Anlass? Und warum gerade Alpakas?«

Lena sah ihn nachdenklich an: »Willst du nicht erst Isabelle fragen?«

»Warum sollte ich Isabelle fragen?« Irritiert schaute er sie an. »Aber wenn du willst ...? Ist ja immer ganz lustig mit ihr.« Er zuckte mit den Schultern.

»Nein, nein! So war das nicht gemeint«, sagte Lena schnell. »Ich dachte nur, sie hätte vielleicht was dagegen, wenn du mit mir zusammen unterwegs bist.«

»Da kann ich dich beruhigen. Es wird sie nicht stören. Wann soll's denn losgehen?« Er schaute Lena fragend an.

Sie nickte nur und erklärte: »Charlotte und Daniel, die Betreiber der Farm, haben mich zum Dank für den

Backworkshop für Mittwochnachmittag eingeladen und gesagt, ich könne noch jemanden mitnehmen. Da du zeitlich recht flexibel bist, was meine Freundinnen durch ihre Jobs nicht sind, kam mir gerade spontan der Gedanke.«

»Das ist lieb von dir«, sagte Max und schenkte ihr sein Honigkuchenpferd-Lächeln.

»Na, jedenfalls sollen wir um vierzehn Uhr da sein.«

»Gut, dann hole ich dich um halb zwei bei dir am Läd-chen ab?«

»Ja, das wäre schön!«

»Gut.«

»Gut …« Lena schaute sich etwas verloren in der Halle um, denn es folgte ein peinliches Schweigen, das von einer fürchterlich schnulzigen Version von *Silent Night* untermalt wurde. »Ich werd jetzt mal meine Einkaufs-liste …«, setzte sie schließlich an.

»Ja … Ich hab auch noch einen Termin bei der Tages-zeitung. Dann bis Mittwoch!« Max winkte ihr noch kurz zu und war um die nächste Tanne verschwunden.

Lena war einen Moment wie erstarrt. Ihr Herz war wieder zurück an seinen Platz gehüpft, pochte aber nun so doll gegen ihren Brustkorb, als wollte es wieder hin-aus.

*Komm erst mal wieder runter,* versuchte sie, sich zu be-ruhigen, schloss die Augen und atmete ganz langsam ein und aus. Das half, machte einige Dinge aber nicht unge-schehen, die Lena irritierten: Sie hatte ein Alpaka-Date mit einem Mann, der eine Freundin hatte. Diese hatte angeblich nichts dagegen, und er fand es auch noch gut?

Irgendetwas stimmte da ganz und gar nicht. Lena wusste im Moment nur nicht, woran genau es lag.

Sie war froh, dass sie die verwirrenden Gedanken durch eine stupide Tätigkeit wie *Einkäufe nach einer Liste abhaken* wenigstens für den Moment beiseiteschieben konnte, und machte sich auf den Weg. Einer inneren Eingebung folgend kaufte sie mehr Mehl und Zimt als geplant, und sie freute sich über zwei Pakete Puderzucker, die ihr eine Verkäuferin in Weihnachtslaune ohne ersichtlichen Grund in die Hand drückte. Da sie viel schneller als gedacht fertig war, nutzte sie die gewonnene Zeit, um in aller Ruhe die Gewürz- und Kräuterstände in Augenschein zu nehmen.

Heimische Düfte mischten sich hier mit denen des fernen Orients und berauschten Lenas Sinne. Sie roch Nelken, Orangen, Sternanis und Zimt. Doch ganz unverhofft mischte sich unter die ihr bekannten Gerüche eine hocharomatische Süße, die sie an eine Kombination aus Vanille und Waldmeister erinnerte.

Schnell hatte ihr Spürnäschen das Gewürz zwischen all den anderen ausgemacht: Es waren Tonkabohnen.

Der Händler reichte ihr ein Schälchen tiefschwarzer Samen mit schrumpeliger Oberfläche. Lena freute sich darüber wie ein Kind über den ersten Schnee. Noch wusste sie nichts mit diesem kleinen Schatz anzufangen, aber die passende Idee dazu würde ihr noch kommen.

Als Lena um neun Uhr ihre Kühlkammer und Vorratsregale wieder aufgefüllt hatte, lugte sie vorsichtig in den

Briefkasten und hüpfte vor Freude auf den Stufen. Da lag schon ein neuer Brief von Oma Greta!

Ein Haufen bunter Geschenke klebte neben ihrem Namen. Lena beschloss, sich noch einen großen Becher Kakao und diese wundervolle Lektüre zu gönnen, bevor sie das *Fräulein Gewürzzauber* für ihre Kunden öffnete.

Draußen zog sich der Himmel zu einer grauen Wolkensuppe zusammen. Die Lichterketten brannten noch und tauchten die Küche in ihren gemütlichen Schein.

Lena schmunzelte, als sie die kleinen Minipfützen sah, die vom Flur bis in die Küche führten. Offenbar war Ruprecht nun auch wach. »Hallo, Puschelchen! Na, hast du einen Spaziergang im Schnee gemacht?«

Mit einem Küchentuch war die nasse Bescherung schnell beseitigt, und kurz darauf saß sie mit dem Brief in der Hand und dem dampfenden Kakao vor sich am Küchentisch.

Die Karte war heute mit wunderhübschen Zeichnungen von Keksen und Törtchen versehen. Die filigranen schwarzen Linien umrahmten die Fünfzehn und bildeten darunter den Spruch: *Selbst der kleinste Drops kann den grandiosesten Geschmack haben.*

*Die kleinste Geste oder Mimik kann Großes ausdrücken oder auch bewirken*, dachte Lena und lächelte bei dem Gedanken an das Glänzen in Max' Augen.

Sie drehte die Karte um und betrachtete die feinen Striche, aus denen ihre Großmutter jeden Buchstaben mit Hingabe gemalt hatte. Ihre Handschrift war wirklich wunderschön.

*Liebes Lenchen,*

*meine vielen Jahre als Zuckerbäckerin haben mich eines ganz besonders gelehrt: Es müssen nicht immer die größten Torten sein, die einem das Leben versüßen. Mitunter können gerade diese einem schwer im Magen liegen und einen belasten. Dafür reicht es bei dem kleinsten Keks manchmal, die eine ganz besondere Zutat zu verwenden. Und schon wird er beachtet und wertgeschätzt.*

*In Liebe*

*Oma Greta*


Lena legte die Karte beiseite und trank von ihrem Kakao. Sie würde von nun an ebenfalls mehr auf die kleinen Dinge im Leben achten – und auf die Dinge dazwischen. Was Max heute Morgen wohl gemeint haben mochte, als er davon gesprochen hatte? Sie wurde aus ihrem Zimtstern-Adventsmann einfach nicht schlau.

Auf einmal piekte es ganz fies in ihrem Herzen. Ach ja! Lena seufzte. Es war ja gar nicht mehr *ihr* Zimtstern-Adventsmann.

# 16. DEZEMBER

»Er hat *was* getan? Und du hast *was*? Das glaub' ich ja nicht!«

»Emma, das bringt mich nicht weiter. Ich brauche deinen Rat! Durchdrehen tue ich selbst gerade …« Lena lief verzweifelt zwischen Küche und Wohnzimmer hin und her und presste den Hörer ans Ohr. Den ganzen Vormittag hatte sie sich Gedanken über das zufällige Treffen mit Max gemacht. Zwei Glühweintorten und eine Ladung Mandel- und Mohnplätzchen zu backen hatte ihr auch nicht weitergeholfen.

Max hatte mit ihr geflirtet, keine Frage. Aber was wollte er damit bezwecken? Dass Isabelle so ein Verhalten in ihrer Beziehung tolerierte, bezweifelte sie stark. Sie selbst würde das nicht dulden.

»Okay, entschuldige, ich muss mich eben sammeln.« Emma schwieg einen Moment, bevor sie in honigsüßem Ton fortfuhr: »Lena-Süße, im Grunde hast du dich selbst in diese Situation manövriert. Das weißt du, oder?«

»Wenn du das so sagst, komme ich mir vor, als wäre ich die Böse. Dabei ist er es doch, der hier mit den Gefühlen anderer Leute spielt!«, entrüstete sich Lena.

»Beruhige dich erst mal«, beschwichtigte Emma sie.

»Sitzt du? Bestimmt nicht ... Also setz dich«, forderte sie, und Lena ließ sich auf das Sofa plumpsen. »Stellen wir uns mal vor, du triffst dich mit Max. Dann gibt es meiner Ansicht nach nur zwei Möglichkeiten, wenn er dir zu nah kommt: Du stellst ihn zur Rede, oder du lässt dich auf sein Spiel ein.«

Lena nickte stumm.

»Seien wir mal ehrlich: Wenn du dich nicht mit ihm triffst, wirst du dir das dein Leben lang vorwerfen – und uns ständig damit in den Ohren liegen. Das, meine Süße, will ich auf *jeden Fall* verhindern!« Emma lachte ihr herzliches Lachen, und Lena lachte mit.

Noch nie hatte sie bei einem Mann so ein kribbeliges Gefühl im Bauch gehabt. Da konnte es doch nicht verwerflich sein, wenn sie die Situation auskostete, solange es ihr möglich war? Natürlich war der Preis dafür hoch, aber im Grunde hatte sich ihr Herz längst entschieden. Sie wollte das Alpaka-Date durchziehen.

☆

Der Tag verflog, und ehe sichs Lena versah, war es schon an der Zeit, das Licht im Verkaufsraum des *Fräulein Gewürzzauber* auszuschalten. Sie freute sich riesig auf das Wiedersehen mit Theresa und Nikolaus Himmelreich. Doch bevor sie sich auf den Weg machte, leerte sie den Briefkasten und fischte den Brief ihrer Großmutter heraus. Auf dem Umschlag prangte heute ein dicker mit Kohlenknöpfen und Möhrennase bestückter Schneemann neben ihrem Namen. Mit einem Lächeln verstaute sie den Brief vorsichtig in ihrer Umhängetasche und stapfte los.

Sanfte Flocken fielen vom Himmel. Dort, wo keine Straßenlaterne stand, reflektierte der Schnee das Mondlicht. Ab und an fuhr ein Auto in Schrittgeschwindigkeit an ihr vorbei. Lena liebte diese schützende Dunkelheit und die angenehme Stille um sie herum, die es so nur bei Schnee gab.

Die Löwen am Tor der Himmelreichs begrüßten Lena heute mit einem nicht ganz so skeptischen Blick, und auch der Flügel schien nicht mehr ganz so laut zu ächzen wie bei ihrem letzten Besuch.

Theresa Himmelreich erwartete sie bereits an der schweren Holztür. Schon als Kind hatte Lena die floralen Schnitzereien darauf bewundert. »Lena, Liebes! Es ist schön, dass du da bist!«

Lena wurde herzlich umarmt und direkt in die gute Stube geschoben, wo ein warmes Feuer im Kamin prasselte und Nikolaus Himmelreich in seinem Ohrenbackensessel auf sie wartete.

»Hallo, Onkel Nikolaus!« Sie umarmte ihn und setzte sich auf das kleine Sofa.

»Wie steht es an der Theater-Front?«, eröffnete Nikolaus Himmelreich ohne Umschweife.

»Oh, sehr gut! Gestern habe ich mit Bille telefoniert. Wir haben inzwischen fünfhundert neue Unterschriften und Spenden in Höhe von tausendsechshundert Euro«, berichtete Lena begeistert.

»Das ist ja wunderbar!«, rief Theresa Himmelreich aus der Küche herüber, und ihr Mann nickte zustimmend.

Dann lächelte er bedächtig und kratzte sich am Kinn. »Es freut mich, dass die Bürger für diesen Ort ganz besonderer und schöner Kindheits- und Jugenderinnerungen einstehen. Ich fürchte nur, dass das Geld nicht reichen wird. Die Stadt hat Herrn Diamond Auflagen für die Renovierung gemacht, die mit dieser vergleichbar kleinen Summe nicht finanzierbar sein werden.«

Betroffen sah Lena ins Feuer. Doch so schnell ließ sie sich nicht unterkriegen. »Am Wochenende kommt ja noch die Adventsfeier im *Casablanca*!«

»Du hast ja so recht! Wir sollten die Flinte so schnell nicht ins Korn werfen«, bestätigte der Notar. »Ich meinerseits war auch nicht untätig und habe bei einigen einflussreichen Leuten Werbung für euer Event und die Spendenaktion gemacht.«

»Oh, wie wundervoll! Vielen Dank!«, freute sich Lena.

»Sooo, ihr zwei!« Verheißungsvoll lächelnd eilte Theresa Himmelreich mit einem Tablett in die Stube. Der graue Dutt auf ihrem Kopf schwankte, als sie jedem eine Tasse ihres nach Zimt und Orangen duftenden Punschs reichte und einen Tonbecher mit länglichem Backwerk auf das Sofatischchen stellte. »Probier bitte diese, Liebes, sie sind ganz frisch! Und dann erzähl uns, wie deine Vorbereitungen für Sonntag laufen.«

»So weit ganz gut. Emma und Milla helfen mir am Freitag noch mit dem Gebäck. Mal sehen, ob die Zeit reicht oder ob ich auch am Samstag noch einmal ranmuss. Es warten einige Kilo Zimtsterne darauf, gebacken zu –« Lena verstummte. Sie hatte sich gerade eines der angebotenen Gebäckstücke aus dem Becher fischen wollen und traute ihren Augen nicht. Waren das nicht genau dieselben Zimtstangen wie in ihrem Nikolausgeschenk?

Nein, daran gab es keinen Zweifel! Lenas Herz hüpfte wie ein Flummi und sie auf dem Sofa gleich mit.

»Tante Thessa, wo hast du die her?«, fragte sie aufgeregt, biss ein Stück von einer Stange ab und genoss mit geschlossenen Augen jeden Krümel.

»Selbst gebacken. Wie gesagt: Sie sind frisch aus dem Ofen«, strahlte Theresa Himmelreich. »Aber so beruhige dich doch, was ist denn nur los?«

Lena erzählte aufgeregt, wie es ihr am Nikolaustag ergangen war und welche Überraschung ihr Briefkasten für sie bereitgehalten hatte.

»Du hast nicht zufällig dem Briefboten neben Oma Gretas Brief auch das Päckchen mitgegeben, Onkelchen?« Lena hob die Augenbrauen und sah ihn forschend an. In seinem Gesicht konnte sie keinerlei verräterische Bewegung ausmachen.

Nikolaus Himmelreich schüttelte den Kopf und hob abwehrend die Hände. »Tut mir leid, aber diese wunderbare Idee hatte ich nicht.«

Lena ließ ratlos die Schultern hängen und sah Theresa an, die ebenfalls amüsiert den Kopf schüttelte. Ein anderer Gedanke wirbelte herbei. »Bitte, bitte, Tante Thessa! Sag mir, dass du mir das Rezept gibst! Das ist der absolute Zimthimmel! Meine Kunden würden es lieben!«

»Aber natürlich, Liebes! Es freut mich, dass sie dir so gut schmecken. Es ist das Lieblingsgebäck unseres Enkels. Er weiß auch, wie ich sie backe. Ich könnte ihn fragen, ob er euch am Freitag unterstützen würde.« Theresa Himmelreich kicherte und flüsterte dann hinter vorgehaltener Hand: »Ehrlich gesagt, habe ich das Rezept in diesem Jahr ein wenig verändert. Es ist doch langweilig, wenn man immer wieder dasselbe backt, nicht wahr? Du weißt es ja selbst.«

Lena nickte wissend. »Ja, frag ihn ruhig. Er kann einfach um sechs in den Laden kommen. Wir wollen direkt loslegen, sobald der letzte Kunde gegangen ist.«

»Ich bin mir sicher, dass Maximilian für diesen guten Zweck seine Hilfe gern anbieten wird.« Sie nahm nachdenklich einen Schluck Punsch. »Ihr habt euch tatsächlich nicht mehr gesehen, seit ihr Kinder wart, nicht wahr?«

»Lustiger Zufall, dass er Maximilian heißt. Ich habe gerade einen Max kennengelernt.« Lena kicherte – der Punsch entfaltete gerade seine Wirkung – und übersah daher den vielsagenden Blick, den Theresa und Nikolaus Himmelreich einander zuwarfen.

Als Lena sich wieder gefangen hatte, überlegte sie kurz. Sie konnte sich nur noch vage an einen Jungen mit strubbeligen Haaren und einer riesigen Brille erinnern, der sie und Milla mit Wasserbomben beworfen hatte. »Es muss schon über zwanzig Jahre her sein, dass wir uns zuletzt gesehen haben.« Sie lachte und tunkte eine Zimtstange in ihren Punsch. »Er war nicht besonders nett zu meiner Freundin und mir … Aber ich vertraue darauf, dass Menschen sich ändern können.«

Da kam ihr ein Gedanke, und sie griff nach ihrer Handtasche. »Ich habe übrigens einen Brief von Oma Greta mitgebracht. Da du sagtest, du wüsstest nicht, was sich in den Umschlägen befindet, dachte ich, ich lese euch ein Kärtchen vor?« Lena schaute fragend in die Runde und sah in hocherfreute Gesichter.

Sie fischte den Briefumschlag mit dem Schneemann aus ihrer Tasche und öffnete die Lasche. Das braune Kärtchen war heute mit vielen glitzernden Schneeflocken und Tannenbäumchen beklebt, in der Mitte war ein Oval mit einem Spitzenrand und einer Sechzehn platziert. Den Spruch darunter las Lena laut vor: »*Das Herz macht, was das Herz will. Auch wenn es mit heißer Schokolade bestochen wird.*«

Sie reichte die Karte herum und ließ den beiden die Zeit, sie sich in Ruhe anzusehen.

*Liebes Lenchen,*

*bestechlich war unser Herz noch nie. Es hatte schon immer seinen eigenen Kopf. Das ist auch gut so. Denn bislang haben wir so noch immer die richtigen Entscheidungen getroffen.*

*Wahrscheinlich erinnerst Du Dich nicht mehr an jenen Tag, als uns Nikolaus im* Fräulein Gewürzzauber *besucht hat. Du warst noch so klein. Es war der 6. Dezember. Wir richteten eine Weihnachtsfeier für unsere Stammkunden aus, und Nikolaus machte seinem Namen alle Ehre und brachte Dir und den anderen Kindern in Verkleidung kleine Stoffstiefelchen mit vielen Leckereien.*

*Leider hatten wir zu wenig Stiefel gefüllt, und ein kleiner Junge ging leer aus. Doch Du hast nicht lange gezögert und ihm Deinen Stiefel geschenkt. Seit diesem Tag wusste ich, dass ich mir nie Sorgen um Dich machen muss, weil Dein Herz immer die richtige Entscheidung treffen wird.*

*In Liebe*

*Oma Greta*

Lena hatte das Gefühl, eine warme Decke läge über ihren Schultern. Ihre Augen glitzerten vor Tränen, und als sie nach rechts sah, betupfte sich Theresa Himmelreich gerade mit einem Stofftaschentuch die Wangen.

»Sie fehlt mir sehr. Sie war mir immer eine so liebe Freundin und ein so wunderbarer Mensch«, sagte Theresa gedämpft.

Lena nahm sie in den Arm, und gemeinsam erzählten sich die drei noch bis tief in den Abend Geschichten von früher.

# 17. DEZEMBER

Einmal mehr war Lena dankbar, dass ihr *Fräulein Gewürzzauber* erst um zehn Uhr öffnete. Es war spät geworden, denn der Abend bei den Himmelreichs war wunderschön gewesen; mit so viel leckerem Punsch, Wärme und Geborgenheit. Es war allen schwergefallen, sich zu verabschieden, auch wenn sie sich schon bei der Adventsfeier im Filmtheater wiedersehen würden.

Während Lena sich von Anziehen und Aufräumen bis Teekochen und Zeitunglesen im Eilverfahren durch ihren ganz normalen Morgenwahnsinn wuselte, wühlte Ruprecht tschiepend in einer Schale, pickte sich eine Nuss nach der anderen daraus und verstaute sie in seinem Kobel.

Als sie alles andere erledigt hatte, setzte sie sich mit einem dampfenden Ingwertee an den Küchentisch und korrigierte auf dem runden Schild, das immer in der Eingangstür des Lädchens hing, die Öffnungszeiten mit einem wasserlöslichen Folienschreiber. *Heute nur bis 13 Uhr geöffnet,* schrieb sie in geschwungenen Lettern darauf.

☆

Die Eingangstür öffnete sich unter Glöckchengebimmel und wirbelte einige Flocken von draußen herein.

»Hallo, Herr Bonifazius!«, begrüßte Lena ihren Stammkunden.

Er schüttelte den Schnee von seinen Schultern und trat an den Verkaufstresen. »Frau Sonnenschein, es ist mir wie immer eine Freude.«

»Wie kann ich Ihnen helfen?«, fragte Lena.

»Für mich bitte eine Tüte Zimtsterne und von den Karamell-Krokant-Pralinen bitte vier Stück«, kam es wie aus der Pistole geschossen.

Lena nickte kurz und legte die Pralinen in eine Sternchentüte. Als sie nach den Zimtsternen greifen wollte, hielt sie kurz inne. »Was ich Sie schon die ganze Zeit fragen wollte … und ich hoffe, Sie empfinden es nicht als zu aufdringlich … Würden Sie mir einmal Fotos zeigen? Ich meine, von Ihren Reisen – und von Ihrer Frau?« Sie wartete einen Augenblick, ob sie einen wunden Punkt erwischt hatte. Als er weiterhin einen sehr entspannten Eindruck machte, fuhr sie fort: »Das Fußleiden Ihrer Frau wird ja sicher noch eine Zeit andauern. Aber Sie haben schon so viel von ihr und von Ihren gemeinsamen Abenteuern erzählt, dass ich gern mehr darüber erfahren und sehen würde …«

Die Augen des alten Mannes begannen zu leuchten, und er lächelte über seinen ganzen Seemannsbart. »Aber sicher doch! Wenn ich das nächste Mal komme, bringe ich Fotos mit. Oh, das wird Trudchen gefallen! Ich lasse sie mit aussuchen, welches Abenteuer wir Ihnen zeigen werden.«

»Oh ja, sehr gern. Da fällt mir ein: Was darf ich Ihnen

denn heute für sie mitgeben? Das Übliche, oder hätte Ihre Frau eventuell mal Lust auf eine Abwechslung?« Schnell hielt sie ihm ein Tablett mit Pralinen zum Probieren hin. »Diese hier habe ich ganz neu kreiert – eine Himbeer-Lavendel-Füllung.«

Herr Bonifazius nahm ihr Angebot bereitwillig an, probierte eine Praline und schmolz dahin. »Sie wissen ganz genau, was meiner Frau schmecken würde. Ja, davon nehme ich auch vier Stück.«

»Sehr gerne.« Mit einem geübten Handgriff schob Lena das pinkfarbene Gold zu den anderen Pralinen in die Sternchentüte. »Und grüßen Sie sie herzlich von mir!«, rief sie ihm nach, als er den Kragen seines Mantels hochklappte und in das Winterwetter trat.

Heute fühlte Lena keine Beklemmung, sondern Freude und Zufriedenheit. Sie war sich sicher, Herrn Bonifazius glücklich gemacht zu haben. So schräg sein Verhalten auf einen Außenstehenden auch wirken mochte, Lena konnte sich in ihren treuen Kunden hineinversetzen und spürte immer mehr, wie die Trauer und Hilflosigkeit dahinschmolzen. Wenn dieser Mensch so seinen Seelenfrieden fand, half sie gerne dabei.

Mit jeder Minute, die es auf ein Uhr zuging, wurde Lena nervöser. Ihre Hände zitterten, wann immer sie an ihr Alpaka-Date dachte. Sie verschüttete eine Tasse Tee, die den ganzen Tresen benetzte, sortierte die Marshmallows versehentlich zu den Lebkuchenmännern und verwechselte die Kuchenbestellungen ihrer Gäste.

Endlich! Schweißgebadet schloss sie die Eingangstür ab und huschte schnell nach oben. In Rekordzeit war sie geduscht und in ihre dicksten Wintersachen gewickelt. Kritisch betrachtete sie sich im Spiegel. Im Vergleich zu ihr wirkte jedes Michelin-Männchen sexy.

*Du willst ihn ja schließlich nicht anmachen,* ermahnte sie sich selbst und seufzte.

Als sie wenig später die Tür öffnete, war sie einen Moment sprachlos. Vor ihr stand ein Yeti mit Fellmütze und dicken Wollhandschuhen, der nach Honig-Zimt duftete. Doch dann brachen beide in schallendes Gelächter aus.

»Wie viele Schichten sind es bei dir?«, kam es gedämpft hinter dem breiten Schal hervor.

»Drei – und bei dir?«, kicherte Lena.

»Vier!«, prustete Max. »Hoffentlich laufen die Alpakas nicht vor uns weg!«

Dadurch war das Eis gebrochen, und Lenas Nervosität war Geschichte. Zumindest größtenteils.

☆

»Da bist du ja!«, wurde Lena fröhlich von Charlotte begrüßt, sobald sie und Max die kleine Farm etwas außerhalb der Stadt erreicht hatten. »Und wer ist der gutaussehende Wollberg?«

»Das ist mein Begleiter Max«, lachte Lena.

Max hob zum Gruß die Hand. Zu mehr war er gerade nicht im Stande.

»Wunderbar, dann führe ich euch erst mal auf unserem Hof herum.«

Mittlerweile war die graue Wolkendecke aufgebrochen und ließ einige Sonnenstrahlen hindurchblitzen.

Sie folgten Charlotte zu einem beeindruckenden und

offensichtlich sehr alten Gebäude, das sie durch den hohen Schnee erst gar nicht wahrgenommen hatten. Das Dach war sehr tief gezogen und unter der weißen Pracht nicht zu erkennen.

Es war eine Kombination aus Wohnhaus und Stallungen aus dem für die Region typischen glitzernden gräulichen Sandstein. Die kleinen Fenster im oberen Stockwerk wurden von hölzernen Schindeln umrahmt und hatten mit Mustern reichverzierte Läden.

Daniel und Charlotte hatten sich den Traum von ihrer Alpaka-Farm erfüllen können, weil Daniel den Hof von seinem Großvater geerbt hatte, wie er später erzählte.

Sie gingen um das Haus herum. Das Scheunentor war weit geöffnet, aber es war niemand da. Weder Daniel noch die Alpakas.

»Kommt! Daniel ist mit den Tieren auf der Weide. Es ist ein Stück dort entlang hinter der kleinen Baumgruppe.«

Kurze Zeit später sahen sie ihn. Er legte dem kleinsten Tier gerade einen Halfter an, was es sich anstandslos gefallen ließ.

Sie begrüßten sich, und Daniel stellte ihnen sogleich ihre Begleiter für den Nachmittag vor. »Das sind Rose, Odette, Buddy und Don Camillo. Unsere Kleinste und Jüngste hier heißt Fräulein Frieda.«

Lena betrachtete sie mit einem breiten Lächeln. Klein war sie zwar, aber das buschige Fell um ihre Hüften und Oberschenkel ließ Fräulein Frieda eher wie eine dicke Hummel aussehen. Sie hatte dunkelbraunes Fell und ein rotes Band mit einem kleinen Glöckchen um den Hals, das leise erklang, wenn sie sich bewegte.

»Die Tiere lieben es gesellig«, erklärte Charlotte. »Sie sind Herdentiere. Allerdings sind sie bei der Wahl ihrer Mitbewohner doch recht wählerisch, wie wir bei Rose festgestellt haben.« Charlotte streichelte ein, wie Lena fand, besonders hübsches Alpaka mit schneeweißem Fell und einem schwarzen Lidstrich über den Augen.

»Darf ich auch einmal?«, traute sie sich zu fragen. Die Tiere machten alle so einen friedlichen Eindruck. Genau wie sie selbst und Max wirkten sie ein wenig schüchtern, obwohl sie mit ihren wuscheligen Frisuren und dem schlanken Körperbau auf den ersten Blick frech und ein wenig wild aussahen.

»Aber klar, sie liebt es!«

»Muss ich etwas beachten?«, fragte Lena, als sie die Handschuhe abstreifte.

Charlotte grinste. »Rose mag es, hinter den Ohren gekrault zu werden.«

Lena ging langsam ein paar Schritte näher. »Hallo, meine Schöne! Oh, das fühlt sich aber weich an!«

*Klick, klick* – Lena drehte sich um und schaute verdutzt in die Linse von Max' Kamera.

»Was hast du denn noch unter deinen Kleiderschichten versteckt? Vielleicht einen Picknickkorb?«, lachte Charlotte. Doch Max ließ sich nicht beirren und machte noch ein paar Aufnahmen von der weißen hügeligen Landschaft um sie herum. »He!«, rief er plötzlich.

Buddy, der weiß-braun-schwarz gescheckte Alpaka, hatte ihn mit dem Kopf in den Rücken gestupst und wartete nun auf Streicheleinheiten.

»Es sieht so aus, als hätte sich Buddy seinen Wandergesellen schon ausgesucht«, schmunzelte Daniel.

Max strich dem Tier sanft über den flauschigen Hals, und Buddy lehnte sich tatsächlich mit dem Kopf an Max' Schulter.

»Oooohhh!«, riefen Lena und Charlotte wie aus einem Mund.

Max grinste schief. »Wenn ich darf, mache ich während der Wanderung und nachher auf eurem Hof ein paar Fotos. Ich könnte einen Bericht für die Tageszeitung verfassen«, bot er an.

Charlotte und Daniel sahen sich begeistert an und nickten.

Nun konnte es losgehen. Daniel führte ihr Wandergrüppchen zusammen mit Don Camillo und Odette an und über einen schneebedeckten Pfad in den Wald. Ihm folgten Max mit Buddy und Lena mit Rose. Den Schluss bildeten schließlich Charlotte und Fräulein Frieda.

Lena genoss jeden Schritt, den sie in diese unberührte Welt taten. Die Zweige der hohen Tannen neigten sich tief unter ihrer weißen Last, und um sie herum war es so friedlich, dass jede innere Last von ihr abfiel. Außerdem gaben die Alpakas angenehme Summlaute von sich, die Lena sehr beruhigend fand.

So kamen sie gemächlich voran. Max zückte hin und wieder seine Kamera und war hin und weg von seinen ungewöhnlichen Models. Nach einer guten halben Stunde öffnete sich der Wald zu einer weiten Hügellandschaft. Hier allerdings schien die Welt alles andere als friedlich zu sein – aus einer dunklen Wolkenmasse fielen die ersten dicken Flocken, und ein kalter Wind kam auf.

Lena fröstelte trotz ihrer vielen Schutzschichten.

»Frieren die Alpakas nicht?«, fragte sie ehrlich besorgt über ihre Schulter.

»Ach wo!« Charlotte winkte ab. »Ihr Fell hält sie schön warm, die Kälte macht ihnen gar nichts aus.«

»Da wir eine halbe Stunde vom Hof entfernt sind, sollten wir den Heimweg antreten.« Daniel sah besorgt nach oben. »Das Wetter gefällt mir nicht. Es schlägt heute so schnell um.«

Er sollte recht behalten. Obwohl es erst früher Nachmittag war, breitete sich innerhalb kürzester Zeit Dunkelheit um sie herum aus. Der nach Lenas Empfinden orkanartige Wind heulte um die Bäume und peitschte den Wanderern den dicht fallenden Schnee in die Gesichter.

Die Tiere wurden zunehmend unruhig, und ihr Summen steigerte sich zu Warnschreien, die sich bald wie das Schnattern von Enten anhörten und Lena durch Mark und Bein gingen. Lena hätte nicht sagen können, wie weit sie noch vom Hof entfernt waren. Sie kämpfte sich wie die anderen durch den Sturm, immer darauf bedacht, ihren tierischen Begleiter nicht zu verlieren.

Plötzlich ging alles ganz schnell: Ein Schrei aus einer menschlichen Kehle erklang. Er kam von Charlotte, die hysterisch hinter Lena gestikulierte. Das aufgeregte Klingeln eines Glöckchens wurde immer leiser.

»Frieda! Sie rennt in den Wald!«

»Geht schon vor, ich suche sie!«, rief Daniel durch das Rauschen des Windes und übergab Charlotte die Zügel von Don Camillo und Odette.

Max reichte Lena Buddys Zügel. »Ich helfe ihm.«

Lena nickte. »Seid vorsichtig!«, rief sie den Männern

noch hinterher, doch die waren bereits zwischen den mächtigen Stämmen der alten Bäume verschwunden.

Nach einer gefühlten Ewigkeit erreichten Lena und Charlotte den Hof. Sie versorgten die verschreckten Tiere, die sich bei einer großen Extraportion Heu wieder beruhigten, warteten einen Moment, um sicherzustellen, dass sie sie allein lassen konnten, und gingen ins Haus. Charlotte setzte eine große Kanne Tee auf, während Lena ihre Kleidung am flackernden Feuer trocknete.

»Hoffentlich finden sie Frieda«, sagte sie. »Wie lange sind sie wohl schon weg? Ich habe überhaupt kein Zeitgefühl mehr.«

»Es ist halb vier. Wenn sie in einer Viertelstunde nicht wieder hier sind, rufe ich den Rettungsdienst«, entschied Charlotte.

Bis dahin blieb ihnen nichts anderes übrig als das sprichwörtliche Abwarten und Teetrinken. Plötzlich hörten sie ein Rumpeln.

»Das kam aus dem Stall!«, rief Charlotte und rannte los.

Lena spurtete hinterher. Tatsächlich hatte Max das Scheunentor geöffnet, um Daniel hineinzulassen, der ein dickes Wollbündel auf dem Arm hielt.

»Frieda! Was ist passiert?«

»Ein Ast ist auf sie gefallen«, presste Daniel hervor und legte das verletzte Tier ins Heu. Es hatte eine Schnittwunde an der linken Seite, die sein Fell rot gefärbt hatte.

»Ich rufe den Tierarzt!« Schon war Charlotte wieder im Haus verschwunden.

Daniel sah auf. »Max, holst du mir bitte den Eimer Wasser? Und Lena, bitte die Decke dort.«

Die Anspannung war bei allen deutlich zu spüren. Lena und Max halfen ihm, so gut sie konnten, und waren umso erleichterter, als der Tierarzt wenig später beim Versorgen der Wunde feststellte, dass der Schnitt nicht tief war und die Verletzung schnell heilen würde.

»Danke für das Abenteuer«, schmunzelte Max, als er Lena abends vor ihrer Haustür absetzte.

»Auf manches davon hätte ich verzichten können«, seufzte Lena. »Aber es war ein Erlebnis, das ich später noch meinen Enkelkindern erzählen kann.«

Er nickte lächelnd.

Bevor eine peinliche Stille eintreten konnte, fragte Lena: »Kommst du am Sonntag zur Adventsfeier ins *Casablanca*? Es gibt auch Berge von Zimtsternen«, versuchte sie, ihn zu locken.

Das wäre nicht nötig gewesen, denn er nickte bereits. »Steht schon in meinem Terminkalender!«

»Dann bis Sonntag!« Lena stieg aus.

Max winkte lächelnd, als er anfuhr. Lena winkte zurück und ging dann nachdenklich zur Haustür. Wieder hatten sie keine Gelegenheit gehabt, wirklich miteinander zu sprechen. Dennoch hatte sie das Gefühl, dass der Nachmittag sie näher zusammengebracht hatte.

Sie öffnete die Tür und wollte schon die erste Stufe der Holztreppe erklimmen, als ihr einfiel, dass sie den Briefkasten noch gar nicht geleert hatte.

Der braune Umschlag des Adventsbriefs thronte auf dem *Mittwochsanzeiger*. Sie schmunzelte, denn das Glanzbild zeigte heute einen Hirten mit Schafen, deren wolliges Fell glitzerte. Die Ähnlichkeit zu ihren Erlebnissen wunderte sie mittlerweile nicht mehr, ließ ihr Herz aber trotzdem immer warm werden.

Als Lena die gemütliche Lichterkettenbeleuchtung im Wohnzimmer anschaltete und sich auf dem Sofa ausstreckte, merkte sie bereits die Schwere in ihren Gliedern. Bevor sie einschlief, holte sie noch schnell das Kärtchen aus dem Umschlag. Um die Siebzehn schwebten heute Wolken und Funkelsterne. Darunter stand der Spruch: *Es sind die Zutaten, die ein Gebäck zu dem machen, was wir lieben.*

Die Nachricht auf der Rückseite war heute sehr kurz. Wofür Lena ausnahmsweise dankbar war, weil ihr bereits die Augen zufielen.

*Liebes Lenchen,*
*die Zutaten unseres Lebens stellen wir selbst zusammen.*
*Die meisten wählen wir freiwillig. Aber auf eine sollten*
*wir niemals verzichten: die Liebe.*
*In Liebe*
*Oma Greta*

# 18. DEZEMBER

Noch vollkommen beseelt, aber auch ein wenig aufgewühlt schloss Lena an diesem Morgen die Ladentür auf. Nachdem sie rasch einige Zuckerstangen und Lebkuchenbäumchen gezaubert hatte, telefonierte sie noch einmal mit Charlotte, um sich nach Fräulein Frieda zu erkundigen. Dem kleinen Alpaka ging es den Umständen entsprechend gut, es stand schon wieder mit den anderen auf der Weide und tollte im Schnee. Dann jedoch ließ Charlotte sich dazu hinreißen, sie zu ihrem süßen, hilfsbereiten und gutaussehenden Freund zu beglückwünschen, und Lena beendete das Gespräch schnell. Sie kannte Charlotte kaum und wollte sie daher auch nicht näher ins Vertrauen ziehen.

Den Bericht darüber, welche Katastrophen sich in letzter Zeit in ihrem Leben ereignet hatten, wollte sie sich lieber für morgen Abend aufheben, wenn Emma und Milla zum Backen ins Lädchen kamen.

Lange musste Lena nicht warten, bis die ersten Kunden dick verpackt und mit rot gefrorenen Nasen durch ihre Eingangstür huschten und das Glöckchen erklingen ließen. Lena erfüllte ihre Wünsche heute mit einem noch strahlenderen Lächeln als sonst und fühlte sich so ausgeglichen und leicht wie schon lange nicht mehr. Selbst einem Mann mit Liebeskummer konnte sie die weisen Ratschläge einer Endzwanzigerin geben, auch wenn dieser seine Sorgen dennoch erst einmal in einem heißen Kakao mit viel Rum ertränkte.

Als Lena sich dem Abfüllen von Zitronendrops widmen wollte, polterte es plötzlich, und das Glöckchen bimmelte aufgeregt. Lena sah auf und beobachtete, wie Herr Bonifazius, vier Fotoalben und einen Schuhkarton in den Armen balancierend, die Eingangstür aufdrückte und eintrat.

»Warten Sie, ich helfe Ihnen!«, rief Lena und eilte herbei. Sie luden sein Gepäck auf einen leeren Tisch, und er ließ sich auf einen Stuhl fallen, um zu verschnaufen.

»Das ist ja eine Überraschung!«, freute sich Lena und setzte sich einen Moment zu ihm. »Ich hatte Sie nicht so schnell wieder erwartet.«

»Das hatte ich selbst auch nicht. Wir besitzen zwanzig von diesen Alben und mehrere Kartons voller Fotos. Schließlich haben wir es geschafft, die spannendsten Geschichten für Sie herauszusuchen, Frau Sonnenschein!« Herr Bonifazius schnäuzte sich geräuschvoll in ein Stofftaschentuch, das er schnell wieder in der Manteltasche verschwinden ließ. »Bitterkalt heute, da draußen.«

»Legen Sie doch erst mal ab.«

Herr Bonifazius kam ihrer Aufforderung gern nach, und Lena hängte den schweren Zweireiher an ihrer Garderobe auf. Da sich gerade nur noch zwei weitere Kundinnen im Lädchen aufhielten, die bei einem Stück Glühweintorte und Tee gesellig schwatzten, setzte sie sich zu Herrn Bonifazius und ließ sich von ihm die Fotos zeigen.

Er öffnete das erste Album, auf dessen breitem Buchrücken *Expedition Peru 1969* stand. »Sie wollten mein Trudchen sehen? Ich finde dies«, er zeigte auf ein großes Schwarz-Weiß-Bild, »ist das schönste Foto, das es von ihr gibt!«

Das Bild zeigte eine junge Frau, die etwa im selben Alter war wie Lena jetzt. Ihr Gesicht war sehr hübsch, ihre Züge waren zart. Ihre schlanke Figur – sie war von genauso sportlicher Statur wie ihr Mann – steckte in einer robusten Cargo-Hose und in einem hellen Männerhemd, dessen Ärmel sie bis zu den Oberarmen hochgerollt hatte. Über ihren Schultern hing ein vollgestopfter Stoffrucksack, und ihr dunkles, glattes und in der Sonne glänzendes Haar trug sie zu einem hohen Zopf gebunden, aus dem bereits einige Strähnen entflohen waren. Das Bemerkenswerte an dieser Aufnahme war allerdings, dass die Frau der Kamera ihr strahlendstes Lächeln schenkte, obwohl sie sich gerade an einem vielleicht fünf Zentimeter dicken Seil festhielt und über ein ebenso schmales Tau über einen etwa hundert Meter breiten reißenden Fluss balancierte.

Lena riss staunend die Augen auf. »Wenn ich es nicht sehen würde ... Das ist ja kaum zu glauben! Wo war das?«

»Im Amazonasgebiet. Wir haben bei Ausgrabungen geholfen. Meine Trudhild ist ja Archäologin.« Seine kleinen blauen Augen leuchteten bei jedem Wort, das er über seine Frau sprach.

»Ah!« Lena stand der Mund offen. Sie hatte vieles erwartet, aber das sicher nicht. Dieser Mann und sein außergewöhnliches Leben entpuppten sich als echte Wundertüte! Staunend hörte sie seinen Erzählungen weiter zu.

»Das Hochwasser hatte unseren Lagerplatz überschwemmt. Daher mussten wir mit Sack und Pack auf die andere Seite des Flusses. Nur dort gab es höher gelegene Gebiete. Dort gab es aber auch riesige Anakondas, Würgeschlangen, Pfeilgiftfrösche und allerlei anderes giftiges und gefährliches Getier. Und Menschen, nicht zu vergessen! Wir sind einer Gruppe von Holzfällern und Goldsuchern begegnet – das war kein umgänglicher Schlag Mensch, das sage ich Ihnen.« Er schüttelte missbilligend den Kopf. »Wir sind ihnen nur um Haaresbreite entkommen! Das war so …«

Erst nach einer Weile merkte Lena, dass sich die beiden Frauen vom Nebentisch umgedreht hatten und einige andere Kunden, die in der Zwischenzeit in den Laden gekommen waren, näher getreten waren, um den spannenden Bericht über die Erlebnisse am Amazonas mitzuverfolgen.

Herr Bonifazius erzählte eine Geschichte nach der anderen. Nicht selten gesellten sich andere Kunden dazu, setzten sich an seinen Tisch und lauschten den Abenteuern in fremden Ländern. Kinder und Erwachsene applaudierten begeistert, und Herr Bonifazius schaute glücklich und stolz zugleich in die Runde.

Lena sorgte für das leibliche Wohl aller und ließ auch die Mittagspause sausen, um ihren Kunden und natürlich auch Herrn Bonifazius nicht das Vergnügen zu nehmen. Als am Nachmittag erneut ein heftiger Schneesturm aufzog und der Strom ausfiel, verteilte sie dickbauchige Honigkerzen auf dem Verkaufstresen und den Tischchen und lud ihre Kunden ein, das Unwetter bei ihr abzuwarten.

Sie nahmen es gerne an und machten es sich auf dem Fußboden in einem großen Kreis um Herrn Bonifazius auf Decken und Kissen bequem, die Lena holte.

Zum Glück haben der schlimmste Sturm, der längste Stromausfall, aber auch der schönste Nachmittag mit den spannendsten Geschichten irgendwann ein Ende, und so verabschiedeten sich auch die Kunden nach und nach. Irgendwann saß Herr Bonifazius mit einer Tasse schwarzem Grog allein an seinem Tisch.

Lena setzte sich neben ihn. Sie war erschöpft und glücklich zugleich. »Das war der spannendste Tag, den ich jemals erlebt habe. Vielen Dank!«

»Bitte, bitte«, nickte Herr Bonifazius, und seine blauen Augen leuchteten im Schein der Kerze.

Lena war den ganzen Tag schon eine Idee durch den Kopf gegangen, die sie nun gern loswerden wollte. »Was halten Sie davon, immer mal wieder in meinem Lädchen aus Ihrem Leben und dem Leben Ihrer Frau zu erzählen?«, fragte sie. »Wann Sie wollen. Sie sehen ja, die Menschen lieben Ihre Geschichten! Und die Pralinen gibt's ab heute für Sie und Ihre Frau gratis.« Lena lächelte Herrn Bonifazius an. Wie gern hätte sie noch mehr von ihm gehört.

»Hadebrand Bonifazius, der Geschichtenerzähler!«, überlegte er laut. »*Die Abenteuer des Herrn Bonifazius!* Ja, das gefällt mir!« Er lachte und drückte Lena kurz an sich. »Das bedeutet mir viel. Es würde mir viel Freude bereiten – und meinem Trudchen auch.«

»Dann ist es abgemacht?«

»Abgemacht!«

Sie besiegelten ihre Übereinkunft mit einer Karamell-Krokant-Praline. Dann sortierte Herr Bonifazius die Alben, legte die losen Fotos zurück in die Kiste und stapelte alles aufeinander.

Lena öffnete ihm die Tür und wünschte ihm noch einen guten Abend. *Vielleicht besorge ich ihm einen alten Ohrensessel, so wie Onkel Nikolaus einen hat*, überlegte sie. *Dann wirken die Geschichtennachmittage in Zukunft noch authentischer.*

☆

Müde ließ Lena sich aufs Sofa sinken. Den Brief ihrer Großmutter hatte sie irgendwann nachmittags schon aus dem Briefkasten gefischt, und sie hatte sich über den Seilakrobaten gefreut, der auf einem glitzernden Tau tänzelte. Sie kuschelte sich in die Kissen und las den Spruch, der unter dem hübschen Tortenpapier mit der verschnörkelten Achtzehn stand: *Die Welt der Schokolade ist ein großes Abenteuer.*

»Glaub mir, Oma, die Abenteuer, von denen ich heute gehört habe, stellen alles in den Schatten, was jemals an Abenteuerlektüre geschrieben wurde«, flüsterte sie in die Stille des Raumes.

*Liebes Lenchen,*
*die größten Abenteuer schreibt Dein eigenes Leben. Wenn*
*Du nicht daran glaubst, dann erkennst Du sie vielleicht*
*nur nicht. Geh mit offenen Augen durch die Welt, und*

*probiere die Vielfalt der Schokoladen, die Dir angeboten*
*werden!*
*In Liebe*
*Oma Greta*

Das wollte sie auf jeden Fall tun. Ihr Leben würde vielleicht nicht so spannend werden wie das von Herrn Bonifazius. Aber allein seine Geschichten zu hören gab ihr bereits das Gefühl, lebendiger zu sein als noch am Tag zuvor.

Morgen würde ein arbeitsreicher Tag werden. Daher würde sie jetzt schnell in die Federn verschwinden, um mit frischem Elan an ein neues Plätzchenabenteuer gehen zu können.

# 19. DEZEMBER

Heute war doppelter Zuckerbäckerinnen-Backtag – morgens für das *Fräulein Gewürzzauber*, abends für die Adventsfeier. Daher klingelte der Wecker für Lenas Geschmack wieder einmal viel zu früh. Sie hatte sich extra eine angenehme Harfenmelodie ausgesucht, das half jedoch wenig, da sie immer lauter wurde, je länger man sie ignorierte. Nur, wie sollte man nicht versuchen, auch das schönste Harfenspiel um vier Uhr morgens zu verdrängen? Es würde ihr für immer ein Rätsel bleiben.

Ruprecht allerdings wurde es jetzt offensichtlich zu bunt. Er sprang aufs Bett und tapste über Lenas Bauch zu ihrem Kopf. Dort begann er, mit ihrem Haar zu spielen, indem er in den Strähnen wühlte und versuchte, imaginäre Nüsse darin zu verstecken.

»Autsch, das zieht …!«, grummelte Lena durch die Kissen. Was Ruprecht wenig störte.

»Okay, okay, ich steh ja auf, Puschelchen …« Lena stellte ergeben den Wecker aus und kraulte Ruprechts Pinselohren.

Nach einer ausgiebigen Dusche war sie einigermaßen wach und schlüpfte in bequeme Arbeitskleidung. Gleich würde es klebrig, mehlig und auch ein wenig matschig werden.

Einen Berg Mini-Christstollen, Mango-Pralinen, Regenbogenmuffins, Dominosteine, Zuckerstangen und zwei Mandel-Marzipan-Torten später war Lena zwar wie erwartet sehr bemehlt, aber auch glückselig. Nichts und niemand konnte ihr heute das breite Grinsen aus dem Gesicht wischen, erst recht nicht, wenn sie an den Abend und die allerhimmlischsten Zimtstangen der Welt dachte.

☆

Stunden später war es endlich so weit.

Es wurde ruhiger im Lädchen, und Lena holte Tante Thessas Rezept, das sie Dienstagnacht behutsam in Seidenpapier eingeschlagen und in die Schublade einer Küchenkommode gelegt hatte. Sie würde es genau wie Oma Elvis Stollenrezept laminieren und in die Sonnenschein-Chroniken, einen in Leder gebundenen Ordner für ganz besondere Rezepte, heften. Heute aber würde sie es erst einmal ausprobieren. Maximilian Himmelreich hatte seiner Großmutter hoffentlich oft genug über die Schulter geschaut, sodass er wusste, wie man es zubereitete. Sie war neugierig auf den jungen Mann, obwohl sie ihn eigentlich schon seit ihrer Kindheit kannte.

Emma und Milla trudelten um halb sechs ein und brachten beste Mädelsabend-Laune mit. Sie kamen in die Backküche, die hinter dem Tresen an den Verkaufsraum grenzte, und Lena stattete sie sogleich mit Schürzen aus.

»Ach, Süße, du hast dieses scheußliche Rüschenteil ja immer noch an!« Milla seufzte theatralisch.

»Aber seltener. Dank dir! Zumindest trage ich sie nun nicht mehr nachts«, feixte Lena.

»Streitet euch nicht, lasst uns lieber anfangen! Ich möchte so gerne ausstechen! Darf ich?« Emma war ganz aufgeregt. Sie hüpfte wie ein kleines Kind um die Freundinnen herum und umklammerte das Sternchen-Ausstechförmchen dabei so fest, als wollte sie es nie wieder hergeben.

»Du Arme! Hat deine Mama denn keine Plätzchen mit dir gebacken?«, fragte Lena übertrieben bedauernd.

Emma lachte. »Viel zu selten!«

Lena stellte rasch die Zutaten auf die Arbeitsfläche und legte den beiden das Rezept für die Zimtsterne daneben. So konnten sie es zubereiten, ohne ständig nachfragen zu müssen. »Moment noch!«, rief sie. Etwas fehlte noch. Sie füllte drei Becher mit dampfendem, duftendem Punsch und schaltete Weihnachtsmusik ein. »Jetzt kann es losgehen!«

Während sie den Teig kneteten, erzählte Lena ihren Freundinnen vom geselligen Geschichtennachmittag mit Herrn Bonifazius und von ihrem Alpaka-Abenteuer mit Max.

»Du bist ein hoffnungsloser Fall, weißt du das, Lena Sonnenschein?« Milla nahm sie in den Arm. »Er ist bestimmt ein total guter Kumpel, aber wenn er dich noch nicht mal zum Abschied küssen wollte …«

»Er hat doch eine Freundin!«, entrüstete sich Lena.

»Schlimm genug!«, hielt Emma dagegen. »Schlimm genug, dass du dieses Spielchen mitmachst!«

Milla stemmte die Hände in die schmalen Hüften: »Wenn das so weitergeht, werde ich mir den Knaben mal zur Seite nehmen.«

Emma und Lena lachten. Sie alberten noch ein wenig herum und verschönerten sich gerade gegenseitig die Hosen mit Mehlhänden, als es zögerlich an der Ladentür klopfte.

Lena hielt inne. »Ach, das ist sicher Maximilian!«

»Wer?«

»Hab ich doch erzählt: Tante Thessas Enkel, der uns mit den Zimtstangen hilft!«

»Noch ein Kandidat, Lenchen? Hoffentlich sieht er gut aus!«, scherzte Emma und zwinkerte Lena zu.

Die winkte ab, lief ins Lädchen – und glaubte ihren Augen nicht zu trauen: Auf dem Treppenabsatz vor der Eingangstür stand in seine dicke Winterjacke eingepackt und von einem Bein aufs andere hüpfend Max.

Nach einem kurzen Schockmoment schloss sie die Tür auf und ließ ihn eintreten. »Max! Komm doch rein, und wärm dich auf!«

Als ihr sein Honig-Zimt-Duft in die Nase stieg, nahmen ihre Knie mal wieder die Konsistenz von Himbeergelee an. *Nicht schon wieder!*, dachte sie und beeilte sich hineinzugehen.

Max hängte seine Sachen an der Garderobe auf und drehte sich zu Lena um. Ein unsicheres Lächeln huschte über seine Mundwinkel. Er hatte sich einen Dreitagebart stehen lassen, der ihn noch attraktiver machte.

*Denk nicht mal dran!*, schalt sich Lena. *Er ist mit Isabelle zusammen.* »Was machst du denn hier?«, fragte sie. »Ich meine … Es ist schön … dass du da bist … Ich hatte nur jemand … anderen …« Bevor sie noch mehr herumstotterte, hielt sie lieber erst mal den Mund.

Aus den Augenwinkeln sah sie, wie ihre Freundinnen kichernd den Kopf durch den Küchentürrahmen steckten, was sie noch nervöser machte. Sie hätte ihnen nicht so viel Punsch geben sollen.

Jetzt grinste Max breit und reichte ihr ganz förmlich die Hand. »Darf ich mich vorstellen? Mein Name ist Himmelreich, Maximilian Himmelreich. Stets zu Ihren Zimtstangen-Diensten!«

Lena klappte das Kinn runter. »*Du* bist Tante Thessas und Onkel Nikolaus' Enkel?«

Max nickte.

»Warum hast du das nicht von Anfang an gesagt?«

»Ich wusste nicht, dass ihr in so engem Kontakt steht. Außerdem habe ich dich nicht sofort erkannt«, antwortete er.

»Kein Wunder. Als wir uns das letzte Mal gesehen haben, waren wir schließlich noch Kinder!« Lena zuckte mit den Schultern. »Ehrlich gesagt, bin ich froh, dass du der geheimnisvolle Maximilian bist. Ich hatte schon die Befürchtung, dass ein knochentrockener Notarssohn vor meiner Tür stehen könnte.«

»Damit kann ich dir leider nicht dienen – da hätte Oma dir schon meinen Vater schicken müssen.« Max lachte und sagte dann mit gespieltem Ernst: »Wie ich sehe, habt ihr schon angefangen? Dann sind doch bestimmt schon ein paar Zimtsterne zum Probieren fertig, oder? Ich bin ein hervorragender, ich möchte sogar behaupten: der weltbeste Zimtsterne-Vorkoster!«

Aus der Küche war schon wieder Gekicher zu hören.

Lena versuchte, es zu überspielen, indem sie sich bei Max einhakte und ihn in Richtung Backstube führte. »Wunderbar, ich lege sehr viel Wert auf Ihr geschätztes Urteil, Herr Himmelreich … Beachten Sie meine Assistentinnen bitte nicht.« Lena funkelte Emma und Milla im Vorbeigehen böse an. »Der Punsch ist ihnen offenbar zu Kopf gestiegen!«

»Hallo, die Damen«, grinste Max, und wieder gab es Gekicher zur Antwort.

Lena kochte innerlich vor Wut. Ihre Freundinnen waren nun wirklich zu nichts zu gebrauchen! Anstatt einen kühlen Kopf zu bewahren und ihr in dieser komplizierten Liebesangelegenheit zur Seite zu stehen, führten sie sich auf wie Teenager!

»Hier, die ist für dich.« Lena reichte Max eine Schürze.

Er stand ganz beseelt bei den bereits fertigen Zimtsternen und hatte sich gerade einen in den Mund geschoben. Einen Moment lang schloss er genüsslich die Augen, während er ihn sich auf der Zunge zergehen ließ. Plötzlich aber fing er sich wieder, öffnete die Augen und sagte geschäftig: »Wo sind die Zutaten? Dann zeige ich dir, wie es geht. Oma Thessa hat mich gebeten, dir die Zimtstangen beizubringen. Da ich heute leider nicht viel Zeit habe, starten wir besser gleich.«

»Okay, dann los!« Lena reichte ihm die Zutaten, die im Rezept aufgeführt waren: Mehl, Orangensaft, gemahlene Mandeln, Puderzucker, Eiweiß und vor allem ganz viel Zimt.

Max zeigte Lena das richtige Mischverhältnis, gab die Zutaten in eine große Rührschüssel, und im Nu war der Teig fertig verquirlt. »Wenn wir ihn jetzt für eine halbe

Stunde kaltstellen, quillt das Mehl noch etwas auf, und der Teig wird fester«, erklärte er fachmännisch.

»Aye, aye, Herr Zimtstangenmeister!« Lena salutierte und öffnete die Kühlschranktür.

»Und jetzt … Darf ich bitten?« Max grinste breit und griff nach ihrer Hand.

Lena wusste gar nicht, wie ihr geschah. Im nächsten Moment drehte Max den Lautsprecher lauter, aus dem gerade *All I Want For Christmas Is You* dröhnte, wirbelte sie zu sich und legte mit ihr einen ordentlichen Discofox aufs Küchenparkett.

Emma und Milla klatschten ausgelassen im Takt, tanzten mit und ließen Puderzuckerschnee über sie rieseln.

So glücklich hatte Lena sich zuletzt wahrscheinlich als Kind am Heiligen Abend gefühlt. Sie genoss die Berührung von Max' warmen Händen in ihren, sein warmes Lächeln und die geheimnisvollen Blicke, die er ihr aus seinen strahlenden Augen zuwarf.

Als mit *It's Beginning to Look a Lot Like Christmas* ruhigere Töne durch den Raum klangen, zog Max Lena fast so nah an sich, dass sie seinen Herzschlag spüren konnte. Ihr eigenes Herz klopfte wie nach einem Marathon – nicht nur weil sie völlig aus der Puste war.

Lena versuchte, ihre Unsicherheit mit einem schiefen Grinsen zu überspielen. »Herr Himmelreich, Sie überraschen mich immer wieder! Es steckt ein verdammt guter Tänzer in Ihnen!«

Max lächelte zurück. »Das Kompliment kann ich nur zurückgeben, Fräulein Gewürzzauber! Und nun …«

Lena hob fragend die Augenbrauen: »Ja?« Was kam denn jetzt? Sie hörte das Gekicher von Emma und Milla wie aus weiter Ferne. Was gerade passierte, fühlte sich wundervoll, aber auch unwirklich an. Ja, was passierte hier eigentlich gerade? Er wollte sie doch wohl nicht küssen? Würde sie das auch wollen? Lena hielt die Luft an.

Max machte eine Verschwörermiene und senkte die Stimme zu einem Flüstern: »Jetzt werde ich dich in das Geheimnis einweihen, wie aus unserem Teig Omas Zimtstangen werden.«

»Erst mal gebe ich jetzt eine Runde Mineralwasser aus, bevor wir wieder zum Punsch übergehen.« Lena löste sich zögerlich von Max, füllte vier Gläser und reichte jedem eins.

»Hast du eine Winkelpalette?«, fragte Max.

»Du bist in einer Konditorei, Max. Natürlich hat sie eine!«, tadelte Milla, drehte sich zu Lena und flüsterte: »Was ist das für ein Ding, Lenchen? Du hast so was doch, oder?«

»Das ist eine Art Spachtel zum Verstreichen von Glasur oder Teig«, raunte Lena ihrer Freundin zu, nahm das Utensil aus einer der Schubladen im Einbauschrank und zwinkerte ihr grinsend zu. »Okay, ich denke, ich bin bereit für das Geheimnis.«

Max nickte. »Also schau: Du streichst den Teig zu kleinen dünnen Quadraten auf dem Backblech aus. So … Und jetzt du.«

Als es bei ihr vor lauter Nervosität nicht auf Anhieb klappte, legte er seine Hand auf ihre und führte die Palette mit ihr zusammen. »Und jetzt in den Ofen damit.«

Als er das Blech wenig später wieder herausholte, wickelte er das Teigquadrat – solange es noch heiß war – mit Geschick und Schnelligkeit um einen Holzlöffelstiel und bestäubte es mit so viel Zimt, dass es einer Zimtstange täuschend ähnlich sah.

Während Lenas Himbeerwangen während der Arbeit an den gebackenen Zimtstangen auch ohne zusätzlichen Alkohol glühten, gönnten sich Emma und Milla noch einen Becher Punsch und stachen weitere Sterne aus. Etwas später hatten sie eine ansehnliche Menge Stangen und Sterne fertig.

Plötzlich wurde Max unruhig. »Lena, es tut mir wirklich sehr leid. Ich würde gerne noch etwas bleiben, aber ich muss noch mal in die Redaktion.« Er streifte die Schürze ab, legte sie vorsichtig in ihre Hände und grinste sie entschuldigend an.

»Oh, schon? Zu Isabelle?«

»Ähm, ja … Isabelle wird auch da sein. Ein Abgabetermin«, antwortete Max irritiert. »Bin mir aber sicher, du schaffst die Zimtstangen nun prima allein.«

»Ich hatte ja einen sehr guten Meister!«, sagte sie und versuchte, ihre Enttäuschung mit einem Lächeln zu kaschieren.

Er griff nach seinem Mantel. »Wir sehen uns am Sonntag. Ich freue mich! Tschüss, ihr drei!«, rief er noch und eilte aus der Tür, dass die Glöckchen erschrocken klingelten.

Mit hängenden Schultern starrte Lena auf den leeren Türrahmen. »Hab ich das gerade alles nur geträumt?« Langsam wandte sie den Blick und schaute Emma und Milla an, die verstummt waren und mit offenen Mündern dastanden.

Das Einzige, was Milla spontan zustande brachte, war ein mittelmäßiges *Ähm*, was Lena auch nicht weiterhalf.

Als sie ihre Sprache wiedergefunden hatte, baute Milla sich vor Lena auf. »So, ich habe dich gewarnt: Wenn du es nicht selbst tust, werde ich ihn mir am Sonntag vorknöpfen und ihn zur Rede stellen. Das kann so ja nicht weitergehen!«

Lena schüttelte gedankenverloren den Kopf. »Ich werde aus dem Mann einfach nicht schlau.«

»Mädels, ich fürchte, das bringt uns nicht weiter.« Emma stemmte die Hände in die Hüften. »Wir können uns später noch im Punsch des Mitleids ertränken! Darf ich euch daran erinnern, dass noch fünf Tonnen Plätzchen darauf warten, gebacken zu werden?«

Emma hatte recht. Also nahmen alle noch einen Schluck aus ihren Bechern und drehten die Musik wieder lauter. Stunden später holten sie singend und pfeifend das letzte Blech aus dem Ofen.

»Lena-Süße, komm schon! Meine Schwiegermama macht den leckersten Sauerbraten, dazu Rotkohl und die kleinen süßen Hüpfklöße … Das kannst du dir doch nicht entgehen lassen!« Milla bat und bettelte nun schon seit einer halben Stunde, während sie gemeinsam die Backstube aufräumten.

»Milla, ich habe dich sehr lieb, das weißt du. Aber ich möchte den Heiligen Abend ganz in Ruhe und für mich verbringen. Du weißt doch, wie trubelig es in den letzten Wochen im Lädchen war«, erklärte Lena.

»Ja, aber du gehörst doch quasi zur Familie. Und da du nun mal allein bist …« Milla biss sich auf die Zunge. Sie wollte jetzt offensichtlich nichts sagen, was Lena traurig machen könnte. »Trubel hin oder her, du bräuchtest bei uns auch nichts zu tun, könntest dich gemütlich auf die

Couch setzen und hättest liebe, nette Menschen um dich herum.«

»Genau das möchte ich nicht: Menschen um mich herum haben.« Lena berührte vorsichtig den Arm ihrer Freundin. »Ich möchte einfach mal gar nichts tun und auch niemanden mit meinem Nichtstun belästigen. Einfach allein sein. Kennst du diese ganz besondere Stille am Morgen? Wenn es draußen noch dunkel ist und im Haus so still, dass man ein Blatt fallen hören könnte?«

Milla nickte irritiert.

»Dann kannst du dir vielleicht vorstellen, was ich meine.«

»Du weißt schon, dass das von außen betrachtet ganz stark nach Selbstmitleid und Verdrängung aussieht, oder?« Besorgt blickte Emma sie an.

»Ben bringt auch einen Freund mit. Er sieht gut aus, hat bestimmt auch einen interessanten Job, und er ist auch allein. Das wäre doch ein perfektes –«

Lena ließ Milla nicht ausreden. »Untersteh dich!«, warnte sie sie. »Auch wenn er ein Freund deines Bruders ist: Nicht – schon – wieder!«

Sie seufzte leise. Millas Einladung, die Feiertage mit ihr und ihrer Familie zu verbringen, war unglaublich lieb. Dennoch kam es für sie nicht infrage, sie anzunehmen, auch weil sie befürchtete, in der Situation überfordert zu sein. Außerdem freute sie sich wirklich darauf, nach dem auch für sie anstrengenden Trubel der Adventszeit zur Ruhe zu kommen, einfach mal gar nichts zu tun und wieder zu sich zu finden.

Nachdem sich ihre Freundinnen verabschiedet hatten, ging Lena mit dem warmen Gefühl der Zufriedenheit und zu viel Glühwein im Bauch zum Briefkasten. Sie lächelte, denn der braune Umschlag lag zuvorderst.

Den Brief ihrer Großmutter fest an sich gedrückt, stieg sie die Holzstufen zu ihrer Wohnung empor. Ruprecht hüpfte ihr um die Beine, als sie sich ermattet auf das Sofa plumpsen ließ.

»Na, Puschelchen? Du bist doch bestimmt auch neugierig, was Oma Greta heute wieder schreibt?«

Ja, das war er. Der Eichhorn sprang leichtfüßig mit einem *Tschiep-tschiep-tschiep* neben sie, zitterte aufgeregt mit seinem Puschelschwanz und beobachtete neugierig, wie Lena den Umschlag öffnete und die Karte herauszog.

Die Vorderseite der Karte war heute mit einer wunderschönen Schwarz-Weiß-Zeichnung einer Winterlandschaft mit winzigen Häusern einer kleinen Ortschaft gestaltet. Aus den noch winzigeren Schornsteinen stiegen Rauchfäden auf; darüber wölbte sich ein dunkler Sternenhimmel, in dessen Mitte eine verschnörkelte Neunzehn über alles wachte.

Der Spruch war heute als Zierrahmen um die Zahl geschrieben. Es war ein Gedicht, das Lena Ruprecht laut vorlas:

> *Sterne zu backen,*
> *In den Ofen zu schieben,*
> *Im Innern mit Zimt,*
> *Ist wie sich verlieben.*

*Ob du damit recht hast, Oma? Im Moment zweifle ich ein wenig daran,* dachte Lena und wischte sich eine glitzernde

Träne von der Wange. Dann las sie auch den Rest der Karte.

*Liebes Lenchen,*
*das Alleinsein hat viele Seiten. Es kann helfen, sich selbst wieder wahrzunehmen. Es kann bedrückend, aber gleichzeitig auch beruhigend sein. Es kann dazu führen, dass man sich – war man erst mal allein – für andere öffnen und verlieben kann.*
*In Liebe*
*Oma Greta*

»Puschelchen, Oma hat recht. Es tut manchmal gut, allein zu sein, es ist aber auch schön, jemanden um sich zu haben«, sagte Lena leise. »Die richtige Person zur richtigen Zeit.«

# 20. DEZEMBER

Als Lena an diesem Morgen mit einem heißen Kakao am Frühstückstisch saß und ihre Zeitung las, rutschte ihr ein Flyer in die Hände, der zwischen den Seiten gelegen haben musste. Auf ihm war ein buntes Feuerwerk zu sehen, und die Überschrift *Feuerwerk »to go«!* leuchtete ihr entgegen.

Lenas Neugier war geweckt, und sie betrachtete ihn interessiert. *20. 12., am Alten Golfplatz, 19–21 Uhr,* stand kleiner auf derselben Seite. Die Rückseite hielt weitere Informationen bereit.

An alle Bewohner des Rosenviertels!
Wir laden Sie hiermit herzlich ein,
am Samstag, dem 20. Dezember, um 19 Uhr
zum alten Golfplatz zu kommen.
Wir präsentieren Ihnen in einem brillanten Höhen-
feuerwerk die neusten Feuerwerks-Knaller-Pakete
aus dem Hause Waldemar Blindschläger.
Im Anschluss haben Sie die Möglichkeit, diese für
ein unvergessliches Silvesterfest vorzubestellen.
Nutzen Sie diese einmalige Gelegenheit!
Catering Vervarken sorgt für das leibliche Wohl.

»Puschelchen, was für ein Irrsinn!« Sie legte den Zettel kopfschüttelnd zum Altpapier. »Offenbar reichen heutzutage die Knallfrösche und Raketen nicht mehr, die man im Supermarkt kaufen kann. Heute steht man auf *Knaller-Pakete* zu *Knaller-Preisen*!«

Lena zog eine Grimasse, und Ruprecht tschiepte zustimmend. Heute standen wichtigere Dinge an. Gemeinsam hatten sie gestern Abend tatsächlich geschafft, alles vorzubereiten, was Lena sich für die Adventsfeier vorgenommen hatte. Heute würde sie nach Ladenschluss alles zum *Casablanca* bringen.

☆

Tjure Großherz war ein Hüne von Mann, kräftig gebaut und mit breiten Schultern und erinnerte Lena mit seinem dicken langen Zopf und dem üppigen grau melierten Bart stark an einen alten Wikinger. Einen friedlichen und äußerst hilfsbereiten Wikinger allerdings, denn er trug die hohen Töpfe und die vielen Kisten voller Gebäck und Tonbecher mit Leichtigkeit zu seinem VW-Bus und stapelte sie in den geräumigen Kofferraum. Lena hatte das *Fräulein Gewürzzauber* um zwei Uhr abgeschlossen und wollte nun zum Filmtheater aufbrechen.

»Lieb, dass du mir beim Einladen hilfst.«

»Kein Problem! Für nette Nachbarn mache ich das gern. Weißt du doch!«

Lena, Emma und Milla hatten sich nach dem Aufräumen noch die Mühe gemacht, Plätzchen, Zimtstangen und Glühweinbonbons in Tüten abzufüllen, um sie bei der Feier gegen eine Spende für das Filmtheater zu ver-

kaufen. Auch sie lagen nun im Fond des kleinen Liefer-
wagens.

Sie brauchte über die verschneiten Straßen etwa
zwanzig Minuten, um zum Filmtheater zu kommen.
Zum Glück war direkt davor ein Parkplatz frei, auf dem
sie den Wagen abstellen konnte. Lena stieg aus und sah
an der grauen Sandsteinfassade empor. Das *Casablanca*
war schon von außen beeindruckend. Das alte Stadthaus erstreckte sich über drei Hausnummern und über
zwei Stockwerke. Eine halbrunde Treppe führte zum
Eingangsportal. Steinsäulen rechts und links der Stufen
trugen ein dreieckiges Dach, in dessen Mitte eine goldene Sonne mit ihrem breiten Strahlenkranz prangte.
Darunter war in geschwungenen Lettern *Casablanca*
zu lesen. Erst wenn man näher kam, sah man, dass der
Zahn der Zeit schon kräftig an den Puttenreliefs neben der Sonne und an den Fenstereinfassungen genagt
hatte.

Lena seufzte. Hoffentlich schafften sie es, genügend
Unterschriften und Geld zu sammeln, um die Schließung zu verhindern. Als sie einen Moment später im
Foyer stand, fielen die Zweifel jedoch mehr und mehr
von ihr ab und wichen grenzenloser Vorfreude auf ein
wundervolles Ereignis.

Hier drinnen waren die Vorbereitungen bereits im
vollen Gange. Lena sah sich staunend um.

Über der dunklen Holzvertäfelung mit dezenten Re-
liefs hingen alte Filmplakate und Werbung für die ak-
tuellsten Kinostreifen auf einer goldenen, mit floralen
Mustern verzierten Stofftapete. Davor stellten zwei junge
Männer gerade ein großes, in ebenso prunkvollem De-

sign gehaltenes Drehrad für eine Tombola auf. Einige Gesichter erkannte Lena sogar, wie zum Beispiel Frau Zierstich, die Schneiderin, oder die langjährigen Angestellten des Kinos, die mit der Dekoration des großen Weihnachtsbaums beschäftigt waren, der neben der Popcorn-Bar aufgebaut worden war.

Nie im Leben hätte Lena mit so vielen fleißigen Helfern gerechnet. Alle liefen mit reich bepackten Armen hin und her, um das Foyer weihnachtlich zu schmücken.

»Lena, wie schön, dass du da bist!« Bille kam ihr aufgeregt entgegen und nahm sie an den Händen. »Ich freue mich ja so! Sieh nur die vielen Leute! Einige haben im Viertel ein Geschäft und steuern Gewinne für die Tombola bei. Fleur Farfalla von *Die Blume* hat sich um die Tannendekoration bemüht und Girlanden und Kränze aufgehängt! Schau mal, wie schön das geworden ist! Die ältere Dame dahinten hat mit einigen Freundinnen viele schöne Dinge gebastelt, die sie für das *Casablanca* verkaufen wollen.«

Lena war überwältigt. Von der Herzensgüte der Menschen und ihrer Tatkraft. Um sie herum wuselte es wie in einem Bienenstock.

»Komm!« Bille zog Lena am Ärmel mit sich. »Bevor wir dir ausladen helfen, führe ich dich erst mal herum.«

Sie wichen einigen Helfern aus, die Stehtische im Foyer aufbauten, und gingen zunächst zum Kinosaal 1, dem größten Saal des Filmtheaters. Durch eine schwarze Holztür tauchten sie in eine Welt, die aus vergangenen Zeiten zu kommen schien: Nostalgie in Rot-Gold, genau der Stil, der Lenas Herz höherschlagen ließ. Rote Samtvorhänge an den Wänden umrahmten den Saal; die an ihm befestigten Lichterketten tauchten ihn in ein angenehmes Dämmerlicht.

Von der Bühne drangen die rhythmischen Klänge eines Schlagzeugs zu Lena und Bille. Dort probte gerade eine Schülerband für ihren Auftritt. Der weitläufige Raum davor war zu einem Marktplatz umfunktioniert worden. Kleine Stände waren in einem sich zur Bühne hin öffnenden Halbkreis aufgebaut, ihre grünen Stoffdächer fielen nach vorne ab und waren mit Tannengirlanden geschmückt, von denen kleine Lämpchen wie Eiszapfen herabhingen.

Als sie und Bille näher kamen, entdeckte Lena in den Gängen und rechts und links der Bühne verschnörkelte gusseiserne Straßenlaternen, die mit Kränzen und dicken roten Schleifen geschmückt waren und ihren Schein auf den roten Teppichboden warfen. Lena fühlte sich wie in einem Dickens-Märchen. Sie wusste gar nicht, wo sie zuerst hinschauen sollte. Ein Glücksflummi hüpfte in ihrem Bauch auf und ab, und eine wohlige Wärme breitete sich in ihr aus.

»Diesen Stand habe ich für dich reserviert«, verkündete Bille und zeigte auf ein noch herrenloses Büdchen, das ein wenig breiter als die anderen und auf dessen Theke bereits eine Kochplatte installiert worden war.

»Vielen Dank!« Lena herzte Bille freudig.

»Matthi! Maaathiii!«, rief Bille unvermittelt, und tatsächlich kam er wenig später angeschlurft.

Am liebsten hätte Lena sich unter der nächsten Sitzreihe verkrochen. Sie hatte ihn seit ihrem missglückten Blind Date weder gehört noch gesehen noch sich nach seinem Gesundheitszustand erkundigt.

Heute sah Matthis Frisur noch wuscheliger aus. »Hey, Lena!«, grüßte er.

»Hi, Matthi! Geht's dir wieder besser?«

»Joa, passt schon. War 'ne echt scharfe Nummer, was?« Matthi lachte grunzend.

Bille hob die Augenbrauen und musste sich ein Grinsen verkneifen.

Lena hoffte inständig, dass sie wusste, dass er das Essen gemeint hatte, und ging schnell zu einem anderen Thema über: »Wäre super, wenn du mir beim Ausladen helfen könntest.«

Matthi nickte. »Klaro.«

»Da ist ja auch Jojo!«, rief Bille und winkte einem schlaksigen jungen Mann mit Nickelbrille und Justin-Bieber-Frisur zu. »Darf ich dir Lena vorstellen? Lena Sonnenschein vom *Fräulein Gewürzzauber*.«

»Oh, hallo! Endlich kann ich mich persönlich bedanken. Diese Adventsfeier ist eine grandiose Idee! Ich bin völlig aus dem Häuschen!« Jonathan strahlte übers ganze Gesicht, während er Lena kräftig die Hand schüttelte.

Da alle mit anpackten, hatten sie das *Kleine Fräulein Gewürzzauber* im Nu mit allem bestückt, was Lena für morgen brauchte. Zuletzt brachte sie noch handgeschriebene Schildchen an, auf denen sie die Namen der Süßwaren in geschnörkelten Buchstaben vermerkt hatte.

»Darf ich kurz um eure Aufmerksamkeit bitten?« Jonathan Diamond räusperte sich. Er stand auf der Bühne vor dem Mikrofon und lächelte ein wenig unsicher. Solche Auftritte vor großem Publikum schien er nicht gewohnt zu sein. »Zunächst möchte ich mich bei euch allen für die tatkräftige Mithilfe und Unterstützung bedanken, die dem *Casablanca* auf unterschiedlichste Art zuteilwird. Was wir hier heute gemeinsam geschaffen haben, lässt mich hoffen, dass der Tag morgen für die Zukunft des Filmtheaters ein voller Erfolg wird!«

Seine Worte brachten ihm begeisterten Beifall von allen Seiten.

»Wie ihr heute Morgen vielleicht ebenfalls durch eine Wurfpost erfahren habt, findet heute Abend am alten Golfplatz eine Werbeaktion eines niederländischen Feuerwerkvertriebs statt. Was haltet ihr davon, wenn wir uns dieses Leuchtspektakel als Abschluss und Belohnung für diesen arbeitsreichen Tag gemeinsam anschauen?«

Wieder wurde ausgelassen geklatscht, und ein aufgeregtes Gemurmel setzte ein.

»Dann sehen wir uns gleich dort! Vielen Dank.«

Lena applaudierte ebenfalls und schmunzelte in sich hinein. Dann hatte die für ihren Geschmack sinnfreie Veranstaltung ja doch noch ihr Gutes!

☆

Letzte kleine Handgriffe wurden getan, und dann waren die Vorbereitungen für die Adventsfeier erledigt. Um halb sieben löschte Jonathan Diamond die Lichter im Filmtheater und machte sich zusammen mit den Helfern auf den Weg zum alten Golfplatz.

Am Eingang zur *Driving Range* drückte eine zierliche Holländerin mit Pudelmütze Lena einen Zettel mit einer Liste in die Hand. »*Dit is de prijslist. Voor als je het vuurwerk wilt bestellen.*«

201

Als Lena sie fragend ansah, weil sie kein Wort verstanden hatte, versuchte die Frau es noch einmal: »*Prijslist?*«

Lena schüttelte den Kopf.

»*Wat de raketten kosten.*«

»Ah, danke.« Das hatte Lena verstanden.

Sie nickte höflich und ließ sich vom Strom der Menschenmassen auf eine weite Grasfläche mitreißen. Der vordere Teil bei der Abschlagshütte, in dem sie sich aufhalten durften, war mit rot-weißem Flatterband abgesperrt. Dahinter öffnete sich eine Wiese, deren Ausmaße jetzt im Dunkeln kaum zu erahnen waren und auf der in sicherem Abstand zu den Zuschauern eine Abschussrampe installiert war.

Aus dem Megafon quäkte eine Frauenstimme, die in gebrochenem Deutsch die Gäste begrüßte und die Veranstaltung eröffnete.

»Hast du dir mal die Liste angesehen?« Bille hielt Lena den weißen Zettel unter die Nase. »Heute dreißig Prozent auf alles – aber die Preise sind trotzdem noch unverschämt!« Sie verdrehte die Augen.

»Möchtet ihr etwas trinken?«

Lena nickte. »Gern ein Wasser.«

»Radler«, orderte Bille, und Matthi verschwand in der Menschenmasse.

*Nett von ihm*, dachte Lena.

Dann ging es los.

»Nummer eins auf Ihre Liste ist *Spinning Flowers* mit die vierteen Shots!«, quäkte die Frauenstimme.

Viele der Zuschauer um Lena herum hielten ihre Handys in die Luft, um jede Rakete zu filmen, und starrten gebannt ins Display. Andere hatten professionelle Kameras auf Stativen befestigt, um dieses einmalige Erlebnis festzuhalten. Lena schüttelte den Kopf. Das war wirklich völlig verrückt!

»Schau mal, Lena, die haben tatsächlich alle Namen!« Kichernd zeigte Bille auf die Liste der Raketen-Pakete.

Bei Nummer sechs konnten sie sich nicht mehr zurückhalten und lachten lauthals los, als die Quäkestimme verkündete: »Jetzt die Nummer sechs: *Happy Climax* mit funfteen Shots! Danach *I Like It Baby* mit die twintich Shots!«

Nun gab es auch in der Gruppe um Jonathan Diamond kein Halten mehr. Alle zückten laut lachend die Bestelllisten und lasen amüsiert die Namen der Raketenpakete. Jeder hatte seinen Favoriten, und wenn die Frauenstimme den Namen dann mit ihrem charmanten holländischen Akzent aussprach, war die Freude noch einmal größer.

»Stell dir vor, das hier ist nur für dich, Jojo!« Bille lächelte ihn verschmitzt an.

»Das wäre wunderbar! Ach, Bille, was würde ich nur ohne dich machen?« Jonathan legte einen Arm um ihre Schulter und schaute selig in den bunten Glitzerhimmel.

Lena grinste. Bahnte sich da etwa eine wundervolle Liebesgeschichte an? Es wäre zumindest ein romantischer Anfang, hier unter dem Sternenhimmel.

☆

Als Lena endlich mit eingefrorenen Zehen nach Hause kam, freute sie sich auf einen heißen Kakao und den Brief ihrer Großmutter.

Sie setzte sich an den Küchentisch und besah sich im gemütlichen Licht der bauchigen Kerzen den Umschlag. Das Glanzpapier zeigte heute eine gusseiserne Straßenlaterne mit einem grünen Kranz im Dunkeln, um die der Schnee rieselte. Das Kärtchen war ähnlich aufgemacht. Im Hintergrund war eine englische Häuserzeile mit Fassaden aus dem 19. Jahrhundert zu sehen. Auch neben der geschwungenen Zwanzig standen die für die Zeit typischen schwarz lackierten Laternen.

Lena schmunzelte. Das passte ja wieder hervorragend zu ihrem Tag. Sie las den Spruch: *Schokolade steht am Anfang des Handelns, Glück am Ende.* Und wieder huschte ein Lächeln über ihr Gesicht. »Es ist eher Zimt, liebe Oma. Aber nah dran!«

Dann drehte sie die Karte um.

*Liebes Lenchen,*
*lasse die wesentlichen Dinge vor lauter Vorfreude nicht*
*aus den Augen. Fokussiere Dich, und Du wirst am Ende*
*umso glücklicher über das sein, was Du erreicht hast.*
*In Liebe*
*Oma Greta*

»Das werde ich versuchen. Danke, Oma!« Lena legte die Karte lächelnd auf den Tisch und nahm einen Schluck Kakao.

# 21. DEZEMBER

Heute war der vierte Advent. Der Tag der großen Spendenaktion war gekommen.

Von Minute zu Minute stieg Lenas Nervosität. Der heutige Tag würde entscheiden, ob das *Casablanca* als Filmtheater überleben oder in eine Shoppingmeile umfunktioniert werden würde – und sie würde Max wiedersehen. Nach der musicalreifen Tanzeinlage und dem romantischen Zimtstangenbacken, bei dem die Funken nur so durch ihre Backküche geflogen waren, fragte Lena sich, wie sie sich heute wohl begegnen würden. Würde er genauso offen und vor Energie sprühend sein? Oder würde ihr Zusammentreffen eher zurückhaltend und kühl ablaufen, weil seine Freundin dabei sein würde?

*Natürlich wird Isabelle dabei sein.* Lena schüttelte unwillig den Kopf. Warum machte sie sich überhaupt Hoffnungen? *Lena, konzentriere dich auf die wichtigen Dinge des Lebens, so wie es gestern in Oma Gretas Nachricht stand!*, ermahnte sie sich.

Also wieder zurück zur bevorstehenden Adventsfeier. Emma und Milla hatten versprochen, ihr beim Ausschank und Verkauf am Stand zu helfen. Doch davor musste sie noch ein anderes Problem lösen.

»Puschelchen, was ziehe ich bloß an?« Lena stand vor ihrem Kleiderschrank und schaute hinein, ohne wirklich hineinzusehen. Ihre Gedanken schweiften immer wieder zu einem gewissen Fotografen mit einem äußerst anregenden Duft und mehr Charme, als ihr lieb war.

Ruprecht flitzte ins Zimmer, hüpfte um ihre Beine und tapste dann in den Schrank hinein, um ihn zu erkunden. Zielstrebig setzte er sich auf eine breite, flache Pappkiste.

»Aber natürlich, wie recht du hast! Das Weihnachtselfenkostüm von Oma Greta!« Aufgeregt stupste sie das Eichhörnchen von der Schachtel und überging sein empörtes Keckern. Ganz vorsichtig, als könnte ihr gleich etwas entgegenspringen, öffnete sie den Deckel. Doch es kamen nur die Erinnerungen an die vielen schönen Adventsfeiern im *Fräulein Gewürzzauber* hervor, bei denen Oma Greta die Elfe und Onkel Nikolaus den Weihnachtsmann gemimt hatten.

Das Kostüm bestand aus einem kurzen rosafarbenen Rüschenrock und einer hüftbetonten Mischung aus Jacke und Minikleid in Hellgrün mit zwei großen pinken Knöpfen und langen Ärmeln. Eine halblange Perücke in Pastellrosa, zwei spitze Gummiohren und ein geringelter grüner Zipfelhut dienten als Kopfschmuck. Die pinkweiße Ringelstrumpfhose steckte in zierlichen grünen Galoschen, deren vordere Spitze sich nach oben bog. Eine große grün-pinke Kringelei also, aber Lena gefiel es, und sie zog das Kostüm direkt an. Zuletzt noch die Wangen himbeerrosa schminken – und fertig war die Weihnachtselfe!

Kaum war das erledigt, kam ihr noch eine weitere

grandios weihnachtliche Idee, und sie spurtete zum Telefon.

Das Freizeichen erklang, und bald darauf meldete sich die tiefe Stimme von Nikolaus Himmelreich. »Hallo, Lena! Wie geht es dir?«

»Gut, so weit!«, antwortete Lena knapp und sprudelte dann heraus, »Onkel Nikolaus, hast du noch das alte Weihnachtsmannkostüm?«

»Das alte ... Ja, das haben wir noch auf dem Speicher. Aber wieso ...?«

»Dann bist du für die Adventsfeier im *Casablanca* als Weihnachtsmann engagiert!«

Nikolaus Himmelreich lachte herzlich, stimmte ihrem Vorschlag aber bereitwillig zu. Seine einzige Bedingung war, dass Thessa als seine Weihnachtsmann-Frau mitkommen durfte.

☆

Kurze Zeit später stand Lena in geringelten Strumpfhosen mit einer dampfenden Tasse Ingwertee am Fenster ihrer gemütlichen Küche und war sehr glücklich über den Ausgang ihres Telefonats. Sie hatte eine diebische Freude daran, sich auszumalen, wie Jojo, Bille und die anderen gucken würden, wenn eine Elfe mitsamt Weihnachtsmann und Frau auftauchen würde. Außerdem empfand sie große Dankbarkeit für den Umstand, dass sie den heutigen Tag drinnen verbringen durfte. Im Laufe des Morgens hatten sich nämlich erneut graue Wolken aufgetürmt, und nun kam zudem ein kräftiger Wind auf, der kleine Eiskristalle durch die Luft wirbelte. Die

Baumwipfel bogen sich bedrohlich gen Boden, und die dick eingemummten Figuren auf dem Gehsteig hatten Mühe, im tiefen Schnee gegen den Sturm anzukämpfen.

Hoffentlich kam sie nachher noch sicher ins *Casablanca*! Aber der Gedanke daran, dass ihr Nachbar sie mitnehmen würde, beruhigte Lena direkt wieder.

☆

Pünktlich um ein Uhr klingelte Tjure Großherz. Er hatte nicht nur angeboten, Lena zum *Casablanca* zu fahren, er freute sich auch, selbst an der Feier teilzunehmen. Durch das stürmische Wetter kamen sie mit etwas Verspätung an, doch umso größer war das Hallo, mit dem sie empfangen wurden. Mit einer echten Weihnachtselfe hatte wohl niemand gerechnet. Als Lena dann auch noch ankündigte, dass der Weihnachtsmann ebenfalls auf dem Weg zum Filmtheater sei, waren alle schier aus dem Häuschen.

Milla lachte. »Lena-Süße, da hast du dich ja mal wieder richtig in Schale geschmissen!«

»Wartet mal ab, für euch habe ich ganz besondere Accessoires mitgebracht!« Lena grinste und zog zwei Paar Hängeohrringe aus ihrer Handtasche: grüne und rote glänzende Christbaumkugeln.

»Wie hübsch! Danke!«, freute sich Emma. »Das passt wunderbar! Jojo hat uns schon diese Ilex-Anstecker mit unseren Namen gegeben. Aber jetzt sag, wie wir dir helfen können.«

»Dann kommt mal mit!« Lena winkte ihre Freundinnen, ihr zu folgen. Die beiden machten große Augen, als sie den weihnachtlich geschmückten Saal betraten. Wie Lena gestern kamen sie gar nicht aus dem Staunen raus.

Lena erklärte ihnen, wo sich was befand, zeigte ihnen, wie die Kochplatte für den Glühwein funktionierte und wo der Schlüssel für die Kasse war. Mit viel Eifer machten sich die beiden an die Arbeit, füllten den großen Topf mit Glühwein und stellten auf die Ablage daneben einige Tonbecher.

Zufrieden lächelnd schloss Lena für einen Moment die Augen. Ihr Spürnäschen schnupperte die wunderbarsten Weihnachtsgerüche, sodass ihre Nasenspitze kribbelte: Nelken, Orange, Zimt, ein Hauch von Anis … Da! Die süßeste Zuckerwatte der Welt! Es war jedoch der herbe Duft frisch gerösteter Maronen, der sie besonders in seinen Bann zog. Plötzlich fiel ihr ein, dass in ihrer Backküche ja noch ein Gewürzschatz auf seinen Einsatz wartete. Vor ihrem inneren Auge sah sie schon ihren neusten Backstreich – Schokoladen-Maronen-Küchlein mit Tonkabohnen – auf ihrem Verkaufstresen stehen.

Sie seufzte. Jetzt fehlte nur noch Max, damit alles perfekt war.

Plötzlich sauste Bille aufgeregt den Gang zu ihr herunter. »Es warten schon mindestens hundert Leute draußen!« Auch sie hatte sich heute herausgeputzt: Ihr normalerweise buntes Make-up war glitzerndem Lidschatten gewichen, und ein funkelnder und ebenso goldener Paillettenpullover ließen sie schon von Weitem wie ein ganz besonderes Weihnachtspäckchen erstrahlen. Matthi kam in seiner bekannten Gemächlichkeit hinterher.

Lena lächelte den Geschwistern zu. »Hi, Bille! Hi, Matthi!«

»Ach, hallo, Lena! Entschuldige, ich habe dich erst gar nicht erkannt. Ich bin so aufgeregt!«, japste Bille und schnappte nach Luft.

Matthi hob nur kurz die Hand und grinste schief.

Lena musste ihm zugestehen, dass er heute für seine Verhältnisse recht attraktiv aussah. Jegliches Blech aus seinem Gesicht war verschwunden. Er trug die lockigen Haare zu einem festen Zopf gebunden und war frisch rasiert. Aus dem V-Ausschnitt seines dunkelblauen Feinstrickpullovers lugte ein hellblauer Hemdkragen hervor, und seine Beine steckten in engen Jeans.

»Ich lauf wieder zum Eingang und sehe zu, dass am Einlass alles klappt.« Bille zwinkerte Lena zu und war sogleich verschwunden.

Was sollte das denn bitte bedeuten? Nun stand sie mit Matthi da und wusste wieder nicht, über was sie sich mit ihm unterhalten sollte.

»Das Kostüm ist nice.«

Lena sah erstaunt auf. Hatte ihr Matthi gerade ein Kompliment gemacht? »Danke … ist von meiner Oma.«

»Cool.«

Schweigend standen sie einander einen Moment lang gegenüber. Dann rettete Lena ein herzliches »Lena, Hohoho!«. Eine warme Bassstimme lachte hinter ihr. »Da werden aber Erinnerungen wach! Das Kostüm steht dir genauso gut wie deiner Großmutter – wenn nicht noch besser!«

Nikolaus Himmelreich nahm Lena freudestrahlend in die Arme. Er war wie versprochen in voller Weihnachtsmann-Montur gekommen. Ein breiter schwarzer Ledergürtel hielt das dicke Kissen unter seinem Mantel in Position. An seiner mit weißem Fell besetzten Mütze steckte ein Ilex-Zweig mit hübschen roten Beeren. Er passte perfekt zur nostalgischen Kulisse.

»Liebes, du siehst wundervoll aus, da hat Nikolaus recht«, lobte auch Tante Thessa ihr Kostüm und herzte Lena. Sie war in ein altertümliches Kleid mit feiner weißer Rüschenbluse und rot-grüner Schürze gewandet. Ihr Haar trug sie in einem großen Dutt, sie hatte sich die Wangen rosarot gefärbt und grinste vergnügt über ihre kleine Brille mit sternförmigen Gläsern. »War Maximilian eigentlich bei dir, um dir mit den Zimtstangen zu helfen?«

»Oh ja, das war er, und das hat er!«, strahlte Lena. »Seht und probiert, was wir gezaubert haben!« Sie reichte den beiden die Zimtstangen. »Und stellt euch vor: Es hat sich herausgestellt, dass wir uns bereits kannten!«

Ein Lächeln huschte über Thessa Himmelreichs Gesicht. Gleichzeitig erklang über die Lautsprecher ein Räuspern. Erst jetzt fiel Lena auf, dass sich der Saal gefüllt hatte. Unzählige Besucher drängten sich auf dem kleinen Markt zwischen den Ständen, in den Gängen und verteilten sich gerade auf die Sitzreihen.

Auf der Bühne am Mikrofon stand Jonathan Diamond. Wie am Abend zuvor wirkte er ein wenig unsicher, aber glücklich. Eine goldene achteckige Brille thronte auf seiner Himmelfahrtsnase. Er trug einen vollkommen aus der Mode gekommenen gestreiften Frack und dazu schwarze Lackschuhe.

»Verehrte Gäste, mein Name ist Jonathan Diamond, und ich möchte Sie herzlich willkommen heißen zu

211

unserer kleinen Adventsfeier hier im wundervollen Filmtheater *Casablanca*!«, eröffnete er seine Rede und verbeugte sich leicht, als ein noch etwas schüchterner Beifall erklang. »Es geht heute um Folgendes …« In kurzen Worten berichtete er von den drohenden Umbauplänen und der prekären Finanzlage des Kinos. »Und darum haben wir diesen genau wie das Kino ein wenig aus der Zeit entrückten kleinen Weihnachtsmarkt für Sie auf die Beine gestellt und hoffen, dass wir als Bürger des Rosenviertels zusammen einen unvergesslichen vierten Advent erleben werden und dabei diesen magischen Ort retten können. Es soll gegessen, getrunken, getanzt, gesungen und gelacht werden! Also, fangen Sie an damit!«

Jonathans letzte Worte gingen bereits in stürmischem Beifall unter. Und als die Band das erste Weihnachtslied anstimmte, waren bereits alle in Feierlaune.

Nikolaus und Thessa Himmelreich gingen herum, machten Fotos mit den Kindern und nahmen sogar deren Wunschzettel entgegen.

Lena schnappte sich ein Körbchen und wanderte im Saal herum, um ihre Zimtsterne, Plätzchen und Zimtstangen zu verkaufen. Als sie so durch den großen Raum schlenderte und die vielen glücklichen Menschen sah, spürte sie mit einem Mal einen großen Stolz. Viele unbekannte, aber auch aus dem *Fräulein Gewürzzauber* bekannte Gesichter waren unter den Besuchern, auch Pfarrerin von Singen und Eugenie Spitzbub, die vor lauter Freude mit Luftküsschen nur so um sich warf, als sie Lena in ihrem Kostüm entdeckte.

»Ach, zuckersüß! Zuckersüß! Das ist ja kaum zu glauben!«, rief sie immer wieder.

Charlotte und Daniel waren ebenfalls gekommen. Sie erzählten Lena, wie gut sich Fräulein Frieda inzwischen von ihrem Horrortrip im Wald erholt hatte und überreichten ihr als Dank für ihre Hilfe ein Päckchen mit fühlbar weichem Inhalt, das Lena freudestrahlend entgegennahm. Im Gegenzug bot sie den beiden ein Glas Punsch an.

Für Herrn Bonifazius, der auch gern zum Gelingen des Nachmittags hatte beitragen wollen, hatte Jonathan Diamond kurzerhand einen alten Ohrensessel mit grün kariertem Überzug organisiert. Nun saß er in einer Ecke des Saals und spielte umringt von Kindern den Märchen-Opa.

»Ihr müsst wissen, die Süßwasserschildkröten stehen unter Naturschutz. Das heißt, es gibt nur noch ganz wenige von ihnen. Deswegen war es damals etwas ganz Besonderes, als wir beobachten konnten, wie Hunderte dieser kleinen Gesellen am breiten Strand des gefährlichen Amazonas schlüpften und zum Wasser krabbelten …« Die Kinder hingen gebannt an seinen Lippen, als der alte Mann mit seiner tiefen beruhigenden Stimme seine Geschichten erzählte.

Lena schmunzelte und ging weiter. Sie sah sogar den jungen Mann, den sie in Sachen Liebeskummer in ihrem Lädchen beraten hatte, und musste lächeln. Denn er war mit einer jungen Frau da, die er liebevoll in den Armen hielt.

Plötzlich strich ein Duft von Zimt und Honig über ihre Haut, und Lena wusste, dass er endlich da war: ihr Zimtstern-Adventsmann!

Einen Augenblick später trat Max lächelnd auf sie zu.

Er trug ein dunkelblaues Jackett mit hellen Nähten, dazu eine enge Jeans aus einem feinen melierten Stoff und hellbraune Lederschuhe. Der Dreitagebart machte sein sportlich-elegantes Auftreten perfekt und reichlich sexy. *Er sieht heute noch einmal mehr zum Anbeißen aus*, dachte Lena und spürte, dass ihre Himbeerwangen bei diesem Gedanken einen dunkleren Ton annahmen.

»Hallo, Lena! Oder wie heißt du heute? Haben Weihnachtselfen Namen?« Max machte ein irritiert-nachdenkliches Gesicht.

Lena kicherte. »Hallo, Max! Darüber habe ich ehrlich gesagt noch nicht nachgedacht. Wie wäre es mit Holly?«

»Ja, das würde passen.« Er nickte. »Steht dir fantastisch.«

Jetzt glühten Lenas Wangen regelrecht, und ihre Hände wurden vor lauter Aufregung so feucht, dass sie auf einmal Schwierigkeiten hatte, das Körbchen festzuhalten. Also hängte sie es kurzerhand über ihren Unterarm. Dabei fiel ihr Blick auf das Päckchen, das Max unter dem Arm trug. »Oh, du hast Charlotte und Daniel auch schon getroffen?«, fragte sie.

»Ja, gerade eben! Sie haben sich bedankt. Du hast auch eins bekommen?«

Lena lächelte und nickte. Vielleicht sollte sie nicht ganz so viel lächeln. Nachher sah sie noch aus wie ein Teenager bei einem Popkonzert. Das wäre peinlich.

»Ich habe auch noch etwas für dich.«

Überrascht sah Lena zu, wie Max etwas unter dem Paket hervorzog. Es war die neuste Ausgabe des Backmagazins *Puderzauber*!

»Die Fotostrecke! Ist sie da drin?« Sie blätterte aufgeregt, bis sie die richtigen Seiten fand. Wieder überwältigten sie die Gefühle, und sie umarmte Max überschwänglich. »Danke! Danke!«

»Es ist ab morgen früh im gut sortierten Zeitschriftenhandel erhältlich«, erklärte er fachmännisch und überlegte kurz. »Das heißt wohl auch, dass ich diesen Nachmittag mit dir noch genießen muss.«

Jetzt war Lena irritiert.

»Na, ab morgen bist du berühmt! Die Leute werden in Scharen zu deinem Laden pilgern. Du wirst keine Zeit mehr für kleine Reporter wie mich haben.«

Lena lachte herzlich. »Also, zum einen glaube ich kaum, dass ein Magazinbeitrag so viel Aufsehen erregt –«

»Es ist nicht nur eine Zeitschrift, das ist *das* Backmagazin schlechthin! Es ist ein *Lebensgefühl*!«, warf Max ein.

»Und außerdem«, fuhr sie fort, »werde ich für dich immer Zeit haben.«

Die Worte waren ihr einfach so aus dem Mund gepurzelt. Sie und Max standen einander gegenüber und sahen sich an. Seine Augen waren grün wie Smaragde, und um seine Iris zog sich ein goldbrauner Ring. In seinem Blick war viel Wärme und etwas Geheimnisvolles, das Lena nicht deuten konnte.

»Hier, die sind für dich … Du brauchst doch sicher wieder Nachschub …« Ohne das Gesicht von ihm abzuwenden, griff sie in das Körbchen und reichte ihm ein Tütchen Zimtsterne.

»Ja … Du hast recht … Woher wusstest du …? Danke, das ist lieb von dir!«

Stotterte er etwa ein bisschen? Wie süß! Lena starrte ihn wie gebannt an.

»Lena, ich … muss dir etwas sagen …«

Doch bevor er sagen konnte, was er sagen wollte, stand Emma auf einmal neben ihr und raunte ihr zu: »Du musst uns Matthi vom Hals schaffen, Lena! Er lässt sich schon seit geraumer Zeit vollllaufen und …«

*Was für ein Timing! Du zerstörst gerade den schönsten Moment, den ich je mit Max hatte!*, fluchte Lena innerlich. *Vielen Dank, Emma!* Sie seufzte. Dass Matthi betrunken sicher noch schwieriger als sonst war, musste Emma ihr nicht erklären.

»Bitte entschuldige mich kurz! Ich komme so schnell wie möglich zurück und höre mir an, was du mir sagen wolltest«, sagte sie knapp, lächelte Max entschuldigend an und machte sich im nächsten Moment auf den Weg zu ihrem Verkaufsstand.

Schon von Weitem sah sie Matthi, der leicht wankend danebenstand, in einer Hand die Keramiktasse voller Punsch, mit der anderen nach der Bühne tastend, die aber einen Meter entfernt war. Wäre Lena nicht schnell hingespurtet und hätte sie nicht seine Hand ergriffen, hätte er kurz darauf alles auf dem Boden verteilt.

»Mensch, Matthi!«, ranzte sie ihn unwirsch an. »Komm mit!«

»Hallo, Lena-Maus!«, säuselte er.

»Ich bin nicht deine Lena-Maus!«, presste sie hervor, nahm ihm die Tasse ab und legte sich seinen Arm um die Schultern. So zog sie ihn mit sich an der Bühne vorbei.

»Tschau, Mädels! Warschönmideuch!«, lallte er noch über die Schulter.

*Mann, ist der schwer*, dachte Lena und keuchte. Sie wollte ihn erst einmal auf einen Sitz am Rand verfrachten und dann Bille suchen, damit die ihren Bruder nach Hause brachte.

Rechts neben der Bühne, halb unter den Arkaden, die den Saal zu beiden Seiten säumten, tummelten sich schon einige Besucher auf der Tanzfläche. Die Band spielte *Jingle Bell Rock*, als Lena versuchte, sich zwischen ihnen hindurchzuschlängeln, was mit einem betrunkenen Neandertaler im Schlepptau nicht gerade leicht war.

»Komm, Lena-Maus! Lass uns tannssen!« Matthi zog sie fest an sich, wankte mit grobmotorischen Bewegungen hin und her, nahm dann ihre Hände und drehte sich mit ihr herum. Da sie sich nicht aus seinem Klammergriff lösen konnte, versuchte Lena verzweifelt, zumindest die Leute um sie herum zu beschwichtigen, wenn Matthi wieder einmal jemanden angerempelt hatte oder jemandem auf die Füße gestiegen war.

In einer Drehung sah Lena plötzlich etwas, was ihr Herz stolpern ließ: Am unteren Ende des Ganges, dort, wo der Markt begann, standen Isabelle und Max. Sie redeten erst miteinander. Bei der nächsten Drehung strich er ihr eine Strähne aus dem Gesicht, und in der nächsten hielt er sie im Arm!

Als Lena ihn so vertraut mit Isabelle sah, gefror ihr das Blut in den Adern. Für einen Moment hielt sie in der Bewegung inne, und die Welt verschwamm vor ihren Augen.

Dann passierte mehreres gleichzeitig: Max schaute zufällig zu Lena und Matthi herüber. Matthi zeigte nach oben und grunzte amüsiert: »Jo-ho, Lena! Ein Mistelzweig!« Und Lena nutzte diese Sekunde, zog Matthi an sich und verpasste ihm einen Schmatzer auf den Mund, um ihn dann verdattert stehen zu lassen.

Wie Max darauf reagierte, war ihr völlig egal. Da Matthi deutlich zu viel getrunken hatte, hoffte sie inständig, er würde morgen einen Filmriss haben, der diesen Moment in einem schwarzen Nichts verschwinden ließ.

Lena lief die Treppe hinauf zur Galerie. Hier oben war sie endlich allein mit der Wut, die in ihr kochte. Auf Max, weil er mit ihr flirtete, obwohl er mit Isabelle zusammen war. Auf die Band, die gerade *Have Yourself a Merry Little Christmas* spielte. Und auf sich selbst, weil sie so blauäugig gewesen war.

Erst dann kam ihr der Gedanke, dass sie gar nicht besser war als er. Sie selbst hatte sich Matthi gegenüber auch nicht fair und ehrlich verhalten. Das machte den Wutkloß in ihrem Bauch noch größer.

Plötzlich gingen ihr der Spruch auf der gestrigen Karte und die Worte ihrer Großmutter wieder durch den Sinn. *Fokussier dich auf diese Feier! Der ganze Liebesquatsch zieht dich nur runter!*, ermahnte sie sich.

Sie atmete ein paar Mal tief aus und ein, kontrollierte ihr Elfen-Make-up in einem kleinen Handspiegel und machte sich dann auf den Weg, ihre Mission zu vollenden. Schließlich galt es heute, das Filmtheater zu retten. Sie nahm sich vor, Max aus dem Weg zu gehen und ihn, so gut es ging, zu ignorieren. Aber das war gar nicht nötig, denn er war nicht mehr da, als sie den Saal wieder betrat. Zu ihrer grenzenlosen Erleichterung war auch Matthi verschwunden.

☆

»Puschelchen, ich weiß nicht, ob ich den heutigen Tag aus dem Kalender streichen oder ihn zum Gedenktag ernennen möchte.« Lena nahm Ruprecht zur Begrüßung auf den Arm und kraulte ihn hinter den Ohren, sodass er behaglich schnurrte. Die Adventsfeier schien ein voller Erfolg gewesen zu sein, was man von ihrem Liebesleben nicht behaupten konnte.

Lena nahm den heutigen Brief ihrer Großmutter mit auf das Sofa und kuschelte sich in die Kissen.

Ein wunderschöner Engel mit ausgebreiteten goldenen Flügeln klebte auf dem Umschlag. Die Falten seines roten Kleides waren erhaben und glitzerten im Schein der Lichterketten über ihr. Sie strich gedankenverloren darüber und drehte den Brief um. Sie zog das Kärtchen heraus und musste grinsen. Um die Einundzwanzig wuselten viele kleine Weihnachtselfen in der Weihnachtsmannwerkstatt und bastelten Spielzeuge für die Kinder.

Der Spruch darunter gefiel ihr ebenfalls: *Heut' back' ich mir die Welt, wie sie mir gefällt!*

Sie drehte die Karte um und las auf der Rückseite weiter:

*Liebes Lenchen,*
*an manchen Tagen treibt das Schicksal ein mieses Spielchen mit uns. Ich glaube aber fest daran, dass alles, was passiert, aus einem bestimmten Grund geschieht, der zu etwas noch Wichtigerem führt. Eine Tür schließt sich, eine andere öffnet sich dafür. Ich will solche schicksalhaften Momente nicht schönreden, denn damit konnte auch ich nie locker umgehen. Mir hat es dann immer*

*geholfen, die Backschürze anzuziehen und drauflos zu*
*kneten.*
*In Liebe*
*Oma Greta*

Nachdenklich legte Lena den Brief in das Holzkistchen.

Vielleicht munterte sie ja das Paket von Charlotte und Daniel ein wenig auf. Vorsichtig öffnete sie es. Tatsächlich hielt es eine wundervolle Überraschung bereit: einen dunkelroten flauschig-weichen Strickpulli aus warmer Alpaka-Wolle. Lena zog ihn an, ging runter in die Backküche und streifte ihre Schürze darüber.

# 22. DEZEMBER

Einer inneren Eingebung oder vielleicht auch nur dem Rat ihrer Großmutter folgend, sich dadurch abzureagieren, hatte Lena gestern Abend Zimtsterne, Mandelmakronen, Vanillekipferl, kleine Muffins, verschiedenste Pralinensorten, Glühweinbonbons, Zimtstangen und – als besonderes Highlight – Schokoladen-Maronen-Küchlein wie am Fließband produziert.

Heute verbrachte sie den frühen Morgen damit, alles hübsch zu verpacken und in die Regale zu räumen.

Um halb zehn – sie türmte gerade die Küchlein auf einer Tortenplatte mit hohem Fuß zu einer mit rotem Zuckerguss überzogenen Pyramide auf – bemerkte sie einige Passanten, die sich an ihrem Schaufenster die Nase plattdrückten. Sie winkte ihnen freundlich zu und fuhr mit ihrer Arbeit fort.

Der Sturm von gestern hatte sich inzwischen gelegt, doch es schneite wieder heftig. Daher wunderte es sie nicht, dass sich die Leute auf dem schmalen Treppenabsatz vor der Eingangstür drängten, um nicht selbst zum Schneemann zu werden. Aus dem Augenwinkel sah sie dann aber immer mehr Kunden vor dem *Fräulein Gewürzzauber* auftauchen.

*Sonderbar*, dachte Lena und öffnete kurz entschlossen bereits um zwanzig vor zehn die Ladentür.

Schon strömten die Menschen herein und verteilten sich im Verkaufsraum. Einige setzten sich direkt an die Tischchen und bestellten heißen Kakao oder Tee. Andere stöberten fröhlich schnatternd in den Regalen.

Als Lena die Bestellung an einen Tisch brachte, fiel ihr das Backmagazin auf, das eine Frau gerade aufschlug und ihrer Begleiterin zeigte. Es war die aktuelle Ausgabe der *Puderzauber*.

»Wenn wir schon so eine Berühmtheit im Städtchen haben, wollten wir Sie und Ihren Laden direkt kennenlernen! Es ist wirklich bezaubernd hier, Frau Sonnenschein!«, strahlte die Frau.

Solche und andere Komplimente hörte Lena an diesem Tag häufig. Es war wie eine herrlich warme Dusche. Der unverhoffte Trubel sorgte dafür, dass die Kasse in einem fort klingelte, und er hatte noch etwas anderes Gutes: Lena blieb vor lauter Arbeit keine Zeit zum Grübeln. Weder hatte sie Zeit, über Max, der sie so enttäuscht und verletzt hatte, oder über Matthi, den sie geküsst und dann einfach hatte stehenlassen, nachzudenken, noch konnte sie überlegen, ob das Schicksal des *Casablanca* nun besiegelt war oder ob Jojo durch die gestrigen Einnahmen und Spenden neue Hoffnung schöpfen konnte.

Um halb eins brauchte Lena eine kleine Erholungspause. Sie lag auf dem Sofa und öffnete Oma Gretas neuen Brief, den eine Dampflok in winterlicher Landschaft zierte. Das Kärtchen war mit goldenen Trompeten beklebt, und auf gelblichem Notenpapier stand die geschwungene Zweiundzwanzig.

Darunter las Lena den Spruch: *Liebe ist Schokolade. Überzieh alles mit Schokolade!*

Sie schmolz bei diesen Worten dahin. Am liebsten hätte sie in ihrer Glückseligkeit die ganze Welt umarmt, jedes einzelne Kompliment in einen Zimtstern gebacken und hoch in den Himmel geschickt. Es wäre taghell geworden.

Auch die Rückseite der Karte wärmte Lenas Herz:

*Liebes Lenchen,*
*hab immer genug Kekse im Lädchen! Durch sie zeigst Du den Menschen die wundervoll magische Welt des Glücklichseins.*

*Sind genug Kekse da, ist die Versuchung bei den meisten Menschen groß. Geben die Menschen der Versuchung nach, sind sie den Keksen verfallen – ein Leben lang. Sind die Kekse leer, sind sie der Verzweiflung nah. Aber weißt Du, was dann hilft? Zeig ihnen, wo es die besten Kekse gibt!*

*Ich wünsche Dir, dass es vielen Deiner Kunden so geht und sie deshalb immer wieder zu Dir in Dein Lädchen kommen.*
*In Liebe*
*Oma Greta*

Es war wirklich unglaublich, wie sehr ihre Großmutter jeden Tag das traf, was Lena gerade bewegte und erlebte.

Mit einem breiten Lächeln im Gesicht kehrte sie wenig später in das *Fräulein Gewürzzauber* zurück. Der Ansturm nahm auch jetzt kein Ende. Immer wieder ertönte das fröhliche Glöckchengebimmel der Ladentür. Am frühen Nachmittag war Lenas Vorrat an Pralinen erheblich geschrumpft, die Zimtsterne und Zimtstangen waren sogar restlos ausverkauft.

Lena freute sich wie eine Schneekönigin darüber. Doch wenn sie sich nicht schleunigst etwas einfallen ließ, bräuchte sie morgen gar nicht aufzumachen.

Sie stöhnte innerlich. Das würde wieder eine Nachtschicht werden. Ob sie ein solches Arbeitspensum auch über einen längeren Zeitraum durchhielt?

Sie sah aus dem Fenster. *Eigentlich ist das unmöglich. Es sei denn …*

Sie nahm das Telefon zur Hand. »Tjure, dringender Notfall! Kannst du im Lädchen kurz einspringen? Ich muss backen!«

☆

Da Lena den Rest des Tages in ihrer Backküche beschäftigt war, bietet sich ein erneuter Rückblick an, der einige Überraschungen bereithält. Gehen wir nun etwa vierundzwanzig Stunden zurück …

Die meisten Männer brauchen für die Auswahl ihrer Kleidung nicht lange. Max ging es nicht anders. Normalerweise. Heute aber stand er unschlüssig vorm Kleiderschrank und fragte sich, für welchen Stil er sich für die Adventsfeier entscheiden sollte.

Nach geschlagenen zwanzig Minuten hatte er zumindest Sakko und Hemd auserkoren. Hose und Schuhe folgten innerhalb der nächsten zehn Minuten. Max sah auf die Uhr. Schon nach zwei! Er war schon spät dran, doch mit seinem Geländewagen brauchte er trotz Schnee und heftigen Winds zum Glück nicht lange, um zum Filmtheater zu kommen.

Als er durch das Foyer schritt und die vielen Besucher sah, breitete sich ein freudiges Kribbeln in seinem Bauch aus. Das Glücksrad drehte sich bereits, und an den Stehtischen waren die Gäste in ihre Gespräche vertieft. Aus den Lautsprechern, die an der Decke angebracht waren, ertönte leise die Weihnachtsmusik einer Liveband.

Max tastete nach seiner Kameratasche, die sonst immer an seiner Seite hing, griff aber ins Leere und ärgerte sich über seine Unbedachtheit. Gerade hier und jetzt gab es so viele wundervolle Motive vor einer perfekten Kulisse. Er hätte die Bewegungen und Stimmungen der Menschen festhalten können, Dinge, die man nur in einem Wimpernschlag wahrnimmt und die einen Augenblick zu etwas ganz Besonderem machen.

Etwas deprimiert gab Max Mantel und Schal an der Garderobe ab. Als er wenig später in das dämmrige Lichterkettenlicht von Kinosaal 1 trat und den Gang nach unten schritt, war er jedoch überwältigt von der märchenhaften Atmosphäre. Er tauchte in das Getümmel auf dem kleinen Marktplatz ein und sah sich begeistert um.

»Max, wie schön! Wir haben gehofft, dass du auch hier sein wirst!« Charlotte umarmte den überraschten Max, und Daniel tat es ihr nach.

»Ja, das ist wohl ein Muss, wenn man in diesem Viertel groß geworden ist. Es wäre eine Schande, wenn das Sinnbild unserer Kindheit einem Shoppingcenter weichen müsste!«, sagte Max, und die beiden nickten zustimmend.

»Da hast du vollkommen recht … Ach, mir fällt ein, das hier ist für dich!« Daniel überreichte ihm ein großes quadratisches Paket, das sich weich und relativ leicht anfühlte.

»Oh, wofür ist das denn?«, fragte Max erstaunt.

»Für deine Hilfe mit Fräulein Frieda«, erklärte Charlotte und lächelte. »Sie erholt sich sehr gut. Der Schnitt war ja nicht tief. Sie hatte wirklich großes Glück, dass der Ast nicht so groß war und ihr sie so schnell gefunden habt.«

»Dann vielen Dank!«, freute sich Max. »Habt ihr Lena eigentlich schon gesehen?«

»Ja, sie hat dort hinten ihren Stand.«

»Danke! Habt noch viel Spaß – und frohe Weihnachten!« Er winkte ihnen noch einmal kurz und ging in die Richtung, in die Daniel gezeigt hatte.

Während er sich den Weg durch die Menschenmenge bahnte, fiel sein Blick auf ein Wesen, das aus der Masse der Leute eindeutig herausstach: eine zierliche Elfe in grünem Minikleid und mit rosa geschminkten Wangen, die einen Korb mit Keksen im Arm hielt.

Moment mal, das war ja Lena! Alle Anspannung verwandelte sich in Aufregung, und sein Herz begann zu hüpfen. Auf diesen Moment hatte er sich seit ihrem Backabend am Freitag schon gefreut. Es hatte ihm gar nicht gepasst, dass er sie so schnell hatte verlassen müssen. Sie hatten gelacht und getanzt – die Stimmung war ausgelassen und zugleich so romantisch gewesen, dass er am liebsten die ganze Nacht mit ihr gebacken hätte. Doch seinen Termin in der Redaktion des Backmagazins hatte er nicht einfach absagen oder verschieben können.

Es mussten dringend noch Fotos für eine Strecke ausgewählt werden, und für das Shooting am Samstag hatte es noch eine Vorbesprechung gegeben.

Seit ihrem Treffen auf dem Großmarkt und ihrem abenteuerlichen Ausflug auf die Alpaka-Farm spürte er sich immer mehr zu Lena hingezogen. Mit einem Lächeln auf den Lippen ging er nun auf sie zu.

Als sie sich begrüßten und unterhielten, wurde ihm gleichzeitig heiß und kalt. Hoffentlich sah sie die Schweißperlen nicht, die sich auf seiner Stirn bildeten! Wie sollte er sie bloß fragen, ob sie mit ihm ausgehen würde?

»Lena, … ich muss dir etwas sagen …«, begann er, doch plötzlich stand Emma hinter ihr und redete auf sie ein.

Als der Name Matthi fiel, überlegte Lena nicht lange, sondern entschuldigte sich für den Moment und folgte Emma zurück zum Stand.

Wer war dieser Matthi, von dem Emma gesprochen hatte? Nachdenklich sah Max Lena nach. Sie sah in ihrem Elfenkostüm wirklich verdammt süß aus.

Plötzlich hörte er seinen Namen.

»Max? Max!«

Er drehte sich um und erkannte Isabelle am Ende des Ganges. Sie schien völlig aufgelöst zu sein. Mit schnellen Schritten war er bei ihr. Dunkle Schatten unter ihren Augen und schwarze Rinnsale, die ihre Wangen heruntergelaufen waren, zeigten, dass irgendetwas Schlimmes passiert sein musste.

»Was ist passiert?«, fragte er alarmiert.

»Susanna …« Mehr kam ihr nicht über die Lippen.

»Ach Isi!« Er strich ihr mitfühlend über den Kopf und eine widerspenstige Strähne aus dem Gesicht. »Erzähl es mir«, forderte er sanft.

»Isch … Sie … Es war so romantisch. Isch 'abe eine Kutschfahrt organisiert und ihr meine Gefühle gestanden … Dann sagt sie mir, dass ihre letzte Beziehung nicht lang her ist und dass sie braucht Zeit …« Eine dicke Träne kullerte über ihre Wange.

Max nahm sie tröstend in die Arme und wiegte sie zur Musik. So drehten sie sich langsam im Kreis, was Isabelle zu beruhigen schien.

»Dann lass ihr ein bisschen Zeit«, riet Max ihr. »Sie will doch nur *jetzt* noch keine neue Beziehung, oder?«

Isabelle nickte schniefend an seiner Schulter.

Als die Band die fetzigen Töne von *Jingle Bells Rock* anspielte, dreht er sie eine halbe Umdrehung, und auf einmal entdeckte Max zwischen den ausgelassen tanzenden Gästen die gekringelte Zipfelmütze einer Weihnachtselfe. Er hielt abrupt in der Bewegung inne. Das konnte doch nicht wahr sein! Gerade küsste Lena einen anderen Mann heftig unter einem Rundbogen, unter dem ein Mistelzweig hing! Das war eindeutig der Typ aus dem *Maharaja*!

Max presste die Augen zusammen. Hatte er das nur geträumt? Oder gab es noch andere Elfen auf dem Fest? Als er die Lider wieder öffnete, versperrte ihm eine Gruppe Frauen die Sicht. Kurzerhand stellte er sich auf das Polster des nächsten Sitzes. Er suchte die ganze Tanzfläche ab, konnte Lena aber nirgendwo mehr entdecken.

»Max? Was 'ast du?«, fragte Isabelle überrascht.

»Da war wieder dieser Typ aus dem Restaurant …

und Lena und er haben sich geküsst! Auf der Tanzfläche!« Jetzt war es Max, der der Verzweiflung nah war. Er stieg wankend vom Sitz und fuhr sich mit der Hand durchs Haar. »Wir haben uns vorhin noch unterhalten, und … ich dachte, da wäre etwas zwischen uns, so ein Knistern …«

Isabelle überlegte nicht lange: »Komm mit, Max! Isch glaube, wir brauchen beide eine Luftveränderung.«

»Ja, ich glaube, du hast recht.« Max ließ sich von Isabelle hinausführen. Sie beschlossen, in der Pizzeria *Insieme* noch etwas essen zu gehen, und versackten dort bei zu vielen ungelösten Fragen und zu viel Chianti.

# 23. DEZEMBER

In der Nacht hatte es wieder heftig geschneit. Lena war schon früh auf, um den Weg zum Lädchen freizuräumen. In der Hoffnung, schon einen Umschlag zu finden, öffnete sie den Briefkasten und … fand weder Werbung noch einen neuen Brief ihrer Großmutter.

Traurig und ein wenig erschöpft stapfte sie die Holztreppe empor. Warum war sie überhaupt enttäuscht? Lena schüttelte über sich selbst den Kopf. Der Brief war doch in den letzten Wochen immer erst gegen Mittag da gewesen.

Ruprecht wartete bereits tschiepend an seiner Futterschüssel. Lena versorgte das Eichhörnchen mit reichlich Nüssen und setzte sich mit einem heißen Kakao an den Küchentisch. Ob der Tag heute auch so wundertrubelherrlich werden würde?

Auf einmal klingelte das Telefon.

»Hallo, Lena, hier ist Bille!«, flötete es ihr munter aus dem Hörer entgegen. »Ich wollte dich ein paar Dinge fragen.«

»Aha, und was?«, fragte Lena neugierig. Doch ihr schwante bereits etwas.

Bille gluckste vor sich hin, bevor sie sagte: »Matthi hat

mir auf dem Nachhauseweg immer wieder erzählt, eine Elfe habe ihn unter dem Mistelzweig geküsst. Du weißt nicht zufällig, welche Elfe er meinte?« Wieder giggelte sie wie ein verrücktes Huhn.

Obwohl ihr Puls raste, blieb Lena erstaunlich ruhig. »Nein, Bille, tut mir leid. Da war wohl zu viel Punsch im Spiel … Emma hatte mich zum Stand gerufen, weil seine überaus gute Laune für die Leute etwas unangenehm war«, erklärte sie behutsam. »Außerdem … Ich weiß ja nicht, was Matthi von unserem Blind Date erzählt hat, aber … Wir sind einfach nicht auf einer Wellenlänge.«

Sie fühlte sich mies, weil sie es so offen sagte, aber sie wollte Matthi auch keinerlei falsche Hoffnungen machen. Er war definitiv nicht ihr Typ. »Wie steht's denn mit dir und Jojo?«, neckte sie Bille, um das Thema zu wechseln.

»Er hat mich ins Kino eingeladen.«

»Ach, was für eine ungewöhnliche Idee für einen Kinobesitzer!«

Beide lachten ausgelassen, und Lena war froh, dass Bille ihr die Sache mit Matthi anscheinend nicht übelnahm. »Vielleicht reserviert er einen Saal, ganz für euch allein. Das wäre wirklich romantisch!«, überlegte sie.

Bille seufzte. »Das wäre tatsächlich ein perfektes Date …«

☆

Im Lädchen war es genauso trubelig wie gestern. Doch Lena und ihr *Fräulein Gewürzzauber* waren nun für alle Eventualitäten gewappnet. Sie hatte gestern ihrem Berufsstand als Zuckerbäckerin alle Ehre gemacht und reichlich vorproduziert. Außerdem würde Tjure Groß-herz sie später wieder im Verkauf unterstützen. Alles schien zuckerwattewolkenleicht.

Dennoch wollte sich das Glücksgefühl von gestern nicht einstellen. Ständig kreisten Lenas Gedanken um ihren Zimtstern-Adventsmann. Sollte sie mit ihm reden? Oder lieber nicht? Würde es sie noch unglücklicher machen, wenn sie ihn nur sah?

»Oh Mann, Lena! Liebe ist echt fies und gehört verboten!«, grummelte sie in sich hinein. Vielleicht würde es ihr helfen, mit Emma und Milla darüber zu reden. *Ich rufe sie nach Ladenschluss einfach an*, entschied sie.

Gerade füllte Lena die Zimtsterne auf, als das Glöck-chen am Eingang zaghaft klingelte und ein eisiger Wind-hauch um ihre Beine strich. Im nächsten Augenblick be-traten Bille und Jojo den Verkaufsraum. Lena wollte die beiden freudig begrüßen, aber ihr Lächeln erstarb, als sie in zwei sehr verzweifelte Gesichter blickte.

»Das *Casablanca*?«, fragte sie nichts Gutes ahnend.

Beide nickten betroffen.

»Setzt euch, ich hole uns einen heißen Kakao!« Schon eilte Lena in die Küche.

»Bitte mit Schuss!«, rief Jojo ihr hinterher.

Sie setzten sich an den noch freien Tisch, und Bille, die es heute Morgen wohl nicht geschafft hatte, Herr ih-rer Lockenpracht zu werden, begann zu erzählen: »Die Unterschriftenliste ist ellenlang! Etwa fünftausend Men-schen haben für das *Casablanca* unterzeichnet …«

»Wow, das sind viele … Und die Einnahmen von Sonntag?«

233

»Davon und mithilfe der Spenden könnte Jojo tatsächlich die geforderte Sanierung finanzieren.«

»Ja, aber das ist ja fantastisch!«, freute sich Lena. Sie verstand nicht, warum Bille und Jojo bei so tollen Nachrichten ein derartiges Schlechtwettergesicht machten.

»Das *wäre* mehr als fantastisch, wenn gestern nicht noch ein Schreiben der feinen Ratsherren in meinen Postkasten geflattert wäre!«, presste Jojo hervor und wedelte mit einem gefalteten Blatt Papier, das er Lena zum Lesen reichte.

Lena konnte es nicht fassen. »Sie wollen, dass du auch noch das komplette Dach nach irgendwelchen aktuellen Brandschutzverordnungen neu dämmst und deckst?«

Jojo nickte, und eine Träne glitzerte in seinem rechten Auge. Er wischte sie mit einer schnellen Handbewegung beiseite. »Ja, das sind dann noch einmal zwanzigtausend Euro zusätzlich, die ich nicht habe und auch von keiner Bank mehr bekommen werde.«

Er seufzte schwer. »Damit ist es wohl amtlich und besiegelt: Am 30. Dezember fällt das *Casablanca* an den Schleimbeutel Diethard Bollmann, und das Filmtheater ist Geschichte. Ade Kino, hallo Shoppingmall!« Jojo lachte bitter. »Mit meinem letzten Geld kaufe ich mir einen schicken Wohnwagen mit Gardinchen an den Fenstern und steige einfach aus. In fünfzig Jahren spricht man dann von Diamond, dem Einsiedler.«

Bille sah ihn traurig an und nahm seine Hand. Er ließ es zu und trank einen großen Schluck aus seiner Tasse.

Auch Lena war mit ihrem Latein am Ende. Hätte sie es gekonnt, hätte sie Jojo sofort geholfen, aber ihre Ersparnisse hatte sie in diesem Jahr in ihr *Fräulein Gewürz-*

*zauber* gesteckt. Was übrig geblieben war, hatte sie vor Kurzem für ein neues Kassensystem ausgeben müssen, damit sie technisch auf dem neusten Stand war und die Anforderungen des Finanzamtes erfüllte.

Plötzlich legte sich ein großer Schatten über den Tisch. »Na, hier wird aber so richtig Trübsal geblasen! Was ist euch denn über die Leber gelaufen?«

»Tjure! Ist es schon elf?« Lena war ganz überrascht, ihren Nachbarn jetzt schon zu sehen. »Danke, dass du gekommen bist.«

Tjure Großherz nickte lächelnd aus seinem grau melierten Wikingerbart.

»Es ist wegen des Filmtheaters. Es wird schließen müssen«, erklärte Lena traurig.

»Es ist ein Jammer. Das tut mir sehr leid.« Tjure klopfte Jonathan Diamond mitfühlend auf die Schulter. »Junge, wenn du willst, gebe ich dir einen Rat.« Er wartete, bis Jonathan nickte und zu ihm aufschaute. »Ich bin in meinem Leben schon durch so viele Höhen und Tiefen gegangen. Eines hat mir die Erfahrung immer wieder gezeigt: Wenn sich eine Tür schließt, öffnet sich eine andere. Sei immer offen für alles, was sich dir bietet. Wenn das Kapitel Filmtheater nun beendet ist, dann schreib einfach ein neues! Vielleicht spielt es an einem anderen Ort, vielleicht kommen andere Darsteller darin vor. Wer weiß das schon?« Tjure grinste aufmunternd in die Runde.

»Ja … Wahrscheinlich haben Sie recht …«, überlegte Jonathan und sah Bille an. Ein winziges, müdes Lächeln huschte über sein Gesicht, und Billes Augen begannen zu leuchten.

*Das sollte ich vielleicht auch versuchen. Den Dezember mit all seinen komplizierten Irrungen und Wirrungen hinter mir lassen und einfach in ein neues Jahr blicken,* dachte Lena. Die sprichwörtlichen alten Zöpfe, die man abschneiden sollte, kamen ihr in den Sinn, und sie nahm sich vor, sich eine große Schere dafür zu besorgen.

☆

Nachdem sie die Lichter im Verkaufsraum gelöscht hatte, griff Lena wie geplant zum Telefon. Doch irgendetwas stimmte heute nicht. Emma und Milla reagierten so gar nicht, wie Emma und Milla normalerweise reagierten, wenn Lena ihnen von ihren Sorgen erzählte.

Dieses Mal war es Emma, die in die Luft ging, schnaubte wie eine Dampflok und Wörter in den Mund nahm, die geschrieben nicht schön aussähen.

Milla dagegen blieb ruhig, sie stellte kaum Fragen und hörte Lena einfach zu. Zum Abschied sagte sie: »Lena-Süße, Kopf hoch! Mach dir einen Tee, und denk an die schönen Momente, die du gestern und heute mit all deinen neuen Kunden hattest! Die Einladung steht noch. Komm gern morgen Abend zu uns!«

»Ich überlege es mir. Wenn es okay ist, melde ich mich morgen Mittag nach Ladenschluss«, sagte Lena ehrlich. Auf einmal fand sie es doch nicht mehr so abwegig, den Heiligen Abend in netter Gesellschaft zu verbringen. Andererseits befürchtete sie, gerade selbst keine gute Gesellschaft zu sein.

In Gedanken versunken betrat Lena wenig später ihre Wohnung. In der Hand hielt sie den neuen Briefumschlag, auf dem heute ein schneebedeckter Winterwald mit zwei Rehen zu sehen war. Sie plapperte drauflos, wie sie es immer tat: »Puschelchen, was war das heute für ein Tag! Es waren wieder so viele neue Kunden da, dass ich vor Freude an die Decke springen müsste, aber das Filmtheater und die Sache mit Max ziehen mich gerade richtig runter. Ich glaub, ich brauche erst mal einen Ingwertee …«

Lena sah sich um. »Puschelchen?«

Kein Nüsseknacken oder Tapsen war zu hören. Sie ging in die Küche und schaltete die Lichterketten an. Kein Fiepen aus dem Kobel. »Ruprecht? Wo bist du?«

Sie lief durch jedes Zimmer. Doch das Eichhörnchen war nicht da. Ihr Herz pochte wild. Seit Ruprecht bei ihr war, flitzte er tagsüber gern draußen umher, kam aber abends immer wieder zu ihr ins Haus.

Lena flog beinah die Holzstufen hinunter und rannte aus der Haustür. »Ruprecht!«, schrie sie in die Dunkelheit hinaus. »Ruprecht!«

»He, pass doch auf!« Ein Radfahrer umrundete Lena kopfschüttelnd.

Sie stand nun mitten auf der Straße und sah sich suchend nach allen Seiten um. »Haben Sie ein Eichhörnchen gesehen? Er hat rostrotes Fell und eine weiße Blässe um die kleine Schnauze!«, rief sie ihm hinterher, doch der Mann auf dem Fahrrad schüttelte nur noch einmal den Kopf und kämpfte sich weiter über die vereiste Fahrbahn.

Im selben Moment wurde ihr bewusst, wie albern sich ihre Frage in den Ohren des Mannes angehört haben musste. Eichhörnchen gab es doch auf jedem Baum!

Sie schlang die Arme um ihren zitternden Körper und ging mit hängendem Kopf wieder ins Warme. Natürlich war ihr von Anfang an klar gewesen, dass Ruprecht ein Wildtier war und dass womöglich der Tag kommen würde, an dem er wieder in der Natur leben wollte. Aber doch nicht gerade jetzt, wo sowieso schon so viel in ihrem Leben geschah!

*Hoffentlich ist ihm nichts passiert,* dachte Lena immer wieder. Wenn Ruprecht morgen früh noch nicht wieder da war, würde sie Himmel und Hölle in Bewegung setzen, um ihn zu finden. Er war doch alles, was sie noch an Familie hatte.

Schniefend setzte sie sich an den Küchentisch. Der Brief ihrer Großmutter lag mitten darauf, als habe er auf sie gewartet.

»Oma, kannst du mir sagen, wo mein Puschelchen ist?«, fragte sie in die Stille hinein und wischte sich eine Träne von der Wange. Dann öffnete sie den Umschlag. Auf dem Kärtchen war die Dreiundzwanzig von den Früchten des Waldes umrahmt. Der Spruch spiegelte den fiesen Beigeschmack des heutigen Tages: *Du magst kein Vollmilch-Nuss? Hier, nimm! – Dein Leben*

»Das Leben macht schon den ganzen Dezember lang mit mir, was es will. Die Frage ist: Wann lässt es mich endlich in Ruhe?«, überlegte Lena laut und verstummte jäh, als ihr bewusst wurde, dass nun nicht mal mehr ein Eichhörnchen da war, mit dem sie reden konnte.

Mit zitternden Fingern drehte sie die Karte um.

*Liebes Lenchen,*

*es mag in manchen Momenten nicht hilfreich sein, wenn ich Dir sage, dass man sowohl aus den positiven wie auch aus den negativen Seiten des Lebens lernen kann. Für alle Fälle – und für den morgigen Heiligen Abend – habe ich Dir aber noch etwas Hoffnungsglitzer mit in den Umschlag getan.*

*In Liebe*

*Oma Greta*

Das hatte sie tatsächlich.

Als Lena den Umschlag umdrehte, rieselte eine Hand voll silbriger Glitterflitter heraus. Sie stand auf und stellte sich in die Mitte der Küche. Dann warf sie das Pulver in die Luft, breitete ihre Arme aus und drehte sich stumm in der Hoffnungsglitzerwolke.

# 24. DEZEMBER

Lena öffnete die Augen. *Es ist Heiligabend*, schoss es ihr durch den Kopf. Sie setzte sich im Bett auf und lauschte, ob sie vielleicht ein leises Fiepen oder Tapsen hörte. Doch eine dunkle Stille hatte sich um sie herum ausgebreitet, durch die kein einziges Eichhörnchengeräusch drang.

Lena sprang aus dem Bett, zog sich in Windeseile an und griff zum Telefon. Doch weder bei der Polizei noch in der Tierklinik oder beim Tierheim hatte sie Glück. Nirgendwo war ein verletztes oder verwirrtes Eichhörnchen abgegeben worden. Sie suchte ein Foto heraus, auf dem Ruprecht gut zu erkennen war, und druckte es mehrfach aus. Darunter schrieb sie in Großbuchstaben:

*WER HAT MEIN*
*ZAHMES EICHHÖRNCHEN GESEHEN?*
*BITTE MELDEN SIE SICH IM*
*FRÄULEIN GEWÜRZZAUBER!*

Ihre Zettel klebte Lena an jeden Laternenmast des Rosenviertels. Als sie völlig erschöpft wieder zuhause ankam, standen bereits einige Kunden vor ihrem Laden.

Es war bereits viertel nach zehn. Sie hatte vor lauter Sorge um Ruprecht nicht auf die Zeit geachtet. Sich vielfach entschuldigend schloss sie die Ladentür auf.

Den ganzen Vormittag über spürte Lena eine unangenehme Unruhe in ihrem Bauch und versuchte, sie mit literweise Lavendeltee zu bekämpfen. Es half nur mäßig, und so war sie froh, als sie um ein Uhr endlich die Ladentür hinter dem letzten Kunden schließen konnte. Sie leerte den Briefkasten und stieg mit einem Haufen Zeitungen und Briefen unter dem Arm die Treppe empor.

Die Lichterketten brannten noch vom Morgen, als sie die Post auf dem Küchentisch ablegte und die Kerzen anzündete. Mittlerweile war es ihr zu einem liebgewonnenen Ritual geworden, erst die Gemütlichkeit und Ruhe ins Haus zu holen und sich danach um alles andere zu kümmern. Beides hatte sie gerade jetzt bitter nötig.

Als sie sich mit ihrem heißen Kakao an den Tisch setzte und den Papierstapel durchsah, rutschte ein dicker brauner Umschlag heraus. Der vierundzwanzigste Brief!

Aufgeregt stellte Lena ihre Tasse beiseite und betrachtete die tanzenden Schneeflocken, die neben ihrem Namen glitzerten. Nachdem sie die Lasche auf der Rückseite geöffnet hatte, zog sie neben dem Kärtchen noch ein zusammengefaltetes pergamentartiges Papier heraus.

Sie nahm zunächst die Karte in die Hand. Die verschnörkelte Vierundzwanzig war mit unzähligen großen und kleinen Päckchen umrahmt, deren Schleifen im Kerzenschein funkelten wie tausend Sterne. Darunter stand der Spruch: *Zu Weihnachten hole ich Dir die Zimtsterne vom Himmel.*

Lächelnd drehte Lena die Karte um und las:

*Liebes Lenchen,*

*immer wieder aufs Neue fiebern wir diesem ganz be-
stimmten Tag entgegen. Für Dich wird er in diesem Jahr
etwas Besonderes werden, das verspreche ich Dir.*

*Du bist in den vergangenen Tagen durch tiefe, ver-
schneite Täler gewandert, hast aber auch Höhen erklom-
men, auf denen die Sonne die Pudermützen der Bergkup-
pen für Dich zur Belohnung glitzern ließ.*

*Ich hoffe inständig, dass die Sprüche Dir dabei eine Hilfe
und Stütze waren.*

»Ja, das waren sie«, nickte Lena.

Sie hatte ein seltsam unentschlossenes Ich-freu-mich-
so-ich-heul-gleich-los-Gefühl im Bauch und spürte einen
Kloß im Hals. Ihr ging es so, wie es vielen Lesern geht,
wenn nur noch ein paar Seiten eines Buches übrig sind,
in dessen Welt sie sich im Laufe der Geschichte mit Haut
und Haaren hineingelebt haben, dessen Figuren sie zu
ihrer Familie gemacht und mit denen sie mitgefiebert
haben. Man zögert ein wenig, die letzten Seiten zu lesen. Trotzdem will man wissen, wie es ausgeht, obwohl
man gleichzeitig nicht möchte, dass die Geschichte
endet.

Lena wollte die letzten Sätze dieses Briefes gern lesen,
weil sie wissen wollte, wie er ausging. Zugleich überkam
sie eine tiefe Traurigkeit, weil ihr bewusst wurde, dass
dies die letzten Zeilen waren, die ihre Großmutter ihr
geschrieben hatte.

Herr Bonifazius kam ihr in den Sinn. Genau wie er
durch seine Pralinenkäufe seine Frau lebendig hielt,
hatte sie Oma Gretas Nähe in den letzten vierundzwan-

zig Tagen durch jeden ihrer Briefe gespürt. Es war ein beruhigendes, warmes Gefühl gewesen, das sie um nichts in der Welt missen wollte.

Sie überlegte einen Moment. Würde sie Oma Greta noch einmal verlieren, wenn sie den Brief zu Ende läse? In den letzten vier Wochen war in ihrem Leben unglaublich viel geschehen. Sie hatte neue Freunde gefunden, Menschen, die sie bereits kannte, mit anderen Augen gesehen, sich für die Erhaltung des *Casablanca* eingesetzt, und neue reizvolle Aromen und Geschmäcker hatten ihre Welt bereichert. Ein wunderschöner Fotoartikel im Backmagazin hatte das *Fräulein Gewürzzauber* mit neuer Kundschaft gefüllt, und sie selbst hatte eine Ahnung davon erhalten, wie sich Liebe anfühlen konnte.

Einsam hatte sie sich dabei nie gefühlt. In jedem dieser kostbaren Momente war sie umgeben mit Menschen, die sie liebten und schätzten. Warum also zögerte sie?

»Puschelchen, was mach ich bloß?« Lena sah sich um und seufzte schwer. Richtig, er war ja nicht da.

Sie schloss die Augen und nahm einen großen Schluck heißen Kakao, der sie von innen wärmte.

Mit einem weiteren Seufzer siegte ihre Neugier. Sie öffnete die Augen wieder und las weiter:

*Bevor Du Dein Weihnachtsgeschenk von mir erhältst, habe ich noch ein paar kleine Aufgaben für Dich.*

*Ich habe dem Kärtchen eine Liste beigelegt, an deren Ende Du all meine Liebe und meine Dankbarkeit finden wirst. Ich bin so stolz, dass Du meine Enkeltochter bist, und hoffe sehr, dass Deine Zukunft mehr als golden ist – und mit ganz viel Zimt bestreut!*

243

*Ich wünsche Dir ein gemütliches und gesegnetes Weih-*
*nachtsfest im Kreise lieber Menschen, denn das hast Du*
*verdient.*
*In Liebe*
*Oma Greta*

Eine Träne rann Lena die Wange hinab.

Einen Moment lang starrte sie auf das verschwom-
mene Kärtchen in ihrer Hand und hatte das Gefühl, von
ihrer Großmutter innig umarmt zu werden. Jetzt konnte
sie wieder lächeln. Sie nahm das Pergamentpapier zur
Hand und hielt es ehrfürchtig vor sich. Darauf war tatsächlich eine ansehnliche Aufgabenliste notiert.

Nachdem sie sie aufmerksam durchgelesen hatte,
sich ihre Augen immer mehr geweitet hatten und ihre
Brauen immer höher gerutscht waren, schüttelte sie den
Kopf und schmunzelte. »Oma, das wird ein Nachspiel
haben!«

Sie zog sich den dicken Wollpulli an, den Charlotte
und Daniel ihr geschenkt hatten, vermummte sich mit
allen winterlichen Kleidungsstücken, die ihre Garderobe
hergab, und machte sich auf den Weg.

Dicke dunkelgraue Wolken hatten sich über ihr zu-
sammengeballt und verdüsterten den Himmel, als Lena
vor dem *Fräulein Gewürzzauber* den ersten Abschnitt erneut las. Er begann mit einem Gedicht:

*Ein kleines Wunder braucht manchmal*
*Nur Jacke, Mütze, einen Schal*
*Und wedelnd Arm' und Beine.*
*Dann sich vorsichtig erheben,*

*Umdreh'n, staunen. Wo noch eben*
*Nur eine weiße Decke war:*
*Ein Engel, erweckt zum Leben.*

Darunter stand die eigentliche Aufgabe:

*Mache einen Engel im Schnee. Er weist Dir den Weg.*
*(Steh mit dem Rücken zum Lädchen, Kopf nach links.)*

Lena legte sich vorsichtig auf den Gehsteig. Dann wedelte sie, wie es ihre Oma gewünscht hatte, mit Armen und Beinen.

»Für so was ist man nie zu alt, was?«, lachte Tjure Großherz, dessen Gesicht auf einmal verkehrt herum in ihrem Blickfeld auftauchte.

Vorsichtig stand Lena auf und staunte über die hübschen Flügel und das lange Kleid, das der Schneeengel trug. Mit viel Fantasie sah er ein bisschen aus wie ein Pfeil, der in Richtung Rosenplatz wies.

»Ja, da hast du recht. Frohe Weihnachten!«, wünschte sie ihm, stiefelte los und betrachtete dabei die zweite Aufgabe:

*Wie viele Laternen die Straße erhellen,*
*Sollst Du nun im Laufschritt zählen.*
*Bei vierundzwanzig bist Du richtig.*
*Die Vierundzwanzig ist heute wichtig,*
*Denn sie weiset Dir den Weg.*
*An einer niedrigen Mauer sie steht.*

Die ersten dicken Flocken schwebten vom Himmel. Von Laterne zu Laterne wurde der Schneefall dichter. Endlich war Lena bei Nummer vierundzwanzig angekommen. Obwohl die Backsteinmauer daneben von einer dicken Schneehaube bedeckt war, konnte Lena erkennen, dass sie niedrig war und dass die Straße an dieser Stelle einen Knick nach rechts machte.

Sie folgte der Mauer und sah sich suchend um, bis sie den Hinweis aus Aufgabe drei entdeckte. Dieser lautete:

*Hedis Glitzergirlande besteht aus dem,*
*Was die drei Weisen am Nachthimmel seh'n.*
*Wenn man um die Kurve wandelt,*
*Wird man gewahr, worum es sich handelt.*

Durch die wirbelnde weiße Wand um sie herum sah Lena auf der anderen Straßenseite einen großen Stern leuchten, der nicht zum Kind in der Krippe wies, aber dafür offenbar zu ihrer neuen Aufgabe.

Der Stern war Teil der Leuchtreklame von Ottokar Sterns Kiosk.

*Otto's Eck*! Lena war so aufgeregt, dass ihr Herz heftig pochte, als sie über die Straße auf das Büdchen zuging. Sie schlüpfte unter das Vordach und klopfte sich erst einmal den frischen Schnee von Kopf und Schultern. Offenbar hatte kurz vor ihr schon jemand hier Schutz gesucht, denn überall lagen kleine Schneehäufchen, zwischen denen noch undeutlich Fußabdrücke zu erkennen waren.

Sie las die vierte Aufgabe und kam sich auf einmal vor, als habe sie sich in einen Agentenfilm verirrt. Dort hieß es nämlich:

*Nun folgt eine harte Nuss:*
*Nenne dem Fremden den Losungsspruch:*
*»Tante Hedi schickt mich!«*
*Und augenblicklich*
*Wirst Du dafür belohnt.*

Ihr kam eine dunkle Gasse in tintenschwarzer Nacht in den Sinn. *Eine Metalltür, bei der ein Sichtfenster aufgeschoben wird. Die Wache auf der anderen Seite verlangt das Passwort. Wenn es falsch ist, knallt er den Schieber wieder zu. Ist es richtig, erhältst du Einlass in die zwielichtige Welt hinter der Tür ...*

Einen Augenblick zögerte Lena noch, dann drückte sie kurz entschlossen auf den Klingelknopf. Schrill erklang die Melodie vom *Stern über Bethlehem.* Im nächsten Moment wurde das Verkaufsfenster mit einem unwirschen Ruck aufgeschoben. Eine ältere Dame mit gelocktem Haar sah sie über ihre knallrote Lesebrille fragend an und klopfte ungeduldig mit einem Kugelschreiber auf einem offenen Kreuzworträtselheft herum.

»Bitte?«, fragte sie knapp und schürzte die Lippen.

Lena sah verlegen auf ihre Hände. Wollte sie das wirklich? Oma Greta war doch keine Gangsterbraut!

*Ach was soll's ...*

»Tante Hedi schickt mich!«, murmelte sie leise und nuschelte dabei vielleicht etwas.

Ihr Gegenüber hob die Augenbrauen. »Du kriegst die Tür nicht zu! Ist es schon so weit? Du bist Lena Sonnenschein?«

Lena nickte verdattert, doch die Verkäuferin achtete nicht darauf, sondern sprach einfach weiter. »Ich hätte nie gedacht, dass jemals jemand kommt – aber die Bezahlung hat gestimmt. Also hab ich mir gesagt, Waldine, hab ich mir gesagt, mach' den Spaß doch mal mit! Und Ottokar, der faule Säufer, hatte deshalb natürlich auch nix dagegen.«

Vor sich hin plappernd verschwand die Frau im hinteren Teil des Raums, der im Dunklen lag. Sie kramte lautstark in einem Regal und kam immer noch plappernd zu Lena zurück. »Hier, bitte. Das hat mir deine Großmutter gegeben. Frohe Weihnachten! Und grüß' sie von mir! Ich muss jetzt wieder. Weißt du zufällig einen Nebenfluss der Donau mit sieben Buchstaben?«

Lena wollte schon den Mund öffnen, doch die Frau hatte schon das Fenster wieder zugeschoben, bevor Lena ihr eine Antwort geben konnte.

Noch ganz überrumpelt stand Lena vor dem geschlossenen Verkaufsfenster. Das Päckchen in ihrer Hand war von außen nichts Besonderes. Es war etwa so groß wie ein Backstein, in braunes Packpapier geschlagen und sorgfältig mit einem Naturband verschnürt.

Da fiel ihr ein, dass noch eine Aufgabe übrig war. So nahm sie das Pergament zur Hand und las:

*Gehe die Straße nach rechts weiter,*
*Und in die nächste biegst Du links ein.*
*Singe dabei die Strophen heiter*
*Von Schneeflöckchen, Weißröckchen – scheu Dich Nicht,*
*Du bist ja allein!*
*Dann werden Dich die Wildkatzen nicht beißen,*
*Sondern herzlich willkommen heißen.*

Die Straße weiterlaufen, abbiegen und dabei ein Weihnachtslied trällern, das bekam Lena wohl hin. Aber sie war sich nicht sicher, ob sie wirklich auf Wildkatzen treffen wollte …

»*Schneeflöckchen, Weißröckchen, wann kommst du geschneit?*« Singend ging sie Schritt für Schritt voran. Und mit jedem Schritt klopfte ihr Herz schneller vor Aufregung. Sie hatte ein wenig die Orientierung verloren, und die Flocken fielen nun so dicht, dass sie fast die Straße nicht erkannt hätte, in die sie abbiegen sollte.

Wenig später ahnte sie jedoch, wohin ihr Weg sie führen würde. Und tatsächlich: Da war das gusseiserne Tor zum Haus der Himmelreichs. Die Löwen konnten heute nicht streng schauen, weil ihnen die weiße Mütze über die Augen gerutscht war.

Mit einem Brief von Onkel Nikolaus hatte alles angefangen. Da lag es auf der Hand, dass es auch bei ihm endete. Lächelnd schob Lena das Tor auf. Es knarzte und ächzte wie bei ihrem ersten Besuch.

Sie stapfte den Weg entlang, zog die Mütze tiefer und den Schal enger, sodass nur ihre Nasenspitze noch herausschaute.

Die Villa der Himmelreichs war im dichten Schneegestöber kaum zu erkennen, und sie konnte die Stufen zur Eingangstür nur erahnen, als sie sich emportastete. Zum Glück musste sie nicht lange warten, bis ihr die Tür geöffnet wurde.

»Lena, komm herein!« Nikolaus Himmelreich breitete die Arme aus und umarmte den Lena-Schneemann herzlich. Er trug heute einen Anzug aus grau meliertem Tweet, dazu ein dunkelrotes Hemd und eine dunkle Kra-

watte. Ein himmlischer Hauch von Zimt und Pfeifentabak umwehte ihn.

»Frohe Weihnachten, Liebes! Wir haben deine Flug-
blätter gesehen, wie geht es dir denn? Ist Ruprecht wieder
da?«, begrüßte Theresa Himmelreich sie mit sorgenvol-
lem Blick. Sie hatte ebenfalls ihr Festtagsgewand ange-
legt. Ihr edles dunkelrotes Kleid reichte bis zum Boden
und raschelte ein wenig beim Gehen. Ihr langes graues
Haar war heute zu einer festlichen Frisur in breiten, mit
weißen Perlen und Glitzersteinchen verzierten Strähnen
nach hinten geflochten, die am Hinterkopf ineinander
verschmolzen. Darunter flossen große und kleine Wellen sanft über den Rücken und ihre Schultern.

Beim Anblick dieser feierlichen Aufmachung wurde
Lena plötzlich bewusst, dass sie selbst alles andere als
festlich aussah: durchweichte Kleider, nasse Schuhe und
mehr ein zerzaustes Durcheinander auf dem Kopf als
eine Frisur – und das am Heiligen Abend!

Peinlich berührt pellte Lena sich aus ihrer Eskimo-
hülle und folgte Theresa und Nikolaus in das gemütliche
Wohnzimmer. Eine hübsche Tannengirlande mit roten
Schleifen hing über dem Kamin, und am Sims waren
zwei gestrickte rot-grün gestreifte Socken befestigt. Darunter flackerte ein wärmendes Feuer.

Auf dem kleinen Tisch vor dem Sofa dampften bereits drei Tassen Punsch. Daneben standen Schalen mit
Schwarz-Weiß-Gebäck, Zuckerstangen mit Minzge-
schmack und Zimtsternen. Lena musste schmunzeln. Es
sah ganz so aus, als hätten die beiden sie erwartet.

Als sie endlich saßen, konnte Lena nicht länger an sich
halten: »Also, warum bin ich hier?«

Nikolaus schaute amüsiert von seinem Ohrensessel zu ihr herüber. Die schmale Lesebrille war auf seiner Hakennase tiefer gerutscht. Zufrieden lächelte er sie über ihre Ränder an. »Deine Großmutter hatte dich sehr lieb«, begann er mit seiner ruhigen, sanften Stimme zu erklären. »Sie bat mich, dir die Briefe zu überbringen. Jeden Tag. Wie bei einem Adventskalender. Für den Vierundzwanzigsten hatte sie etwas ganz Besonderes geplant.«

Lena rutschte aufgeregt auf die Kante des Sitzpolsters. Sie hatte das kleine Päckchen auf ihren Schoß gelegt und hielt es mit beiden Händen fest, als wäre es der heilige Gral. »Und was?«, fragte sie ungeduldig.

»Das weiß ich, ehrlich gesagt, auch nicht ... aber ...« Er sah sie mitfühlend an.

»Aber was? Onkel Nikolaus, ich habe das Gefühl, du hast eine diebische Freude daran, mich hinzuhalten!«, empörte sich Lena.

Theresa nahm sie beruhigend in ihren Arm. »Liebes, wir wissen es wirklich nicht.«

»Einen Teil hältst du wohl in den Händen. Den anderen Teil hat sie mir noch für dich gegeben. Ich hole ihn eben.« Nikolaus erhob sich und verschwand im Flur.

Lenas Finger fanden die Paketschnur und nestelten daran herum.

»Öffne es! Vielleicht weißt du dann, was Greta dir hinterlassen wollte«, flüsterte Theresa.

Mit klopfendem Herzen zog sie an der Schnur und faltete das Packpapier auseinander. Zum Vorschein kam ein Naturkarton mit goldenen Sternen. Sie öffnete vorsichtig den Deckel und stutzte. Darin lag eine runde goldene Dose weich gebettet auf einem cremefarbenen Stoff.

Schon als sie den Deckel vorsichtig angehoben hatte, war ihr ein betörender Duft in die Nase gestiegen. »Zimt! Sie ist voller Zimt!«

Lächelnd stellte sie die Dose auf den Tisch und nahm das vermeintliche Kissen heraus. Es entpuppte sich als die Schürze ihrer Großmutter, auf die der Schriftzug des *Fräulein Gewürzzaubers* fein säuberlich aufgestickt war. Lena hatte diese Schürze immer geliebt, denn sie war an einigen Stellen mit Spitze umsäumt, und auch das Band, das man sich um den Hals legte, bestand aus breiten Spitzenbahnen.

Auf dem Boden der Schachtel fand sie einen kleinen Zettel, auf den ihre Großmutter mit der Hand einen letzten Wunsch geschrieben hatte: *Möge Dir niemals der Zimt ausgehen, und mögest Du niemals die Lust am Backen verlieren!*

Als Lena glücklich lachend Theresa ihre Schätze zeigte, hörten sie gedämpfte Schritte auf den Stufen im Flur.

Nikolaus eilte herein und reichte ihr einen DIN-A4 großen, dicken Umschlag. »Hier, Lena, das ist für dich.«

»Öffne du ihn bitte für mich«, bat sie, denn ihre Hände zitterten.

Der Notar nickte und hielt wenig später mehrere Papierbögen in den Händen. Er rückte seine Lesebrille wieder zurecht und hob die Augenbrauen. »Das, meine Liebe, ist der Vertrag einer Eigentümergemeinschaft. Deine Großmutter hat ihn, soweit ich sehen kann, vor fünfundzwanzig Jahren abgeschlossen. Jetzt wird er an dich übertragen.«

Nikolaus blätterte den Stapel durch, stoppte bei einer Seite und las laut vor:

*Lieber Nikolaus,*
*Du und Thessa wart mir immer die liebsten Menschen*
*auf dieser Welt. Für eure Freundschaft, Hilfsbereitschaft*
*und Güte möchte ich mich von ganzem Herzen bedan-*
*ken. Bitte erfülle mir noch einen letzten Wunsch und hilf*
*Lena, alle Formalitäten zu klären.*
*Deine Greta*

Er stockte, und im Schein des Kaminfeuers konnte Lena
Tränen in seinen Augen glitzern sehen.

»Eigentümergemeinschaft?«, flüsterte sie verblüfft. So
etwas hätte sie am allerwenigsten erwartet. Schließlich
waren alle Erbschaftsangelegenheiten doch schon lange
geklärt. Hatte sie jedenfalls gedacht.

»Und um welches Eigentum handelt es sich dabei?«,
fragte sie zaghaft.

Als Nikolaus antwortete, rutschte Lena vom Sofa und
landete eine Etage tiefer auf den Holzdielen. Es war das
Filmtheater *Casablanca*.

Lenas Herz wollte vor Freude zerspringen, knallte
dann aber unsanft wieder auf den Holzboden, als ihr die
Verantwortung bewusst wurde, die ihr nun in die Hände
gelegt wurde. »Onkel Nikolaus, kann ich das Theater
doch noch irgendwie retten?«

Nikolaus blätterte durch die Seiten und studierte aufmerksam ihren Inhalt. Lenas Nervosität wuchs ins Unermessliche.

Nikolaus wiegte seinen Kopf hin und her. Dann lächelte er und reichte Lena einen Kontoauszug. »Das ist
ein Rücklagenkonto mit den monatlichen Einnahmen
des Pachtanteils«, erklärte er ihr. »Deine Oma Greta hat

wie immer vorgesorgt. Das Geld reicht für weit mehr als nur eine Sanierung!«

Lena sprang auf und fiel den Himmelreichs in die Arme. Das war das wundervollste Weihnachtsgeschenk, das ihre Großmutter ihr hätte machen können! Gleich morgen wollte sie mit Jonathan Diamond telefonieren und ihm die frohe Botschaft überbringen.

☆

Während Lena mit den Himmelreichs feiert, wagen wir noch einmal einen Blick zurück, und zwar auf den späten Abend des 23. Dezembers:

Das Telefon klingelte. Max kannte die Nummer nicht. Wer mochte das sein? Neugierig ging er ran. »Himmelreich, hallo?«, meldete er sich.

»Hallo, Max, Milla hier!« Lenas Freundin also. Sie klang angespannt und schnaufte, als müsse sie sich mit Mühe zurückhalten.

»Oh Milla, gut dass du anr–«

Weiter kam er nicht, denn Millas Geduld war offensichtlich bereits aufgebraucht. »Gut, dass ich anrufe? Das sehe ich auch so! Es war längst überfällig!«, blaffte sie.

Max wusste gar nicht, wie ihm geschah.

»Ich will dir eine Frage stellen: Warum tust du Lena das an? Warum machst du ihr immer wieder Hoffnung, und dann lässt du sie jedes Mal für dieses französische Croissant stehen!«

»Isabelle? Aber –«

Wieder ließ sie Max nicht zu Wort kommen. »Und

was soll dieses Zimtparfüm, du bist doch nicht der Weihnachtsmann!«, schimpfte Milla. »Lena ist meine beste Freundin, und ich sage dir, sie hat etwas Besseres verdient als jemanden, der so ein mieses Spiel mit ihr spielt!«

Einen Moment lang hörte er nur Millas Rentier-Schnaufen im Hörer. Max nutzte die unerwartete Pause. »Ich ... bin nicht ... der Weihnachtsmann«, stellte er zögerlich und unnötigerweise fest.

Er wollte noch mehr sagen, doch Milla hatte sich offensichtlich schon genug erholt, denn sie polterte weiter: »Natürlich weiß ich, dass du nicht der verdammte Weihnachtsmann bist! Dazu bist du ja auch viel zu jung und viel zu dünn und siehst viel zu gut aus. Aber jedes Mal, wenn sie dich sieht, ist sie nachher wie auf Weihnachtsdroge! Es ist richtig grinchmäßig mies, wenn man einem immer wieder die leckersten Zuckerstangen hinhält und sie dann im letzten Moment unter der Nase wegzieht!«

»Zucker–«

»Was ich damit sagen will: Lass Lena in Ruhe! Warum flirtest du ständig mit ihr, obwohl du mit Isabelle zusammen bist? Du tust am Schluss noch beiden weh und dir gleich mit!«

»Jetzt mach' aber mal 'n Punkt, Milla!«, versuchte Max dazwischenzugrätschen.

»Ich mache einen Punkt, wenn man meiner Freundin nicht mehr wehtut und sie endlich den Typ bekommt, den ich ihr backen kann!«

Plötzlich war Stille. Max dachte schon, Milla hätte aufgelegt. Aber dann hörte er ein leises Schniefen.

»Milla?«, fragte er behutsam.

»Bin noch dran«, kam es trotzig zurück.

»Ich würde gern einiges klarstellen, was meinen Beziehungsstatus angeht. Da siehst du nämlich einiges falsch. Aber vorher sagst du mir, warum du dich so um Lena sorgst. Sie hat doch diesen Matthi«, sagte Max ruhig.

Als hätten seine Worte bei Milla einen Schalter umgelegt, bekam sie einen Lachkrampf, der erst nach einer ganzen Weile abebbte. Sie kicherte immer noch vor sich hin, als sie Max zustimmte: »Max, diese Geschichte fühlt sich wie der kitschigste Weihnachtsfilm aller Zeiten an. Fest steht, sie braucht dringend ein Happy End! Und ich trage gerne dazu bei.«

☆

Nach dem Telefonat stand Max' Welt kopf. Er machte in dieser Nacht kaum ein Auge zu und fiel erst frühmorgens in einen unruhigen Schlaf. Im Traum buk Lena Lebkuchenmänner, die mit ihr tanzen wollten und ihn von ihr fernhielten. Als er schweißgebadet die Augen aufschlug, war es bereits zwölf Uhr.

Heute war der 24. Dezember. Heiligabend. Und seine Großeltern erwarteten ihn um eins zum Essen.

Nach einer eher knappen Dusche schnappte er sich die Kameratasche und verließ seine Wohnung.

Das Weihnachtsessen seiner Großmutter war wie immer himmlisch lecker, und anders als in seinem Elternhaus war die Atmosphäre herzlich und weihnachtspunschwarm. In einem stillen Moment, in dem nur das Besteck auf den Tellern seine Melodie klimperte, hörte Max noch ein anderes Geräusch.

Ein leises Scharren.

Dann ein energisches Fiepen und ein Klackern an einer Fensterscheibe. Er sah auf und erkannte in der tiefen Schneehaube auf der Fensterbank ein rostrotes Eichhörnchen mit Vollmondblässe um die winzige Schnauze. Es hatte sich aufgestellt und schaute neugierig durch das Glas.

»Nanu, du? Was tust du hier?«, fragte Max überrascht und öffnete vorsichtig das Fenster einen Spalt.

Der Eichhorn sprang erst flink um Max' Beine – was einen Aufschrei seiner Großmutter zur Folge hatte –, dann sprang das Tier leichtfüßig wieder in den Schnee und sah sich mit einem entschlossenen *Tschiep-wuck-wuck* um, als wollte es Max auffordern, ihm erneut zu folgen.

»Warte, ich hole meinen Mantel!«, rief Max und war nur wenige Augenblicke später draußen. Dicke Flocken fielen vom Himmel, aber Max achtete nur auf den kleinen roten Blitz, der mit einer geschmeidigen Bewegung durch die eisernen Gitterstäbe des Tores glitt.

*Was hat es nur mit diesem Tier auf sich? Wo führt er mich nun wieder hin?*, fragte er sich, während er um eine Straßenecke bog und gerade noch einen Blick auf den roten Schwanz erhaschte. Als er durch den Schnee kaum noch die Hand vor Augen sehen konnte, nahm er in der Nähe einen gelben Schimmer wahr. Er ging darauf zu und stand wenig später vor dem alten Kiosk mit dem strahlenden Stern auf dem Dach.

Schnell schlüpfte er unter das breite Vordach und schüttelte den Schnee von seinem Mantel. War er eigentlich verrückt geworden? Er hatte die gemütliche Stube seiner Großeltern Hals über Kopf verlassen, um einem wilden Tier zu folgen, das er nun in diesem Schneesturm sowieso verloren hatte. Max kam sich mit einem Mal sehr kindisch vor.

Als er schon verärgert zurückgehen wollte, tschiepte es neben seinen Beinen, und das Eichhörnchen schaute ihn erwartungsvoll an.

»Also schön, lass uns weitergehen«, lächelte Max erleichtert. »Wohin du mich auch immer führst …«

Er klappte den Kragen seines Mantels hoch, zog den Schal über Mund und Nase und steckte die Hände in die Taschen. Und als hätte das Eichhörnchen seine Gedanken gehört, hüpfte es nun langsamer im Zickzack, hielt ab und an an, schaute sich nach Max um und blieb so den ganzen Weg an seiner Seite.

Die Straßenlaternen flammten auf und ermöglichten Max nun wenigstens im Umkreis von drei Metern einen Hinweis darauf, wo er sich befand. Plötzlich blieb das Tier in einem der Lichtkegel stehen, hockte sich hin und schaute auf die andere Straßenseite.

Max folgte seinem Blick und las schmunzelnd, was auf dem schwankenden Schild über einer Ladentür in geschwungenen Lettern stand: *Fräulein Gewürzzauber*.

Er ging zur Haustür und klingelte, doch es blieb still. Niemand öffnete.

Nachdenklich stellte er sich wieder unter die Laterne. Er würde einfach so lange warten, bis Lena wieder da war. Er musste ihr endlich sagen, wie viel er für sie empfand.

☆

Es dämmerte bereits, aber Frau Holle war es wohl müde geworden, die Kissen weiterhin so heftig zu schütteln. So tanzten nur noch einige dicke Flocken durch die Luft, als Lena nur kurze Zeit später nach Hause eilte. »Das gibt es nicht!«, murmelte sie immer wieder erregt vor sich hin. »Oma, du schaffst mich!« Und dann wieder: »Das kann gar nicht sein!«

Plötzlich blieb sie stehen und sah sich verdutzt um. Sie stand auf dem Gehsteig vor ihrem Laden und war ganz überrascht, dass sie bereits angekommen war. Sie wollte schon ins Haus gehen, als ihr Blick auf die andere Straßenseite fiel. Im runden Schein der Laterne stand ein junger Mann, der aussah wie eine mit Puderzucker überzogene Marzipanfigur. Er hielt etwas in den Armen, das Lena sofort erkannte.

Sie ließ die Umhängetasche, die Theresa Himmelreich ihr gegeben hatte, in den Schnee fallen, spurtete los und stand wenige Momente später vor ihm.

»Er gehört dir, oder?«

Lena nickte stumm und nahm Ruprecht dankbar entgegen. Für einen Moment verschwamm die weiße Welt vor ihren Augen, und die Glückskäfer in ihrem Bauch lösten sich endlich aus der Erstarrung. Es war kaum zu glauben: Gleich konnte sie bei einer dampfenden Tasse Tee und weihnachtlichen Liedern auf ihrem gemütlichen Sofa sitzen, Eichhörnchen Ruprecht hinter den samtigen Pinselohren kraulen, ein paar Kekse von ihrer festlich geschmückten Tanne stibitzen … und das alles dank ihres Zimtstern-Adventsmanns!

»Er hat mich zu dir geführt. Schon zum zweiten Mal«, flüsterte er.

»Glaubst du an das Schicksal … oder an Zufälle?«, fragte Lena.

»Ich glaube an Weihnachtswunder«, antwortete er.

»Ich danke dir vielmals! Daran sollte ich ab heute auf jeden Fall auch glauben«, lächelte sie glücklich, denn Ruprecht hatte sein kleines Köpfchen gerade kurz an ihre Hand geschmiegt und erklomm nun ihre Schulter.

Im nächsten Moment wuck-wuckte Ruprecht sein *Wir sehen uns gleich!*, sprang von ihrem Arm und verschwand durch die Luke in der Haustür.

»Lena, ich …« Max trat näher an sie heran und legte zögerlich seine Hand an ihre Schulter.

An der Stelle, die er berührte, wurde es warm, und Lena spürte ein leichtes Kribbeln in ihrem Körper, trat aber entschieden einen Schritt zurück.

Max ließ den Arm sinken und seufzte ergeben. »Milla hat mich angerufen.«

Lenas Kopf schnellte empor. Max blickte in goldschmelzendes Karamell, und Lena verlor sich im schimmernden Grün seiner Augen. Einen Moment lang standen sie voreinander und sahen sich einfach nur an, bis Max wieder einfiel, was er sagen wollte: »Du weißt besser als ich, dass Milla einem so richtig die Leviten lesen kann …«

Lena musste grinsen. Ja, das wusste sie. Milla hatte das Levitenlesen schlechthin erfunden.

»Allerdings hat sie eingesehen, dass es nicht nötig gewesen wäre …« Er kam wieder einen Schritt auf sie zu, und seine Smaragdaugen begannen zu leuchten.

Lena schaute ihn überrascht und verunsichert zugleich an und pustete eine Schneeflocke weg, die sich auf ihre Nasenspitze legen wollte.

»Du hast keinen Freund, und ich habe keine Freundin«, stellte er schmunzelnd fest.

Jetzt war Lena noch irritierter. »Aber du …«

»Pscht!« Er trat ganz nah an sie heran, legte seine Hände um das, was von ihrem Gesicht unter Mütze und Schal noch zu sehen war, und küsste sie sanft auf den Mund.

Lena vergaß die Welt um sie herum und ließ es geschehen. Ihr war, als schwebten sie leicht wie die Flocken um sie herum über die Schneedecke. Seine weichen Lippen auf ihren – Emma hätte sicher gerne gewusst, welche Creme er verwendete – fühlten sich einfach magisch an, zugleich aber so unwirklich, dass Lena Max sanft wegschob und ihn streng ansah. »Was ist denn nun mit Isabelle?«

Er öffnete die Augen abrupt und fragte zurück: »Was ist denn mit Matthi?«

Dann erklärten sie fast gleichzeitig:

»Er ist und war absolut niemals mein Typ.«

»Sie steht schon immer auf Frauen.«

Einen Wimpernschlag lang sahen sie sich erstaunt an, dann mussten sie beide lachen. Mit einem Mal aber verstummte Max, und sein Blick war so liebevoll, dass Lenas Knie ganz weich wurden. »Weißt du eigentlich, wie zauberhaft du bist, mein Gewürznäschen? Ich würde dir die Zimtsterne vom Himmel holen!«

Lena wurde ganz verlegen, aber Max sprach weiter, und die Worte, die über seine Lippen glitten, waren so sanft und zärtlich, als streichelten seine Finger über ihren ganzen Körper:

»Es ist erst ein paar Wochen her, da habe ich durch das

Schaufenster dort drüben eine bezaubernde junge Frau gesehen. Ihr Lächeln hat etwas Magisches an sich.« Er strich Lena über die nun glühende Wange. »Jeden Tag verzaubert dein Lächeln jeden, der in deiner Nähe ist … und ganz besonders mich. Irgendwie wusste ich es damals schon. Aber es musste mir erst ein Eichhörnchen über die Füße laufen, mich eine Zuckerbäckerin in ihrer Backküche zum Tanzen auffordern, und ich musste mich erst mit einer Herde Alpakas durch den heftigsten Schneesturm kämpfen, den ich je erlebt habe, damit ich erkennen konnte, wie viel du mir bedeutest. Ich liebe deine kleinen Verrücktheiten, deine Kreativität und deine Leidenschaft für all das, was du mit so viel Hingabe tust – und besonders liebe ich deinen Mut. Nicht jeder würde sich freiwillig als Weihnachtselfe verkleiden!«

Er zwinkerte ihr schmunzelnd zu, und Lena kicherte noch, als er weitersprach: »Eigentlich meinte ich ja den Mut, der dir geholfen hat, das *Fräulein Gewürzzauber* auch ohne die Hilfe deiner Großmutter zu einem einzigartigen Wohlfühlort der süßen Träume zu machen und nebenher ein Filmtheater vor der Schließung zu retten. Ich liebe dich, Lena. Du bist *mein* zauberhaftes Weihnachtswunder!«

Die letzten Worte flüsterte Max, und ein Glitzern huschte über seine Augen.

»Ich liebe dich auch«, hauchte Lena, und die Wärme, die sie in sich spürte, ließ die Kälte der Winterwelt um sie herum schmelzen.

Als Max sich dieses Mal zu ihr hinunterbeugte und seine weichen Lippen ihre berührten, war Lena erfüllt von Sehnsucht und Glück und küsste ihn zurück. Sein

Honig-Zimt-Duft kitzelte sie betörend in der Nase und machte sie ganz benommen.

Lena schlang die Arme um seinen Hals, und er legte seine um ihre Hüften und zog sie eng an sich heran.

Sie bekamen nicht mit, wie ein einsamer Mann an ihnen vorbeilief und den Kopf angesichts der überbordenden Romantik schüttelte, den ihr Anblick bot. Im Schein einer nostalgischen Straßenlaterne inmitten der Dunkelheit eines winterlichen Abends gaben sie sich einem leidenschaftlichen, nicht enden wollenden Kuss hin, während weiche Flocken vom Himmel fielen und sie sanft umtanzten.

Als sie und Max sich endlich voneinander lösten, fiel Lena noch etwas ein: »Du bist nicht rein zufällig auch mein Adventskalender-Briefbote?«

Max nickte lächelnd und nahm ihre Hand. »Rein *zufällig* hat mein Großvater mich dazu angeheuert.«

Sie lächelte ebenfalls. »Wir waren uns doch einig, dass es Zufälle nicht gibt – nur Weihnachtswunder.« Sie griff nach seiner Hand. »Komm mit rein! Ich mach uns Kakao.«

»Bekomme ich Zimtsterne dazu?«

»So viele du willst!«

# EPILOG

Am Morgen des zweiten Weihnachtsfeiertags traf Lena sich wie jedes Jahr mit Emma und Milla zum Frühstück.

»Ich muss euch etwas sehr Wichtiges und Wundervolles erzählen!«, verkündete sie feierlich. »Oma Greta hat mir nämlich noch ein ganz besonderes Weihnachtsgeschenk gemacht …«

Gespannt hingen die Freundinnen an ihren Lippen, als sie von ihrer weihnachtlichen Schnitzeljagd und der Hinterlassenschaft ihrer Großmutter erzählte.

»Das bedeutet, dass ich jetzt stille Teilhaberin des Filmtheaters bin«, beendete sie ihren Bericht.

Emma und Milla gingen förmlich die Augen über.

»Unfassbar! Und du hast all die Jahre nicht gewusst, dass deine Großmutter Anteile am Filmtheater besitzt?«, fragte Milla ungläubig und schob sogar ihr geliebtes Erdbeermarmeladecroissant zur Seite.

Lena schüttelte so entschieden den Kopf, dass ihr Zopf hin und her wippte.

»Das heißt, das Filmtheater ist gerettet!«, freute sich Emma und quietschte vergnügt.

Lena nickte glücklich grinsend. »Jonathan Diamond ist regelrecht durchgedreht bei derart guten Neuigkeiten!«

Eine unglückliche Bille hatte Lena gestern Morgen die Tür geöffnet und sie in Jonathan Diamonds Büro geführt. Er war tatsächlich schon dabei gewesen, das Internet nach Wohnmobilen für sein Vorhaben, Aussteiger zu werden, zu durchsuchen. Als Lena die Bombe platzen ließ, konnte sie sich vor Umarmungen nicht retten. Viele Freudentränen später hatten die Korken geknallt und die Sektgläser geklirrt.

»Wie geht es denn nun mit dem Filmtheater weiter?«, wollte Milla wissen.

»Onkel Nikolaus hat sich Oma Gretas Gesellschafter-vertrag genau angesehen. Es stellte sich heraus, dass sie in einigen Punkten übergangen wurde. Sie hat viel mehr Mitbestimmungsrechte, als in der Vergangenheit behauptet wurde. Das Notariat Himmelreich wird das für mich klären und wenn nötig auch einzelne Beschlüsse gerichtlich anfechten. Wichtig ist jetzt erst mal nur: Das Dach kann renoviert und das *Casablanca* danach wieder für die Besucher geöffnet werden!«

Die Freundinnen jubelten und stießen mit drei großen Bechern Gewürztee an.

Aber Lena hatte noch ein Geheimnis, das sie ihren Freundinnen erzählen wollte.

Eine kleine Stichelei von Emma gab ihr im richtigen Moment eine Steilvorlage: »Sag mal, Lena-Liebes, dein Honigkuchengrinsen hat doch noch einen anderen Grund! Komm, raus mit der Sprache!«

Es war das herrlichste aller Toppings auf ihrem himmlisch süßen Neuigkeiten-Muffin. Lenas Gesicht glühte förmlich, als sie verkündete:

»Ich habe eine Zimtstern-Romanze!«

# REZEPTE

HIMBEER-LAVENDEL-PRALINE
(HIMBEER-LAVENDEL-TRAUM)

**Zutaten für etwa 63 Pralinen**
63 Mini-Hohlkörper aus weißer Schokolade (eine Lage)
100 g weiße Kuvertüre zum Verschließen

**Für die Füllung**
Getrocknete Lavendelblüten von 10 Stängeln
1 kg Himbeeren (frisch oder tiefgefroren)
250 g weiße Kuvertüre
50 ml Sahne
3 EL Zucker

**Für die Dekoration**
100 g weiße Kuvertüre
rote Lebensmittelfarbe
100 g Himbeerpulver
lila Zuckersternchen

**Zubereitung**
Mini-Hohlkörper kühlstellen.

Die Lavendelpollen von den Stängeln entfernen und bereitstellen. Die Himbeeren 5 Minuten lang kochen, in den letzten 2 Minuten die Lavendelpollen und 3 Esslöffel Zucker hinzugeben. Nach dem Kochen die Flüssigkeit abgießen und die übrige Masse durch ein Sieb streichen, damit ein feines Püree erhalten bleibt. (Die Flüssigkeit wird nicht mehr gebraucht – es lässt sich aber z. B. ein prima Gelee daraus machen!)

Die Kuvertüre in kleine Stücke hacken und sie über einem Wasserbad bei geringer Wärme unter ständigem Rühren zum Schmelzen bringen. Wenn sie etwa zur Hälfte geschmolzen ist, die Sahne und das Himbeer-püree hinzugeben und rühren, bis sich die Kuvertüre ganz aufgelöst hat.

Nun die fertige Füllung etwas abkühlen lassen – aber nur so weit, dass man sie in einen Spritzbeutel füllen kann. Dann die Pralinen-Hohlkörper befüllen und sie wieder kühlstellen. Wenn die Füllung etwas fester ge-worden ist, die restliche Kuvertüre über einem Wasser-bad erhitzen und die Praline mit einem Tupfer Schoko-lade verschließen.

## Dekorieren

Das Himbeerpuder in ein flaches Schälchen schütten. Die Kuvertüre über einem Wasserbad schmelzen und ein paar Tropfen der roten Lebensmittelfarbe hineinge-ben. Die Pralinen damit dünn bestreichen und sie direkt im Himbeerpuder wälzen.

Mit einem Mini-Tupfer Kuvertüre lassen sich nun noch die lila Zuckersternchen befestigen.

Fertig ist der Himbeer-Lavendel-Traum!

## Tante Thessas Zimtstangen

**Zutaten für ca. 30 Zimtstangen**
2 TL Zimt
150 g Mehl
150 g flüssige Butter
4 Eiweiß
80 g Puderzucker
80 g Zucker
1 Prise Salz

**Zubereitung**
Den Puderzucker in eine Schüssel sieben, den Zucker hinzugeben und mit der flüssigen Butter und dem Zimt schaumig rühren. Dann das Eiweiß mit dem Salz steifschlagen. Das Mehl sieben und es abwechselnd mit der Buttermasse unter den Eischnee heben.

Mit einer Winkelpalette oder einem breiten Schaber den Teig zu etwa 10 × 10 cm großen, gleichmäßig sehr dünnen Rechtecken auf einem mit Backpapier ausgelegten Backblech streichen.

Die Rechtecke bei 160 Grad Heißluft im Ofen maximal 1 bis 2 Minuten anbacken lassen. Dann schnell die noch heißen Rechtecke aufrollen und erneut in den Ofen schieben, bis sie goldbraun gebacken sind.

Nun die Zimtstangen noch mit reichlich Zimt bepudern.

Fertig sind Tante Thessas Zimtstangen!

**Tipp**
Am allerbesten kann man die Zimtstangen mit einer Tasse heißen Weihnachtspunschs à la Lena genießen!


LENAS WEIHNACHTSPUNSCH

**Zutaten für 4 Gläser Punsch**
200 ml Fruchtlikör
200 ml Kirschsaft
200 ml Apfelsaft
Saft einer Zitrone
Himbeersirup
Zimtsirup
3 TL Glühweingewürz
oder 3 TL eines Gemisches, je nach Belieben aus Anis-, Kardamom-, Nelke- und Zimtpulver
1 Zitrone (Dekoration)

**Zubereitung**
Die Zutaten in einem großen Topf bei mittlerer Hitze langsam erwärmen. Den heißen Punsch in Tassen oder bauchige Gläser füllen.

Die Zitrone in Scheiben schneiden und diese bis zur Mitte einschneiden. Dann als Dekoration auf den Rand der Tasse oder des Glases stecken.

Jetzt sich vom Punschduft verführen lassen und jeden Schluck genießen!

## Schokoküchlein mit Tonkabohnen

**Zutaten für 6 Mini-Schoko-Gugelhupfe**
100 g brauner Zucker
100 g weiche Butter
100 g Zartbitterschokolade
1 Ei
½–1 geriebene Tonkabohne
120 g Mehl
1 TL Natron
1 TL Backpulver
1 Prise Salz

**Zubereitung**
Den Zucker mit der weichen Butter und dem Ei schaumig schlagen.

Die Zartbitterschokolade über einem Wasserbad schmelzen. Natron, Backpulver, Tonkabohnenpulver und Salz mit dem Mehl vermischen und abwechselnd mit der flüssigen Schokolade unter die Buttermasse heben.

Den Ofen auf 180 Grad vorheizen.

Den Teig dann in die Förmchen füllen und bei 160 Grad Heißluft etwa 25 Minuten backen.

Fertig sind die Schokoküchlein mit Tonkabohne!

**Tipp**
Um sie wie verschneite kleine Hügel aussehen zu lassen, einfach ein bisschen Puderzucker darüberstreuen!

# DANKESCHÖN!

Ein ganz dickes Dankeschön – das allererste und wichtigste! – geht an meine allerliebste Freundin Steffi. Nur weil ich mir für sie einen ganz besonderen Adventskalender ausdenken wollte, ist dieses wundervolle Buch entstanden!

Meine Herzmenschen haben ein liebevolles Dankeschön verdient, weil sie mich immer wieder bestärkt haben, meine Liebe für die Weihnachtszeit in Worten auszuleben – egal, zu welcher Jahreszeit, und egal, wie genervt sie davon waren! Bestechungsversuche mit selbst gebackenem Honigkuchen oder Plätzchen haben aber immer geholfen!

Mein ganz herzlicher Dank geht außerdem an Elisabeth Botros, meine Agentin, Lektorin und großartige Ratgeberin. Ohne ihren glorreichen Wink, dass in den allermeisten Büchern Katzen als Haustiere genommen werden, würde Ruprecht höchstwahrscheinlich auf samtweichen Pfoten durch die Geschichte schleichen. Im Nachhinein betrachtet, ein eher ernüchternder Gedanke, denn das kleine Eichhörnchen bringt genau die Lebendigkeit in Lenas Leben, die die Geschichte noch gebraucht hat. (Ich entschuldige mich in aller Form bei allen Katzenbesitzern, aber in diesem Fall steht es eindeutig 1:0 für das Eichhörnchen.)

Einen allerliebsten Dank möchte ich auch an meine Lektorin Stefanie Heinen richten, die sich mit einer solchen Hingabe meines Manuskripts angenommen und es durch ihre Ratschläge zu einer noch wundervolleren Geschichte gemacht hat.

Ganz besonders glücklich bin ich darüber, dass ich das Cover und die Illustrationen im Inhalt anfertigen durfte. Für die wunderbare grafische Zusammenarbeit möchte ich Birgit Schwarz ganz herzlich danken, die mein Buch in ein so hübsches Gewand gekleidet hat.

Zum Schluss möchte ich noch ein großes Dankeschön an alle lieben Menschen richten, die im Hintergrund (sei es im Verlag, meiner Agentur oder an anderen Stellen) so wunderbare Arbeit leisten und geleistet haben, damit Du dieses wunderbare Büchlein jetzt in Händen halten und die pure Weihnachtsromantik erleben kannst.